KB031805

개의 시간

개의 시간

임이송 소설집

도서출판 북인

Contents

개의 시간

개의 시간

도착 예정 시간은 새벽 4시였다. 읍을 벗어나자 사위는 먹빛이었다. 태선이 사라졌을 때처럼 캄캄했다. 이내 시골길이 나왔다. 드문드문 인가가 있었지만, 외등마저 꺼진 집이 있었다. 태선은 연락을 끊은 지 일주일 만에 핸드폰 번호를 바꿨다. 어둠은 그때와 같은 막막함을 안겨줬다.

새벽 4시. 나는 굳이 그 시간을 택했다. 누구도 꼼짝할 수 없는 시간이다. 퇴로가 막힌 시간이 필요했다. 태선이 다시는 도망칠 수 없는 시간을 궁리한 끝에, 그 시간으로 정했다. 메모리얼파크, 강선경, 새벽 4시. 나는 선경에게 그녀의 이름으로 예약해달라고 부탁했다. 강아지의 이름도 필요하다고 해서 '뭉치'로 해달라고 했다. 장례식장에선 강아지 사진도 다섯 장 보내달라고 했다. 마지막 추모의 시간에 필요하다며. 사진은 직접 가져가겠다고 했다.

인가조차 사라졌다. 비포장 산길로 접어들었다. 무서웠다. 어디에도 불빛이 보이지 않았다. 몇 번이나 확인했지만, 제대로 온 게 맞았다. 어둠은 검다 못해 파랬다. 차는 점점 깊고 험한 산중턱으로 올라갔다. 내 차 소리와 헤드라인 불빛만이 산 속의 고요와 어둠을 깨뜨렸다. 불쑥 무언가 나타날 것만 같은 공포가 엄습할 즈음, 나는 브레이크를 황급히 밟았다. 새끼 고양이가 차 앞을 쌩하니 가로질러갔다.

뒷자리에 실려 있던 잔디가 흔들렸다. 잔디가 다시 살아났으면 좋겠다는 마음이 들었다. 어젯밤부터 몇 번이나 의식을 잃었다가 다시 살아나기를 반복하다 죽었다. 따뜻하고 부드러운 잔디를 다시 만질 수만 있다면 태선을 만나지 않고도 돌아설 수 있겠다 싶었다. 고양이는 용케도 차를 피해갔다. 동물은 사람들이 빛을 갖고 다닌다는 걸 알기에 불빛을 보고 달려들었을 것이다.

얼른 가방을 뒤졌다. 소시지를 찾았다. 없었다. 파우치와 핸드폰과 잔디 사진뿐이었다. 차 안 어디에도 먹을 만한 게 없었다. 놀라는 바람에, 소시지를 갖고 다니지 않는다는 걸 까먹었다. 그것도 3년이나 됐는데. 20년을 넣어 다니던 습관을 태선이 사라지면서 버렸다. 몸과 마음이 치열하게 싸우다가 처음으로 몸이 이긴 일이었다.

삶과 죽음은 겹눈 같다. 한쪽은 죽음을 보고 또 다른 한 쪽은 삶을 본다. 오늘 아침만 해도 잔디는 삶과 죽음을 몇 번 오갔다. 지금은 움직임이 완전히 멈췄다. 이제 나의 개는 먹을 수 없지만, 새끼 고양이는 무언가를 먹어야 한다. 그냥 두면 살아 있는 듯 보이지만, 곧 죽음에 이를 것이다.

삶과 죽음은 한 끗 차이라고 태선이 늘 말했다. 중학생이었던 나는, 그 말을 처음엔 이해하지 못했다. 태선의 겉멋 든 말로 치부했다. 그러나 내가 키운 보리가 죽고, 마루가 죽고, 벼리가 죽고, 오늘 아침에 잔디마저 죽자 태선의 말이 이해가 됐다. 그렇다고 온전한 이해는 아니다. 태선이 한 말의 뜻을 조금 안다는 정도다.

내비게이션에는 도착지점이 2㎞ 남았다고 돼 있다. 멈추길 잘했다. 나는 멈추는 걸 잘 못한다. 말과 행동이 빠르고 거침이 없다. 그런 나를 잘 아는 태선이 일부러 연락을 끊었을 것이다. 오가는 차는 없었지만, 차를 길옆으로 뺐다. 선경에게 전화를 해서 화장하는 당직자를 다시 한번 확인시켰다.

"신태선, 확실하지?"

"야! 몇 번을 말해. 근데 안 무서워?"

"무서워."

"고집부리더니."

"혼자 가야잖아."

태선에게 난 어떤 사람이었는지, 지금은 또 어떤 사람인지 알고 싶었다. 그렇지 않았다면 집요하게 그를 찾아다니지 않았을 것이다. 그를 찾는 시간은 나를 찾는 시간이기도 했다. 그간 내가 그에게 했던 말과 행동을 수없이 되감아보았다. 숨어버린 이유 중에 나의 비중이 얼마나 될까 하고. 20년을 함께했던 것처럼 앞으로도 그와 함께할 거라 생각했다. 그가 사라져버릴 거라고는 상상조차 해본 적이 없다. 우리는 그간 서로에게 어떤 존재였는지 따로 정의할 필요가 없는 사이였다.

서른넷 동갑. 결혼이나 동거를 하게 된다면 당연히 태선과 할 거라 생각했다. 우린 아이들이나 강아지에 관해서도 자주 이야기했고, 장차 갈 여름휴가지에 대해서도 지구의를 놓고 찾아보곤 했다. 건강이 허락하는 날까지 유기동물을 보살피자는 것도 약속했다. 막상 그가 사라지자, 당연했던 우리의 앞날마저 사라져버렸다. 이미 나는 나 자신만으로 정의되어지는 사람이 아니었다. 내 안에 태선이 너무 많은 자리를 차지하고 있었다.

새벽 3시 53분. 빨리 서둘러야 4시에 도착할 수 있었다. 그런데 나는 10여 분을 멍하니 밖을 내다봤다. 태선과 마주쳤을 때 무슨 말을 해야 할지, 어떤 태도를 취해야 할지 생각을 정리할 시간이 필요했다. 그간 수없이 상상하고 준비했지만, 막상 눈앞에 닥치니 머릿속이 하얬다. 그리고 나 자신에게도 다짐을 받아내야 했다. 그를 조금이라도 자극해서는 안 되기 때문이다. 그러나 다혈질인 내가 그를 순순히 대할 수 있을지 걱정이 됐다. 그때 조금 전에 지나갔던 고양이가 다시 차 앞을 가로질러갔다. 차에서 내려서 찾아보았지만, 보이지 않았다. 설령 찾는다 해도 줄 게 없었다. 한 달 전에 그가 있는 곳을 알아냈을 때부터 가방에 먹을 걸 챙겼어야 했다.

가파른 언덕을 오르니 저 멀리 불빛이 보였다. 북극성 같았다. 가까이 갈수록 산 속이 빛으로 인해 아늑했다. 환한 게 아니라 은은했다. 깊은 산속에 저런 불빛이 있을 거라고는 상상도 못했다. 산 하나가 포근하게 깊은 잠에 들어 있었다. 빛 너머에는 무한대의 어둠이 켜켜이 쌓여 있었다. 빛이 주는 안도감 때문에 그 어둠은 그다지 두렵지 않았다.

불빛 가까이에 가자, 저만치 사람 하나가 길가에 나와 서 있었다. 나를 향해 손을 흔들었다. 나를 기다린 모양이었다. 크게 흔들던 손을 이내 그리로 오라는 손짓으로 바꿨다. 그곳의 불빛과 내 차의 불빛 때문에 사람의 실루엣만 보였다.

"2층 상담실에서 기다려주시겠어요? 아이 추모할 준비를 하고 모시러 가겠습니다."

"아…. 네."

태선은 나에게서 조심스럽게 잔디를 건네 안았다. 검은 정장 차림의 그는 다시 한번 나에게 정중히 목례했다. 나는 지하로 내려가는 그의 뒷모습을 망연히 바라보았다. 아니, 잔디를 바라보았다. 어쩌면 둘을 하나로 묶어서 보았는지도 모르겠다.

멀리서 보았을 때와 달리 장례식장 주변은 어두웠다. 2층으로 올라가는 길은 험한 돌계단이었다. 계단이라기보다는 바위 등산로 같았다. 계단 간격도 일정치 않았고, 경사도 가팔랐고, 군데군데 움푹 팬 곳도 있었다. 조심하지 않으면 위험했다. 조금 전의 복잡하던 생각이 계단을 오르는 사이에 토막토막 끊겼다.

계단을 다 올라 산 아래를 내려다보았다. 경계가 없는 어둠이 끝없이 펼쳐져 있었다. 어둠 속에서 빛을 보았을 때와 빛 속에서 어둠을 보았을 때의 느낌이 사뭇 달랐다. 어둠은 어둠만이 아니었다. 무언가 한 겹의 옷을 더 입고 있는 것 같았다. 그러면서도 세상의 모든 고요를 품은 듯 신비롭기까지 했다. 그 깊은 검은 바다로 걸어들어가보고 싶은 충동이 일었다. 고양이처럼 빛을 찾아왔지만, 빛 속에 있는 나는 더없이 슬프고 불편하기만 했다.

나는 오로지 한 장면, 태선을 만나는 순간만을 생각하며 두 시간을 달려왔다. 어쩌면 잔디가 아플 때부터인지도 모르겠다. 그도 아니면 한 달 전, 그가 이곳에 있다는 걸 안 순간부터일 수도 있겠다. 우리의 만남이 이렇게 의례적儀禮的일 줄은 상상도 못했다. 그는 준비하는 데 30분이 걸린다고 했다. 막 도착해 서로의 눈이 마주쳤을 때, 그가 나를 보고 화들짝 놀란 건 3초에 불과했다. 뒤로 두어 걸음 황망하게 물러섰다가 이내 안정을 찾았다. 뒷좌석에 있는 잔디를 안아 내릴 때도 잠시 휘청했지만, 금세 평정심을 찾고 나를 깍듯하게 잔디의 유가족으로 대했다. 그의 낮고 친절하고 부드러운 목소리는 반가움과 원망이 뒤섞인 나를 당혹스럽게 했다. 그가 그곳에 있다는 걸 알고 간 내가, 그보다 더 놀란 순간이었다.

2층에 다른 사람이 있나 찾아보았다. 태선 말고 누구라도 있었으면 했다. 누군가가 숨 막히는 이 상황을 깨뜨려주었으면 좋겠다 싶었다. 그러나 아무도 없었다. 상담실에 들어가 소파에 털썩 앉았다. 잔디를 건넨 마음보다 그의 침착한 행동이 마음을 소란스럽게 했다. 잔디와는 두 달간 수없이 이별 준비를 했다. 태선과 잔디. 나와 태선. 잔디와 나. 이 셋의 관계가 머릿속에서 어지럽게 교차했다.

상담실 꽃병에 하얀 수선화가 꽂혀 있었다. 태선의 냄새다. 그는 툭 하면 꽃집에 다녀왔다. 오죽하면 남자인 그의 별명이 꽃순이일까. 그는 자신의 몸에서 개의 피 냄새가 난다며, 아버지의 집에 다녀온 날이면 꽃집에 들러 수선화를 사왔다. 그의 집에는 늘 수선화가 꽂혀 있었다. 상담실 안에는 각종 관과 수의와 유골함이 전시돼 있었다. 개가 반려견이 되고, 고양이가 반려묘가 되면서 장례문화도 아주 짧은 시간에 사람의 것처럼 진화했다. 나는 거기에서 가장 비싼 오동나무 관과 자기로 된 함을 스치듯 만져보았다.

잔디는 관과 함을 특별한 것으로 하지 않을 것이기에 그것들은 별 의미를 갖지 못했다. 보리, 마루, 벼리처럼 잔디도 자연스럽게 보낼 생각이었다. 평소 잔디에게 자주 입혔던 옷을 깨끗이 빨아서 입혀왔다. 상담실에서 기다리는 게 갑갑할 즈음, 태선이 올라왔다.

"상주를 언니, 윤해주 님으로 했습니다. 이곳에 있는 관이나 함 중 필요하신 게 있으면 말씀해주십시오."

"필요한 거 없습니다. 유골은 나무함에 넣어주시는 거죠?"

"네. 그렇게 해드립니다."

"그거면 충분합니다."

태선은 여전히 나를 잔디의 유가족으로만 대했다. 투철한 직업의식인지, 아니면 정확하게 나와 선을 긋는 것인지 눈빛과 행동에는 조금의 여지도 없었다. 조금이라도 틈을 보였다면 나는 '야, 이 나쁜 놈아!'로 시작하여 수많은 말폭탄을 쏟아냈을 것이다. 그는 10분 후에 다시 데리러 오겠다며 정중하게 목례를 하고 내려갔다. 그의 목례가 깊어질수록 혼란스러웠다. 나에게 계속 침묵하라는 몸짓으로 읽혔기 때문이다.

다시 상담실로 온 그를 따라 지하로 내려갔다. 건물 전체가 울릴 만큼 묵직하면서도 커다란 소리가 났다. 그의 안내에 따라 들어선 지하 현관 벽에는, 장례에 관한 안내를 해놓은 전광판이 빛나고 있었다. 그렇게 환할 수가 없었다. 조금 전의 어수선하던 마음이 밝은 빛을 향하여 집중됐다. 제 2화장장. 故 잔디(15세). 언니 윤해주. 입관 시간과 발인 시간이 한 시간 삼십 분 간격으로 적혀 있었다. 나는 '언니 윤해주'라는 글자를 오래 보았다. 내가 전광판에서 눈을 떼지 않자, 그가 작게 헛기침을 했다. 바로 옆에 있는 추모의 방으로 안내했다.

벽에 걸린 화면에는 잔디와 함께 건넨 다섯 장의 잔디의 사진이 번갈아나왔다. 잔잔하고 슬픈 음악과 함께. 화면 주변은 화려한 조화로 꾸며져 있었다. 화면 바로 밑에 관이 놓일 자리에 잔디가 누워 있었다. 얼굴만 내놓은 채, 몸은 하얀 천으로 덮여 있었다.

"마지막으로 잔디와 인사 나누세요. 미처 못다한 이야기가 있으면 나누고 기도를 하셔도 좋습니다. 저는 잠시 밖에서 기다리겠습니다."

나는 태선의 팔을 붙잡아 곁에 나란히 세우고 싶었지만, 그조차도 참았다. 그가 그렇게 할 땐 그만한 이유가 있겠지 싶었다. 나는 평소에 덜렁거리며 쓸데없는 행동을 곧잘 한다. 그러나 그는 좀처럼 이유 없는 행동을 하지 않는다. 간혹 가다가 그의 말이 아주 느려질 때가 있다. 그건 그의 속이 매우 시끄럽다는 뜻이다. 그럴 때마다 나는 말이 빨라진다. 그의 마음을 풀어 팽팽한 공기를 이완시켜야 했다. 반대로 그는 성질 급한 내가 저질러놓은 것들을 조용조용 뒤치다꺼리 했다. 20년간 우리는 서로에게 물처럼 스며들었다.

태선이 이 지점에서 나를 아는 척한다면, 나는 무너지고 말 것이다. 잔디에게 마지막으로 많은 이야기를 하고 싶었지만, 문 밖에 서 있는 그가 자꾸만 생각의 틈을 비집고 들어왔다. 나는 그가 잔디를 볼 수 있도록 조금 비켜섰다. 화가 난 잔디의 사진 속 모습이 귀여워 눈물이 났다. 화면 속의 자는 모습과 화면 아래 잠들어 있는 모습도 번갈아보았다. 태선이 늘 말하던 한 끗 차이가 거기에 있었다.

잔디야, 잘가. 언니와 함께 살아줘서 고마워. 처음 일 년 동안은 네가 네 주인을 기다리는 걸 보느라 힘들었어. 기다림에 지친 너는 어느 날 나를 받아들였지. 내가 네 주인을 기다리는 동안 너도 그랬을 거라는 거 알아. 기다리던 주인을 만난 기분이 어땠어? 좋았지? 네 주인의 눈이 빨개져 있던데. 우리 잔디도 기뻤을 거라 생각해. 네 얼굴이 편안해 보이네. 넌 나보다 낫구나. 난 아직 인사도 못 나눴는데. 너에게 이런 선물을 줄 수 있어서 다행이야. 나와 함께한 시간도 좋았지? 천국으로 가렴. 그곳에서는 주인과 이별하지 말고. 안녕! 훗날 다시 만나자.

다섯 장의 사진은 잔디가 살아 있는 것처럼 빠르게 움직였다. 나는 일부러 태선이 사라진 후부터 찍은 사진들로만 골라왔다. 털을 깎고 심통이 난 표정과 목욕 후 물기 있는 몸으로 집안을 돌아다니는 모습과 편안한 얼굴로 자는 것과 산책을 나가 앵두나무 곁에서 환하게 햇살을 쬐는 모습과 마지막 숨을 거두기 직전 안간힘을 쓰던 모습까지. 문이 열린 틈으로 그도 나처럼 그 장면을 놓치지 않고 보고 또 보고 있을 것이다.

잔디는 정말 잠을 자는 듯했다. 마지막 숨을 끊기 위해 모든 힘을 쏟은 탓인지, 아니면 기다리던 제 주인을 만나서인지 아주 평온해보였다. 나는 태선의 손끝이 그리우면 잔디를 더 자주 쓰다듬었고, 그의 목소리가 생각나면 수없이 잔디를 불러보았다. 태선처럼 조금 느리게 잔디야, 잔디야, 잔디야 불렀다. 그럴 때면 잔디는 가만히 제 몸을 내게 맡겼다.

내가 한 발자국 뒤로 물러나자, 태선이 안으로 들어왔다.

"마지막 인사, 충분히 하셨어요?"

"네."

"그럼, 이만 아이를 화장장으로 옮기겠습니다."

그의 목소리에는 비음이 섞여 있었다. 그는 잔디를 자신의 품 가까이 가져가 힘을 줘 꼭 안았다. 그의 팔이 떨렸다.

화장로는 바로 옆방에 있었다. 커다란 소음의 진원지가 거기였다. 거대한 환풍기가 세상의 모든 냄새를 빨아들일 것처럼 우웅거리며 돌아가고 있었다. 마지막으로 나는 잔디를 한번만 더 안아보겠다고 했다. 태선은 내 품으로 조심스럽게 옮겨줬다. 보리, 마루, 벼리보다 더 가여운 아이다. 주인에게 두 번이나 버림을 받았으니. 그는 잔디를 작은 수레에 싣고 화장로가 있는 방으로 들어갔다. 철문이 닫혔다. 막막했다. 잠시 후, 내가 서 있는 복도와 그가 있는 방이 연결된 유일한 통로인, 조그마한 유리문에 쳐져 있던 커튼이 열렸다.

태선은 화장로를 열어 잔디를 넣었다. 또 다시 나와 잔디에게 깊은 목례를 했다. 바깥에 서 있던 나도 그처럼 했다. 목례를 끝낸 그는 화장로를 닫고 스위치를 눌렀다. 소음이 더 커졌다. 상담실 책자에는 850도에서 화장을 한다고 돼 있었다. 유골을 스톤으로 만들려면 또 다시 1,500도에서 태워야 한다고도 돼 있었다. 그가 나에게 다시 목례를 한 후, 천천히 커튼을 닫았다. 잔디와 완전히 이별하는 순간이었다. 눈물이 쏟아졌다. 그러나 소리내 울지는 않았다. 아무것도 하지 못하는 그에 대한 배려였다. 작은 커튼은 나와 잔디와 그리고 나와 그를 완벽하게 차단시켰다.

복도에서 한 시간 반을 침묵하며 기다려야 했다. 웅웅거리는 소리가 내 마음까지 삼켰는지 하고 싶은 말이 점차 줄어들었다. 태선이 복도로 나와서 나와 이야기를 나누지 않는 게 차라리 다행이라는 생각이 들었다. 그의 행동이 정중할수록 나는 그를 눈으로만 보는 것에 만족해야 했다. 깊은 산속, 커다란 건물, 파란 새벽에 그는 이곳에 혼자 있었다. 이곳에서 매일 영혼을 보내는 일을 하고 있다는 생각에 이르자, 그를 다그치려 모아둔 말들이 안에서 저절로 삭아졌다.

태선을 처음 만난 건 중학교 1학년 때였다. 같은 교회에 다니면서 알게 된 친구다. 그는 교회에 올 때마다 강아지를 데려왔다. 친구들과 전도사님은 그런 그를 처음엔 의아한 눈빛으로 봤다.

"혼자 두면 위험해서요."

우리 집도 강아지를 키우지만, 외출할 땐 두고 다녔다. 그래서 태선의 말이 이해가 되지 않았다. 더욱 납득이 되지 않은 건 강아지가 자주 바뀐다는 거였다. 그는 예배 시간이 끝나기가 무섭게 강아지와 교회 마당에서 뛰어놀았다. 그의 주머니에는 늘 강아지에게 먹일 소시지가 들어 있었다. 지나다니는 길고양이에게도 어김없이 소시지를 꺼내주었다. 나도 그때부터 가방에 소시지를 넣어 다녔다. 그러나 그가 잔디를 내게 맡기고 사라진 후부터 그만두었다.

태선은 지금 닫힌 커튼 안에서 무엇을 하고 있을까. 복도에 있는 나를 생각할까. 아니면 12년이나 키웠던 잔디를 생각할까. 나는 복도 입구의 전광판을 다시 올려다보았다. 언니, 윤해주. 언니. 언니. 언니. 태선이 나를 잔디의 언니로만 생각하는 것 같아 서운했다. 나는 짙은 밤색 커튼을 다시 바라보았다. 아무리 보고 있어도 열리지 않았다. 웅웅대는 소리는 더 커졌다. 귀가 먹먹했다. 온 산이 우는 것 같았다.

밖으로 나와 2층으로 올라갔다. 돌계단은 여전히 위험하게 느껴졌다. 상담실 오른쪽에 있던 납골당을 언뜻 보았기에 다시 찬찬히 보고 싶었다. 200여 개 중 100여 개에 강아지와 고양이의 유골함이 안치돼 있었다. 대부분 강아지와 고양이의 이름과 함께 그들의 사진을 넣은 액자가 들어 있었다. 그들의 주인과 함께 찍은 사진도 더러 있었다. 간식과 애착인형과 편지가 들어 있는 곳도 많았다. 그 안에 있는 그들의 이름과 사진과 간식은 모두 달랐지만, 모든 곳에 빠지지 않고 들어 있는 게 하나 있었다. 물이었다. 모든 칸에 작은 생수병 하나가 들어 있었다.

물! 모든 생명의 마지막을 지켜주는 것. 아무것도 먹지 않고 물만 먹어도 얼마간은 살 수 있게 해주는 것. 태선은 강아지를 맡길 데가 없으면 어딘가에 숨겨놓고 소시지와 물을 갖다주었다. 그때 음식보다 중요한 것이 물이라고 했다. 그는 대학 졸업을 한 학기 앞두고 나에게 평생 서로에게 물 같은 존재가 되자고 했다. 나는 그에게 그렇게 물 같았고 그가 어쩌지 못하는 생명을 넷이나 거뒀다. 보리, 마루, 벼리, 잔디.

태선이 수의사가 되고 내가 약사가 되면서부터 물의 의미는 더욱 커졌다. 둘 다 생명을 다루는 일을 했기에 물이 얼마나 중요한지를 알게 되었다. 잔디도 죽기 열흘 전부터 아무것도 먹지 못했다. 주사기로 물만 조금씩 밀어넣었다. 그때 몇 날 며칠 내 마음이 얼마나 흔들렸는지 모른다. 어쩌면 그의 마지막 아이일지도 모르기에, 잔디가 살아 있을 때 그에게 연락을 해야 하나 하고. 그러나 참았다. 나의 바람과 달리 그가 오지 않고 더 깊은 곳으로 숨어버릴까봐.

내가 태선을 찾아다닌 것보다 한 곳에 한결같이 있는 나를 외면한 그가 더 힘들었을 것이다. 나는 칸칸마다 들어 있는 강아지와 고양이의 사진을 보리, 마루, 벼리, 잔디인 양 유심히 들여다보았다. 마지막 칸의 강아지는 잔디와 같은 종류의 진돗개였다. 그가 나에게 보낸 강아지는 대부분 몸집이 컸다.

3년 전 늦봄, 태선은 아버지가 죽었다며 잔디를 잠시만 맡아달라고 했다. 나는 그가 아버지와 오랜 시간 척지며 살아온 걸 알기에 잔디를 흔쾌히 맡았다. 그에게 애도할 시간을 충분히 주고 싶었다. 그러나 장례식장에 찾아갔을 때, 태선은 나에게 뜻밖의 말을 했다.

"난 아버지가 나를 미워한 줄 알았어. 내가 미워한 만큼."

"부몬데 그럴 리가."

"나는 내 꿈까지 포기했는데."

"시인?"

태선은 자신이 아름다운 언어로 시를 짓는 게 위선 같다고 했다. 아버지가 날마다 멀쩡한 생명을 죽이고 자신은 그의 밥을 먹고 살았는데, 시인이 되는 건 가당치 않다고 했다. 나는 아버지와 자신의 삶을 분리하라며 설득했지만, 그는 뜬금없이 수의사가 되겠다고 했다. 자신이 써야 할 단어들은 이미 아버지의 칼날에 모두 베이고 말았다며.

태선은 중고등학생일 때 일주일에 두세 번 도살할 개가 실려오면 아버지 몰래 개를 빼돌렸다. 나에게만 데려온 개가 스무 마리가 넘는다. 세 마리는 내가 키우고 나머지는 주변에 입양을 보냈다. 그는 학교 선생님들에게까지 사정을 하며 분양하려 애썼다. 친구들은 물론이다.

"해주야, 넌 개의 눈을 보면 무슨 생각이 들어?"

"착해지고 싶어."

"나는 영혼을 봐."

"무서웠겠다."

태선은 아버지가 개를 죽일 때 눈을 보지 않으려 얼굴을 가린다고 했다. 건강하고 큰 개일수록 값어치가 높아 그런 개만 사들인다고 했다. 그는 그런 개를 볼 때마다 건강한 자신이 역겨워진다고도 했다. 그래서 그는 자주 토했다. 밥을 먹고도 술을 먹고도 토했다. 그는 자랄수록 아버지처럼 철창에 갇힌 개의 눈을 보지 않으려는 자신을 발견하게 됐다고 했다. 그가 수의사가 된 가장 큰 이유는 개의 눈을 보기 위해서였다.

나는 그의 아버지가 우락부락하게 생겼을 거라 생각했다. 그러나 태선보다 선이 부드러운 사람이었다. 웬만한 여자만큼 고운 얼굴이었다. 모란시장에서 태선의 할아버지가 하던 도축업을 아버지가 그대로 물려받은 거라고, 그가 언젠가 말했다.

"아버지가 나를 야단친 적은 없어. 비싸게 사온 개를 빼돌렸는데도."

"네 마음을 아신 거겠지."

"내가 태어나서 엄마 아버지 다음으로 본 것이 살아 있는 개와 죽은 개였어. 살아서 나와 눈이 마주쳤던 개가 잠깐 사이에 빳빳해진 채 냉장고에 누워 있곤 했어."

"힘들었겠다."

태선은 나에게 자기 아버지의 눈을 보라고 했다. 눈에서 무엇이 읽히느냐고 물었다. 나는 개의 눈이 보인다고 했다. 보리, 마루, 벼리의 눈이. 그도 그렇게 생각한다고 했다. 그는 그때, 이제 아버지와의 오랜 숨바꼭질이 끝났다며 쓴 웃음을 지었다. 술래만 남아 더 이상 그 놀이를 할 수 없게 되었다며, 착잡한 표정으로 영정 사진을 올려다보았다.

태선은 고등학교를 졸업하자마자, 집을 나왔고 간간이 들러 개를 빼왔다. 그의 마음에 겹겹이 쌓인 개의 죽음은 그를 점점 무거운 사람으로 만들었다. 나는 그런 그를 최대한 명랑하게 만들려 애를 썼다. 그리고 끊임없이 입양할 사람들을 수소문했다. 친구들 중 특히 선경은 그런 나에게 작작하라며, 자주 면박을 줬다.

장례식이 끝나고 태선은 잔디를 데리러 오지 않았다. 시간을 조금만 더 주자 생각하며 기다렸지만, 일주일이 지나도 오지 않았다. 기다리다 못해 내가 전화를 했을 땐, 이미 없는 번호였다. 그가 운영한

동물병원도 문이 닫힌 상태였다. 그와 내가 같이 아는 사람들을 모두 동원하여 그의 행방을 알아보았지만, 어디에서도 그를 찾을 수 없었다. 그를 아는 사람들도 나처럼 망망한 상태였다.

태선이 2층에 올라와 화장이 끝났다며 다시 지하로 가자고 했다. 그는 도기에 담긴 잔디의 뼈를 보여주었다. 종잇장 같았다. 손만 대도 바스라질 것 같았다. 몇 번의 화장을 경험했는데도 번번이 온전한 뼈로 남았을 거라 착각하는 나 자신에게 또 놀랐다.

"이걸 어떻게 할까요?"

"분골해주세요."

태선은 화장장 한 쪽 구석으로 가서 뼈를 빻았다. 그의 몸의 반만 보였다. 오른팔을 위아래로 연신 움직이다가 작은 원을 그리는 게 보였다. 나는 다시 복도 입구로 가서 전광판에 쓰인 잔디의 이름을 올려다보았다. 잔디. 예쁘고 순한 아이였다. 내가 키운 아이 중 가장 마음을 많이 준 아이였다. 그에게도 잔디는 아픈 이름일 것이다. 그는 아이의 뼈를 빻으면서 무슨 생각을 할까. 10여 분이 지나자, 그가 나무함을 들고 복도로 나왔다. 나무함의 뚜껑을 열어 가루를 만져보았다. 따스했다. 평소 잔디의 몸보다 훨씬 더 따뜻했다. 한 줌의 재로 남은 아이를 품에 안았다.

태선이 뒷정리를 하고 올라오겠다며 나에게 2층에 가 있으라고 했다. 지하 출입문을 나오려는데, 문 위에 커다란 그림이 걸려 있었다. 새파란 하늘에 새하얀 뭉게구름. 그 구름 위에 하얀 강아지 한 마리가 올라앉아 있었다. 마치 천국 같았다. 나는 잔디의 영혼이 천국에 잘 안착하기를 바라며 다시 한번 멈춰 서서 기도했다. 지하를 나오니 산 전체가 한 겹 검은 허물을 벗고 있었다. 돌계단을 또 올라갔다. 행여 넘어져 나무함을 놓칠까봐 조심조심 올라갔다. 오르내릴 때마다 이 계단을 설계한 이의 의도가 궁금했다.

태선이 상담실로 왔다. 나는 그에게 감사의 인사를 했다.

"제가 할 일인 걸요. 아이는 어떻게 하실 건가요?"

"수목장을 할 거예요."

"저어, 그 아이 제게 주시면 안 될까요? 사진도요."

나는 곧바로 대답이 나오지 않았다. 태선의 제안이 느닷없어서이기도 했지만, 무엇보다도 잔디는 나의 개이기 때문이기도 했다. 12년을 함께한 태선 못지않은 나의 3년이었다. 처음 일 년은 제 주인을 기다리는 걸 보느라 안쓰러웠고, 마지막 두 달간은 죽음과 사투하는 걸 지켜보느라 힘들었다.

"그러고 싶지 않습니다. 잔디는 제 아이인 걸요."

나는 단호하게 거절했다. 태선에 대한 감정을 냉정한 말투로 표현했다. 그가 커피를 탔다. 커피를 앞에 놓고 마주앉았지만, 여전히 유가족과 장례지도사의 관계였다. 나는 그걸 굳이 깨고 싶지 않았다. 화장을 하는 한 시간 반 동안 마음이 그렇게 흘러갔고, 정리되었다.

"우리 잔디, 정성껏 보내줘서 고마워요. 덕분에 좋은 곳에 갔을 거예요."

"좋은 곳에 갔을 겁니다. 순하고 이쁜 아이라…."

다시 침묵이 흘렀다. 밖은 어느새 여명이 스며들어 마당에 켜놓은 등불이 흐릿해지고 있었다. 팽팽한 긴장감이 싫어 나는 벌떡 일어났다. 행여 경계가 무너질까봐 겁도 났다. 태선의 얼굴에 당황한 기색이 역력했지만, 나는 유골함을 품에 안고 상담실을 나왔다. 돌계단을 내려서려는데 이곳에 올 때 보았던 고양이가 생각났다.

"저, 혹시 소시지 좀 있나요?"

"네. 있습니다만."

"두 개만 주시겠어요?"

태선은 잠시만 기다려달라고 했다. 그러나 그는 한참 만에 묵직한 종이가방과 소시지를 가지고 왔다. 소시지를 받아 가방에 넣었다. 그는 쭈뼛거리며 종이가방을 나에게 건넸다. 안에 있는 것들은 집에 가서 보라고 했다. 내가 받으려 하자, 차가 있는 곳까지 들어주겠다고 했다.

나는 여전히 온기가 느껴지는 잔디를 안고 돌계단을 내려왔다. 내가 조금은 위태롭게 발을 내딛자, 태선의 손이 연신 내 쪽으로 왔다가 가곤 했다. 직접 잡아주지는 않았다. 계단 설계를 누가 했는지 물어보았다. 자신이 했다고 했다. 그다웠다. 화장로와 사무실을 수없이 오르내릴 때마다 생각의 고리를 끊고 싶었을 것이다. 전에는 나의 명랑함과 웃음이 그를 조금씩 가벼워지게 했는데, 이젠 혼자 견뎌야 한다.

밤새 희뿌옇던 어둠은 산안개 때문이었다. 그래서일까 떠오르는 햇살이 눈부셨다. 나는 유골함을 조수석 바닥에 안전하게 놓았다. 태선에게 받은 종이가방은 뒷좌석에 올려놓았다. 그는 나에게 끝까지 정중했다. 내가 차에 오르는 순간 모든 것이 끝인데도, 나를 처음 대했을 때의 정중함 그대로였다. 내가 차문을 거칠게 닫자, 그가 서너 걸음 뒤로 물러섰다. 두 손을 앞에 가지런히 모은 채로.

내가 고개를 살짝 숙여 인사하자, 태선은 깊이 목례를 했다. 나는 그런 그를 날카로운 눈빛으로 쏘아보다가 엑셀을 세게 밟아 장례식장 마당을 빠져나왔다. 내리막길을 내달리는데 정면으로 아침햇살이 비쳤다. 눈이 부셔 눈을 뜰 수 없을 정도였다. 그가 차 꽁무니를 빠르게 뒤쫓아왔지만, 나는 내달렸다. 백미러에 보이는 그의 모습이 점점 작아져갔다. 내 차가 모퉁이를 돌 때까지 그는 바라보고 있었다. 나는 그에게 처음으로 잘 멈췄다. 지금은 멈출 때였다. 그를 위해. 또 우리를 위해.

어젯밤 고양이를 보았던 근처에서 서행했다. 고양이는 보이지 않았다. 차를 세우고 소시지를 까서 숲에 놓았다. 잠시 후, 새끼 고양이가 나타났다. 나는 고양이가 먹이를 다 먹을 때까지 차 뒤로 비켜서 있었다. 진회색 털을 가진 러시안블루 고양이였다. 나는 고양이에게 다가설까, 그냥 갈까를 망설였다. 다가섰는데 도망치면 어쩌나 하는 생각이 들어서였다.

내가 놓치면 태선이 보살피겠지 하는 마음으로 고양이에게 다가갔다. 고양이는 뒤로 움찔 물러서 찔레숲으로 몸을 피했다. 나는 자세를 최대한 낮춘 채 다가갔다. 거의 앉다시피하여. 더 이상 도망가지 않았다. 자신을 해치지 않는다는 걸 본능적으로 아는 것 같았다.

손 하나를 내밀었다. 물지 않았다. 한 손을 마저 내밀었다. 가만히 있었다. 더 가까이 다가가 두 손으로 머리를 쓰다듬었다. 순순히 나를 받아들였다.

픽, 웃음이 나왔다. 태선의 고양이일 거라는 생각이 들었다. 나는 또 다시 갈등했다. 데려가야 하나, 그냥 두고 가야 하나. 내가 두 손으로 잡았을 때 나에게로 오면 데려가고 물러서면 두고 가기로 마음먹었다. 성큼 다가가 두 손으로 몸통을 감싸쥐었다. 가만히 있었다. 품으로 안았다. 아기 고양이가 내 눈을 쳐다봤다. 에메랄드빛 눈이 예뻤다. 마음이 쿵, 내려앉았다.

나는 서울로 곧장 돌아오지 않고 방향을 속초로 잡았다. 태선과 할 얘기가 많을 것 같아 오늘 휴가를 냈다. 그런데 자꾸만 그의 정중했던 태도가 떠올라 마음이 진정이 되지 않았다. 그와 멀어질수록 장례식장에서 참았던 감정들이 요동쳤다. 고맙고 반가운 마음보다 서운하고 안타까운 마음이 컸다. 그 마음은 잔디에 대한 슬픔보다도 컸다.

태선과 갔던 바닷가로 갔다. 새벽 바닷가에는 아무도 없었다. 그는 잔디를 빼내어온 날, 다짜고짜 속초로 가자고 했다. 갓 면허를 딴 나는 아버지의 차를 아슬아슬 운전해서 이곳으로 왔다. 그때는 오늘의 이 상황을 상상조차 하지 못했다. 나는 그와 함께했던 수많은 시간을 되돌려보았다. 앞으로 어떻게 해야 할까. 하얀 포말이 다가와 바위에 부딪혔다가 다시 바다로 돌아갔다. 그리고 또 다시 밀려왔다.

바닷가 근처에 반려동물 동반입장이 가능한 카페가 있었다. 샌드위치와 커피를 주문했다. 무거운 종이가방 안이 궁금했다. 누런 봉투가 두 개나 있었다. 봉투 하나에는 열네 권의 얇은 노트가 들어 있었다. 노트에는 번호가 매겨져 있었다. ①에서 ⑭까지. 태선 아버지의 일기장이었다.

첫 일기장은 1976년 3월 2일부터 시작돼 있었다. 1976년 3월 2일 오후 3시. 해피를 처음으로 도살했다. 저녁밥 먹은 걸 모두 토했다. 해피의 눈이 생각나서 잠을 잘 수가 없다. 내 친구들은 오늘 고등학교에 입학했다. 3월 3일. 아버지는 세 마리의 해피를 도살하라고 시켰다. 3월 4일. 오늘은 네 마리의 해피가 내 손에서 죽었다.

마지막 일기장은 1999년도 것이었다. 해피를 도살한 누적 숫자와 함께 12월 31일에 멈춰 있었다. 도살된 숫자가 어마어마해서 나는 입에 머금었던 커피를 내뿜을 뻔했다. 그리고 노트 맨 뒷장에는 그때까지 일기를 써왔던 글씨체와는 전혀 다른 글씨로 '오늘은 새천년. 나는 오늘 하루 해피를 도살하지 않았다'라고 적혀 있었다.

또 하나의 봉투에는 두 권의 앨범과 편지와 통장이 들어 있었다. 앨범에는 사람이 아닌 개의 사진들이 꽂혀 있었다. 겁을 먹은 수많은 개들이 있었다. 2000년 1월 2일에는 세 마리의 해피의 사진이, 3일에는 다섯 마리의 사진이 꽂혀 있었다. 두 번째 앨범의 마지막 사진은 2017년 4월 7일의 것이었다. 세 마리의 해피의 사진이 꽂혀 있었다. 진돗개 두 마리와 푸들 한 마리였다. 나는 앨범과 일기장을 종이가방에 다시 넣었다. 도살당한 숫자와 수많은 해피의 얼굴이 속을 울렁거리게 했다. 태선처럼 토할 것 같았다. 집에만 다녀오면 토하던 그의 고통을 알 것 같았다. 배가 고팠지만, 샌드위치를 먹을 수가 없었다. 자꾸만 태선 아버지의 순한 얼굴과 수많은 강아지의 모습이 겹쳐 떠올랐다.

편지는 그의 아버지가 태선에게 남긴 것이었다.

태선아, 고맙다. 네가 해피를 더러더러 데려가줘서. 나도 너처럼 네 할아버지 몰래 수십 마리를 풀어주었고, 그때마다 할아버지에게 호되게 매를 맞았다. 네 마음 안다. 그런데 나는 이곳을 떠날 용기가 없었다. 평생 보고 배운 게 이것밖에 없었다. 네 말대로 죽을 각오로 다른 일을 하면 못할 게 없었겠지만, 개는 내가 아니어도 누군가는 죽일 것이기에 나는 묵묵히 했다.

네 엄마와 너를 잃었지만, 나는 내 업에는 충실했다. 할아버지의 유언이었다. 내 아버지에게만은 떳떳하다. 죽어서도 나는 네 할아버지와만 가족이 될 것 같다. 나는 평생을 개와 보냈다. 좋지도 나쁘지도 않았다. 나는 개가 실려오면 가장 좋은 음식을 먹이고 쓰다듬어주었다. 언젠가부터 사진도 찍어주었다. 내가 해줄 수 있는 게 그것뿐이었다.

개의 눈이 얼마나 순한지 너도 알지? 나는 개를 죽일 때 눈을 보지 않았다. 그래서 살았을 때의 선한 눈망울만 생각난다. 네 눈도 참 순하지. 그게 고맙다. 이런 애비의 아들의 눈이 순해서. 네 덕분에 가끔 무거운 내 마음에도 숨통이 트였다. 마지막 한 달간은 매일 기도하러 다녔다. 죽을 날이 다가오니 내가 죽인 수많은 생목숨이 마음에 걸리

더라. 기도를 해야겠다는 생각이 들었다. 해피를 죽일 때마다 종일 좋은 곳에 가라는 기도를 했지만, 이번에는 정식으로 여러 신께 기도하고 싶었다. 믿는 종교가 없어 하루는 교회에, 하루는 성당에 가서 기도했다. 또 다른 날은 절에 가서 불공을 드렸고. 어느 신이 해피들에게 좋은 복을 내릴지 몰라서.

네 엄마를 잘 부탁한다. 나와 10년이나 살아준 고마운 사람이었다. 못 본 지 20년이 넘었네. 보고 싶다. 그래도 수술에서 깨어났을 때 네가 내 손을 따뜻하게 잡아주어서 고마웠다. 오랜만에 가슴이 따뜻했다. 통장의 돈은 너의 개를 위해 써주었으면 좋겠다. 평생 안 쓰고 모은 돈이다. 생목숨을 끊어 번 돈이라 어디에도 쓸 수가 없었다. 네가 수의사니 잘 알아서 써다오.

편지를 읽고 나니 그간의 태선의 번민과 사라진 시간이 이해가 됐다. 그리고 그의 아버지와 그의 할아버지와 그의 어머니의 삶까지도. 또 다시 멀미가 났다. 한바탕 토하고 싶은데 토해지지가 않았다. 그가 개를 빼내온 수많은 날들이 스쳐 지나갔다.

통장에는 8천만 원이 들어 있었다. 태선 아버지의 이름으로 돼 있었고, 통장 맨 앞장에 비밀번호가 쓰여 있었다. 그가 이걸 왜 나한테 주었는지 이해가 되지 않았다.

고양이는 본래 내가 집사였던 것처럼 내 품에 잠잠히 안겨 있다. 잔디처럼 따뜻하다. 나는 잔디인 양 털을 부드럽게 쓸어주었다. 그럴수록 태선 생각이 났다.

속이 메슥거려서 카페를 나와 다시 바닷가를 거닐었다. 그때 태선에게서 전화가 왔다. 그는 '해주야, 나야'라고 먼저 말했다. 참으로 낯익은 말이었다. 그리고 오랜만에 듣는 소리였다. 나는 순간, 마음이 복잡하여 멀리 수평선을 바라보았다. 그가 어디냐고 물었다. 나는 대답 대신 파도소리를 들려주고 전화를 끊어버렸다.

한 시간 만에 태선은 내가 있는 바닷가로 왔다. 양복 차림이 아닌 평상복 차림이었다. 셔츠와 청바지와 운동화. 늘 입었던 차림이었다. 나는 몇 시간 전에 그를 처음 보았을 때의 장면이 생각나 뒤로 두어 걸음 물러섰다. 나를 향해 다가오는 그의 눈에 눈물이 그렁했다. 나는 더 이상 물러서지 않았다. 대신 고양이를 힘껏 껴안았다.

나는 태선의 눈물에 늘 무방비 상태로 무너졌다. 다른 것에는 씩씩한 내가 그의 눈물에는 한없이 약했다. 그는 내 앞에서 몇 번이나 울었다. 자기 부모가 이혼한 이야기를 했을 때, 아버지 몰래 데리고 나온 개가 굶어죽거나 사고로 죽었을 때, 데리고 나온 개들 중에 분양할 데가 없어 결국엔 임시동물보호소로 보내야 했을 때였다. 정작 자신의 아버지가 죽었을 땐 울지 않았다. 그런 그가 눈물을 보였다. 나는 고양이를 한 팔로 안고 또 다른 팔로 그를 안아주었다. 그가 아이처럼 울었다.

눈물을 그친 태선이 내게서 고양이를 받아 안았다. 내 짐작대로 그가 돌보는 고양이가 맞았다. 제 주인에게 안긴 고양이는 더욱 편안해 보였다. 잔디 생각이 났다. 잔디도 살아 있었을 때 이랬더라면 얼마나 좋았을까.

"해주야, 미안해."

"당연하지. 짜샤."

"아버지의 일기장과 앨범을 본 순간, 다른 생각은 아무것도 할 수가 없었어."

"네 성격으론 그랬겠어. 그래도 인마…."

태선은 아버지를 원망하고 미워했던 게 미안하다고 했다. 아버지가 평생 개의 죽음을 등에 지고 산 것에 비하면, 자신의 마음은 엄살에 지나지 않은 거였다고 했다. 그래서 아버지를 온전히 위로해주고 싶었다고 했다. 아버지가 기도했던 수많은 영혼들을 달래주려 장례식장을 열었다고 했다. 매일 한 영혼 한 영혼을 달래는 게 아버지의 짐을 덜어주는 거라고도.

"너와 잔디를 보고서야 내가 얼마나 이기적이었는지 알았어."

태선은 새벽에 나를 본 순간 주저앉을 뻔했고, 죽은 잔디를 건네받는 순간 아버지가 죽었을 때처럼 만감이 교차했다고 했다.

"너, 남겨진 쪽이 훨씬 생각이 많아지는 건 알지?"

"미안해. 내가 하나에 꽂히면 미련하게 직진만 하잖아."

"나는 네가 아니어서 네 아픔 다는 몰라. 그렇지만 지난 날 함께했던 것처럼 어떻게든 도움은 될 수 있었을 거야."

태선은 나에게 미안해했다. 나는 그에게 아주 정중하게 목례를 했다. 그것도 몇 번이나. 나는 그렇게 장난을 치는 걸로 그를 봐주었다.

고양이의 이름은 해피라고 했다. 태선에게 해피는 금기어였다. 나도 고양이를 서울로 데려가 해피라고 부를 생각이었다. 마음이 예전처럼 잘 통해 우리는 바닷가에서 한바탕 소리내 웃었다. 그가 해피의 머리를 부드럽게 쓰다듬으며 나를 바라보았다. 그의 눈이 고양이의 파란 눈처럼 예뻤다. 서로의 눈 속에 빨려들어갈 것만 같은 찬란한 봄날이다.

완벽한 겨울

할머니 심부름

점심시간이 막 지날 무렵, 사촌이 나를 또 데리러 왔다. 아침에도 할머니가 불러서 큰집에 다녀왔다. 그때 할머니는 나에게 특별한 걸 물어보지 않았다.

“어매는 어쩌고 있누?”

“안방에 누워 있어요.”

“애비는 뭐하고?”

“사랑방에 누워 있어요.”

내 대답을 들은 할머니는 기역 자로 구부러진 허리를 펴 멀리 앞산을 바라보았다. 할머니는 오래 걷거나 일을 많이 할 때 외에는 좀처럼 허리를 펴지 않는다. 다른 때는 구부러진 채로 한숨을 내쉰다. 할머니는 먼 데서 눈길을 거둬 펌프의 물을 힘껏 길어올렸다. 평소의 조심스러운 행동과 달랐다. 할머니의 손이 재기는 해도 거칠지는 않다. 작년에 사상범을 찾는다며 경찰이 온 동네를 샅샅이 뒤진 적이 있다. 그때 나와 동생은 큰집에서 놀고 있었다. 우리 집안에는 그런 사람이 없었지만, 겁이 많은 할머니는 우리를 데리고 뒷산으로 피했다. 손주 여럿을 솔개가 병아리 채듯 챙겨 뒷산으로 숨었다. 조그마한 할머니의 몸에서 어떻게 그런 힘이 나오는지 놀라웠다. 할머니는 네 발로 산을 성큼성큼 기어올랐다. 오늘 펌프질을 하는 모습이 그날 처럼 힘이 들어가 있다.

아침에 할머니는 나에게 엄마와 아버지를 잘 살펴보라고 했다. 특히 엄마가 배가 아프다고 하면 언제고 달려와야 한다고 했다. 그렇지 않더라도 점심을 먹고 반드시 오라고 했다. 그러나 나는 가지 못했다. 엄마가 점심을 주지 않아서 동생 점심을 챙겨야 했기 때문이다. 엄마와 아버지는 아침부터 점심 때가 지나도록 방 하나를 차지한 채 누워 있다. 두 달 전부터 두 사람에게서는 웃음기와 말이 사라졌다. 아버지는 본래도 잘 웃지 않는다. 옆집에 사는 미경아버지는 다섯 살이나 먹은 미경을 안고 우리 집에 놀러올 때가 많다. 그는 우리 집 마당을 들어설 때마다 허허, 웃었다. 그럴 때면 아버지는 남자가 점잖지 못하다며 혀를 쯧쯧, 찼다. 나는 그런 미경아버지와 미경이 부러웠다. 엄마는 잘 웃었다. 대부분 수줍게 웃었다. 꽃을 보고도, 나와 동생을 보고도, 담장에 커가는 박을 보고도 웃었다. 나는 그런 엄마를 닮았다. 나는 엄마를 보고는 잘 웃었지만, 아버지에겐 잘 웃지 않았다. 아버지가 나에게 웃어준 적이 별로 없기 때문이다.

엄마의 배는 부르다 못해 터질 지경이었다. 뱃속에는 둘째동생이 자라고 있었다. 어른들은 오늘내일쯤 아기가 나올 거라고 했다. 그러나 정작 엄마는 뱃속의 아기에겐 관심이 없어보였다. 며칠 전 기저귀와 배냇저고리를 삶아놓은 후론 아기를 위한 준비는 더 이상 하지 않았다. 그렇게 잘 웃던 웃음기가 사라지면서 모든 일에 시무룩해 보였다.

동갑인 사촌을 따라 다시 큰집으로 나섰다. 사촌은 나보다 한 달 먼저 태어났지만, 나는 그를 언니라 부르지 않는다. 언니라고 부를 구석이 없어서이기도 하지만, 할머니 때문이기도 하다. 사촌은 우리 집의 내 동생처럼 행동한다. 다섯 살인 내가 동생을 돌보고 엄마를 돕는 걸, 큰집에서는 할머니가 한다. 사촌의 세수도 할머니가 시켜주고, 옷도 할머니가 갈아입혀준다. 딱 세 살짜리 같다. 나는 그런 사촌이 부러우면서도 만만하게 느껴졌다. 사촌은 미경처럼 놀기만 하면 됐다. 우린 같은 손녀지만, 할머니가 어느 집에 사느냐에 따라 할머니에게 받는 대우와 우리가 해야 할 행동이 달랐다. 나는 사촌에게 매번 이름을 불렀다. 그럴 때마다 할머니는 언니라 부르라며 야단을 쳤다. 버릇이 굳어지면 고치기 어렵다며. 나를 앞서 걷는 사촌의 발걸음이 겅중겅중 공중에 떠 있다. 도무지 걱정이라곤 없어 보인다. 나는 검정 고무신을 질질 끌며 따라갔다. 내가 디딘 땅에서는 잔모래가 폴폴, 먼지를 일으켰다.

"어매는 어쩌고 있누?"

"아침하고 똑같아요."

"애비는?"

"송아지 여물 주고 다시 누웠어요."

할머니는 나에게 점심을 먹었느냐고 물어보지도 않았다. 점심을 먹은 지 얼마 안 된 사촌에게는 홍시를 먹으라며 챙겨주었다. 큰집이 부러운 건 우리 집보다 잘 살고 할머니가 있어서이기도 하지만, 또 하나 감나무가 있기 때문이기도 하다. 큰집 뒤란에는 커다란 감나무가 한 그루 있다. 그 감나무엔 가지가 부러질 정도로 감이 열린다. 물론 해거리는 한다. 할머니는 늦가을이면 감을 따서 항아리에 담아두었다가 겨울에 사촌들에게 간식으로 먹였다. 고염도 그렇게 먹였다. 우리 집에는 감나무도 고염나무도 없다. 그건 할머니가 우리 집에 살지 않는 것만큼이나 서운한 일이다. 할머니는 저녁에 다시 한번 더 오라고 했다. 그때는 여동생을 데리고 오라고 했다. 하루에 세 번이나 오라니 영문을 모르겠다. 특별한 간식을 주거나 심부름을 시키는 것도 아니면서.

내가 다시 집으로 왔을 때, 아버지는 뒤란에 있는 땔감을 부엌과 가까운 헛간으로 옮겨 쌓고 있었다. 송아지 등도 빗질해주었고, 덜컹거리던 마구간 문짝도 고쳤다. 멀쩡해보이는 사랑방 문고리에도 다시 한번 못질을 했고, 안방의 것도 그랬다. 안방의 것을 손볼 땐, 엄마는 뒤란 쪽 벽을 향해 돌아누웠다. 거기다가 아버지 보란 듯 이불을 머리끝까지 뒤집어썼다. 그건 우리 집에서 동생이나 할 만한 행동이다. 평소 아버지는 무섭고 엄마는 순하여 저런 행동을 하지 않는다. 심지어 나도 그런 적이 없다. 아버지는 그런 엄마를 모른 체했다. 아버지가 이렇게 너그러운 적이 없었다.

만자와 금자언니

나는 작년 가을부터 올 여름까지 아버지에게만 말을 하지 않았다. 그 이유는 나도 잘 모른다. 만자와 금자언니 때문인 것 같지만, 그것도 확실치는 않다.

나는 주로 미경과 놀았지만, 진짜 친구는 한번도 같이 논 적 없는 만자다. 나와 동갑인 만자는 우물에서만 볼 수 있었다. 우리는 우물에서 나물을 씻거나 빨래를 했다. 다른 아이들이 뛰어다니며 놀고 있을 때, 만자는 일만 했다.

만자는 우물에서도 어쩌다 만날 수 있었다. 동네엔 우물이 두 개가 있다. 작은 우물은 우리 집 근처에, 큰 우물은 만자가 사는 집 근처에 있다. 사람들은 큰 빨래를 하거나 많은 나물을 씻을 때는 우물이 깊은 곳으로 갔다. 그 외에는 자신의 집에서 가까운 곳으로 갔다. 나는 주로 작은 우물로 갔다. 엄마가 나에게 빨래를 시키지 않았기 때문이기도 했지만, 작은 우물을 들여다보면 재밌었기 때문이다. 우물은 하도 작아 여남은 바가지만 퍼내어도 금세 바닥을 드러냈다. 그때 바위 틈새에서 물이 퐁퐁, 솟아나오는 게 보인다. 물이 어디에 숨었다가 나오는지 볼 때마다 신기하다. 우물물은 잠시 후, 푸기 전의 모습으로 차올랐다. 물은 늘 일정한 높이로 차 있었다. 수위가 더 높아지지도 낮아지지도 않는 게 신기했다. 큰 우물은 너무 깊어 파랬다. 물을 아무리 퍼내어도 줄어들지가 않았다. 동네 여자들은 그 우물을 들여다볼 때마다 섬뜩해하며 멀찌감치 앉아 일을 했다.

만자가 보고 싶으면 나는 나물바구니를 들고 큰 우물로 갔다. 만자는 나와 달리 작은 빨래까지 했다. 작년 늦여름이 끝나갈 무렵, 만자는 오른손의 가운데 손가락 한 마디를 잃은 채 우물로 나왔다. 허접하게 두른 무명천 끝이 빨갛게 물들어 있었다. 그 모습에 내가 울음을 터트리자, 만자는 그 어느 때보다 명랑하게 웃어주었다. 그 아이의 주인집은 한약방을 한다. 작두에 약초를 써는 일을 돕다가 손가락이 잘렸다고 했다. 그 아이가 나물을 씻을 때마다 함지박의 물이 빨개졌다. 마치 붉은 물감을 풀어놓은 듯했다. 깊어서 시커먼 우물보다 시뻘건 함지박의 물이 더 무서웠다.

만자는 잇몸이 벌겋게 드러나도록 웃으며 겁을 먹은 나를 달랬다. 그럴 때마다 지혈이 안 된 손끝에선 붉은 물이 뚝뚝, 떨어졌다. 동네 어른들은 물에 손을 넣으면 안 된다며 걱정을 했지만, 남의 집 일을 하는 처지인 만자는 그럴 형편이 못 되었다. 나는 그 아이의 빨래를 도와주러 한동안 큰 우물로 갔다. 만자는 평소에도 나에게는 잘 웃어주었다. 손가락이 잘린 뒤로는 헤헤, 소리까지 내며 웃어주었다.

금자언니는 언니가 없는 나에겐 친언니 같았다. 세상에서 가장 부러운 게 있다면 할머니도 아니고, 감나무도 아니고, 친언니가 있는 아이들이다. 동생이 없는 금자언니도 나를 친동생처럼 대했다. 그런 언니가 혼담이 오간 지 한 달 만에 혼례를 치르고 떠나버렸다. 나는 엄마보다도 금자언니가 더 좋았다. 엄마는 좋을 때가 많았지만, 그러지 않을 때도 있었다. 대부분이 좋았지만, 집안일을 많이 시킬 때는 싫었다. 그러나 언니는 언제나 좋았다. 내가 아는 사람 중에 늘 좋은 사람은 언니밖에 없었다. 언니는 내 머리도 예쁘게 묶어주었고, 손톱도 깎아주었고, 맛있는 게 있으면 남겼다가 주곤 했다. 나는 엄마나 동생이나 사촌이나 미경 때문에 문득문득 속상할 때가 있다. 그럴 땐 언니를 보러갔다. 얼굴이 뽀얗고 눈이 순한 언니는 보기만 해도 마음이 좋아진다. 작은 우물처럼 잔잔하고 고요해진다. 그리고 자꾸 웃게 된다.

만자의 손가락 사건과 금자언니가 떠나버린 건 며칠 사이에 일어난 일이었다. 언니는 만자 때문에 속상해하는 나를 위로해주었다. 그래서 마음이 많이 나아졌다. 그런데 언니에 대한 허전한 마음은 만자에게 아무리 말을 해도 좋아지지가 않았다. 나는 그때부터 말수가 부쩍 줄어들었다. 아버지에겐 아예 입을 닫아버렸다.

아버지의 등

언니가 떠나고 한 달 후쯤이었다. 그날은 날씨가 아주 투명했다. 가을 햇살이 반짝이는 냇물에 부딪혀 다시 내 눈을 부시게 할 정도였다. 아버지는 밭일을 하고 와 집 옆 냇물에서 세수를 했다. 나는 아버지가 얼굴을 닦을 수건을 들고 서 있었다. 세수를 끝내고 수건을 받아든 아버지가 나에게 무언가를 물었다. 나는 대답을 하지 않았다. 아버지는 내가 입을 열 때까지 계속 무언가를 물었다. 나는 끝내 입을 열지 않았다. 화가 난 아버지가 수건으로 내 목덜미를 힘껏 내리쳤다. 나는 너무 놀랐지만, 아랫입술을 문 채 울음을 참았다. 그러고 싶었다. 엄마가 그렇게 때렸다면 통곡하듯 울었을 것이다. 물론 엄마는 나를 때린 적이 없다. 아버지의 고함소리에 놀란 엄마가 달려와 나를 데리고 자리를 피했다. 그때 아버지가 나에게 물어본 것들은 기억나지 않는다. 중요한 것들이 아니었다. 내 말문을 트이게 하려고 이것저것 물어보았을 뿐이다. 그날이 아버지가 나에게 가장 말을 많이 한 때였지만, 나는 한마디도 하지 않았다.

아버지에게 맞은 건 처음이었다. 나는 왜 유독 아버지에게만 말을 하지 않았는지는 잘 모르겠다. 아버지가 화가 날 만했다. 아무튼 나로서는 그걸 설명할 길이 없다. 만자만 봐도 그렇다. 어떻게 그 나이에 남의 집 일을 하는 아이가 되었는지, 손가락이 잘렸는데도 잘 웃는지, 세상에는 설명할 수 없는 것들이 많다. 일여 년 동안 나는 아버지를 피해 다녔다. 어쩌다 눈이 마주치면 아버지는 엄한 눈빛으로 나를 쏘아보곤 했다. 가끔은 걱정스러운 표정을 짓기도 했다.

올 여름, 나는 아랫마을에 사는 숙모집에 놀러갔다가 잠이 든 적이 있다. 그 집에는 막 돌이 지난 여동생이 있었다. 나와 사촌은 그 아이가 예뻐서 종종 보러갔다. 내 동생처럼 도맡아 돌보지 않아도 돼 좋았다. 그 아이는 인형 같았다. 떼쓰는 내 동생이 아니라서 그렇게 느껴졌는지도 모른다. 그날은 사촌은 가지 않고 나만 가서 그 아이를 독차지했다. 나는 내 동생에게보다 더 사랑스러운 마음으로 돌봐주었다. 그 모습을 내 동생이 보았다면, 내가 평소 할머니에게 느낀 서운함을 내게 느꼈을지도 모른다. 숙모는 동생을 나한테 맡기고 밭일을 하러 갔다. 해 질 무렵 동생이 잠들자, 나도 곁에서 잠이 들어버렸다.

잠에서 깼을 때는 아버지의 등이었다. 깜짝 놀랐다. 아버지는 한 번도 내 머리를 쓰다듬어주거나 손을 잡아준 적이 없다. 나 또한 언제나 한 발짝 물러서서 아버지를 대하거나 바라보았다. 아버지의 웃음기 없고, 말수 적고, 엄한 모습은 큰집 큰오빠네 담임 선생님을 닮았다. 그 선생님은 아랫마을 분교 선생님이다. 가끔 학교 운동장에 놀러갔다가 보았다. 늘 엄한 표정으로 뒷짐을 진 채 아이들을 야단칠

기세였다. 아이들은 그 선생님만 나타나면 너도나도 사방으로 흩어졌다.

내가 그런 아버지의 등에 업혀 있었다. 엄마의 등에 업힌 기억도 없는 내가 아버지에게 업혀 있었다. 상상도 못할 일이다. 등은 따뜻했다. 아버지의 온기가 고스란히 느껴졌다. 우리 동네 입구에 다다랐을 때 잠이 깼지만, 나는 잠든 척했다. 아버지의 등이 넓고 포근했기 때문이기도 했지만, 땀 냄새가 좋아서였다.

나는 그 이튿날부터 아버지에게 말문을 열었다.

밤길

종일 누워 있던 엄마가 일어나 저녁을 지었다. 불룩하던 배는 어제보다 밑으로 처져 있었다. 엄마는 한 손으로 배를 받히며 일을 했다. 여전히 입을 다문 채였다. 아버지는 송아지에게 줄 여물을 끓였다. 나는 이럴 때가 제일 곤란하다. 차라리 엄마가 심부름이라도 시키면 좋을 텐데, 아무것도 시키지 않았다. 동생도 오늘 따라 얌전하다. 엄마는 밥상을 차려주곤 우리에게 등을 보인 채 다시 누웠다. 종일 아무것도 먹지 않았는데 저녁도 먹지 않으려는 모양이었다. 낮에 내가 삶아준 고구마도 그대로였다. 엄마는 몸을 쪼그리려 했지만, 불룩한 배 때문에 잘 안 되었다. 엄마는 이불을 뒤집어쓰자마자, 갑자기 울기 시작했다. 아버지가 숟가락을 내려놓았다. 동생도 덩달아 울었다. 아버지는 울고 있는 엄마는 거들떠보지도 않고, 동생에게만 꾸지람을 하고 방을 나가버렸다. 나는 한 손을 엄마의 어깨에 올려놓고 또 한 손으로는 동생을 달랬다. 엄마가 섧게 우는 건 처음 본다. 외삼촌이 보고 싶어 가끔 울 때가 있지만, 저렇게 서럽게 울지는 않는다. 나도 저녁을 먹는 둥 마는 둥 했다.

날이 막 어두워지려 할 때, 동생을 데리고 큰집으로 갔다. 할머니는 낮에 두 번이나 물었던 걸 또 물었다. 내 대답을 들은 할머니는 동생은 두고 가라고 했다. 집으로 가려는 나에게 커다란 미역꾸러미를 안겼다. 잠깐 사이에 사위가 캄캄해져 있었다. 겨울 저녁은 눈 깜짝할 사이에 어두워진다. 그래서 깜짝 놀랄 때가 많다. 혼자 집에 갈 생각을 하니 벌써부터 등골이 오싹했다. 큰집에서 우리 집으로 가는 길엔 무서운 곳이 두 군데나 있다. 아니, 무서운 게 둘 있다고 해야 하나. 낮에는 아무런 문제가 되지 않는 것들이 밤만 되면 나와 동네 아이들을 공포로 밀어넣었다. 그 하나가 곰이었다. 어른들은 밤이 깊어지면 곰이 마을로 내려와 어린 아이들을 잡아먹는다고 했다. 그래서 아이들은 밤에 나다니면 안 되고 일찍 자야 한다고 했다. 곰은 우리 집과 큰집의 딱 중간에 있는 커다란 호두나무 위에 숨어 있다고 했다. 그 놈은 살이 보드라운 아이들만 잡아먹는다고 했다.

또 하나는 호두나무 옆에 있는 정자다. 정자는 크고 웅장하다. 우리 동네 이 씨 종친들이 해마다 그곳에 모여 시제를 지내고 회의를 한다. 그런 날은 일 년에 몇 번 안 된다. 나머지는 늘 비어 있고, 대문도 잠겨 있다. 그런데 그 정자의 마루 밑이 깊었다. 동네 오빠들은 마루 밑이 열 길이나 되고 거기엔 무시한 괴물이 산다고 했다. 그것도 곰처럼 밤에만 돌아다닌다고 했다. 아이들은 아직 아무도 보지 못했지만, 미경아버지는 보았다고 했다. 곰과는 달리 날카로운 뿔이 달려 있다고 했다. 정자 앞에는 연못도 하나 있다. 가을까지는 붕어가 연잎 아래서 헤엄치며 놀지만, 겨울이면 연잎과 함께 사라졌다. 동네 오빠들은 그것도 정자 밑에 있는 괴물이 잡아먹어서라고 했다.

올 가을, 이 씨 종친들이 시제를 지내느라 정자의 대문이 활짝 열린 날이 있었다. 다른 아이들이 대청에 올라가 떡과 과일과 전을 얻어먹고 있을 때, 나는 마루 밑으로 가보았다. 얼마나 깊은지 궁금했다. 낮에는 괴물이 자느라 꼼짝 않기에 용기를 냈다. 큰 댓돌 너머 마루 밑은 대낮인데도 캄캄해서 깊이가 가늠이 되지 않았다. 큰 우물 속 같았다. 고개를 조금만 들이밀었는데도 서늘한 기운이 온몸에 확 끼쳤다. 나도 모르게 뒷걸음질을 쳤다.

큰집 마당을 나서기도 전에 오금이 저렸다. 그렇다고 큰집 오빠들한테 우리 집에까지 데려다달라고 말하고 싶진 않다. 앞으로도 그 길을 계속 지나다녀야 하기에 나 스스로 극복해야 한다. 나는 숨을 크게 내쉰 후, 미역꾸러미를 끌어안은 채 집을 향해 내달렸다. 정자와 호두나무와 연못 근처도 가기 전에 눈을 질끈 감았다. 그런데 갑자기 괴물이 어떻게 생겼을지 궁금했다. 뛰면서 실눈을 떴다. 정자는 어둠에 싸여 조용했다. 연못도 고요했다. 호두나무 위에도 아무런 움직임이 없었다. 어두워진 지 얼마 안 돼 곰과 괴물이 나올 시간이 아닌가 보았다. 나는 눈을 크게 뜨고 달리던 걸음을 툭, 멈췄다. 주위를 둘러보았다. 온통 캄캄한 가운데 나 혼자 서 있었다. 어둠 말고는 아무것도 없었다. 갑자기 더 무서워졌다. 집을 향해 죽으라고 뛰었다.

우리 집 마당에 들어서려는데 누군가 뒤에서 내 목덜미를 확 끌어당기는 것 같았다. 그래도 며칠 전, 밤에 혼자 올라왔을 때보다 조금 더 자란 것 같아 으쓱했다. 나만이 아는 기분이다.

안방

아버지는 사랑방에서 자고 나는 엄마와 안방에서 잤다. 새벽에 무언가의 소리에 잠을 깼다. 엄마가 울고 있었고, 밖에서도 어떤 울음소리가 들려왔다. 바깥의 울음소리는 먼 곳에서 나는 소리였다. 전에도 들어본 적 있는 소리였다. 엄마는 그때 그게 곰이 우는 소리라고 했다. 곰이 아이를 잡아먹지 못해 배가 고픈가 보았다. 나는 문고리를 잠갔다. 그리고 엄마의 머리를 짚었다. 방안의 공기는 냉랭한데 엄마는 땀에 젖어 있었다. 엄마의 울음소리 사이사이 신음이 섞여 있었다. 나는 사랑방의 아버지를 부르러가야 했다. 사랑방으로 가려면 안방을 나가 캄캄한 마당을 지나야 한다. 짐승의 울음소리에 몸은 어느새 굳어 있었다. 그러나 큰집에서 올라올 때 한번 멈췄던, 큰마음으로 아버지를 데리러갔다.

아버지는 깨어 있었다. 우두커니 벽에 기대 앉아 있었다. 안방과 사랑방 사이에는 봉당이 있었지만, 사랑방에서도 엄마의 앓는 소리가 다 들렸다. 아버지는 안방으로 건너와 엄마를 살피더니 서랍에서 긴 무명천을 꺼내 문고리에 걸었다. 그리고 부엌으로 나가 할머니가 준 미역으로 미역국을 끓였다.

이른 아침부터 사각의 방이 흔들렸다. 엄마의 신음소리는 방을 넘어 마당으로 나갔다. 아버지가 불을 때서 방은 따뜻했다. 나는 온몸을 비틀어대며 비명을 지르는 엄마가 무서워 멀찌감치 서 있었다. 아버지도 방에 들어와 엄마를 지켜보았지만, 나처럼 아무것도 하지 않았다. 내가 어떻게 하면 엄마가 덜 아플까를 생각할 겨를도 없이 엄마의 소리는 커져갔고, 간격도 점점 짧아졌다. 엄마가 저토록 아파하는데 아버지는 왜 아무것도 하지 않는지 이해가 되지 않았다. 오히려 아버지는 그런 엄마를 등지고 돌아섰다. 그리고 엄마보다 더 크게 으악, 소리를 질렀다. 그 소리는 엄마의 비명과 뒤섞여 작은 방에서 무서운 불협화음을 만들어냈다. 불안하게 뒤섞인 소리는 나에게 공포로 다가왔다. 작은 방안에서 나는 무얼 해야 할지, 어디에 있어야 할지 난처했다.

그때 할머니가 우리 집에 왔다. 나는 어느 때보다 할머니가 반가웠다. 방에서 나와 할머니 뒤만 따라다녔다. 할머니는 언제나 큰집 일을 하고, 큰집의 사촌들을 돌보고, 큰집의 밥을 먹는다. 그래서 우리 가족을 대하는 품이 큰집과는 다르다. 할머니가 우리 집에 왔다는 건 오늘이 보통의 날이 아니라는 뜻이다. 안방의 소리가 겹칠수록 할머니의 표정이 어두워졌다. 할머니의 자글자글한 주름 속으로 방안의 소리가 모두 빨려들어가는 것 같았다. 할머니의 깊은 주름이 연신 오므라졌다 펴졌다 하는 걸 보면.

할머니는 엄마의 진통이 심해지자, 나에게 우물에 가서 물을 길어 오라고 했다. 나는 양철 양동이에 물을 두어 바가지 퍼서 들고 왔다. 양동이는 내 키만 했다. 비틀대며 걸을 때마다 양동이의 물이 출렁거렸다. 할머니는 물이 많이 필요하다고 했다. 날씨는 잔뜩 흐려 있었다. 나는 우물을 몇 번이나 오갔다. 오갈 때마다 윗집 경석오빠네 개가 꼬리를 흔들었다. 그 전 같았으면 이름을 불러주며 아는 체를 했겠지만, 오늘은 그러고 싶지 않았다. 물이 가마솥에 반쯤 찼을 때에야 할머니는 그만해도 된다고 했다. 할머니는 콩깍지에 불을 붙여 물을 끓였다. 나에게 안방에 들어가 무쇠가위를 가져오라고 했다. 방에서는 여전히 엄마와 아버지의 소리가 겹쳐났다. 두 소리가 겹칠 때마다 새벽에 들었던 짐승의 소리와 엄마의 신음소리가 섞어내던 소리가 떠올랐다. 나도 모르게 뒤로 물러섰다. 결국엔 할머니에게 등을 떠밀렸다. 엄마와 아버지는 무서운 돌림노래를 부르는 것 같았다. 엄마의 소리는 점점 앙칼지며 높아갔고, 아버지의 소리는 울분이 섞여 무겁게 가라앉았다.

쇠 문고리가 달크랑, 소리를 낼까봐 바짝 다잡아쥐고 숨죽여 방문을 열었다. 엄마는 문고리에 걸린 무명천을 입에 문 채 소리를 지르고 있었고, 아버지는 여전히 뒤란 쪽 벽을 향해 앉아 있었다. 나는 두 사람이 나를 못 보았으면 했다. 반짇고리에서 가위를 꺼내려는 순간, 아버지가 주먹으로 벽을 몇 차례 쳤다. 그 소리 때문인지 엄마의 진통소리가 더욱 커졌다. 나는 얼른 방을 나왔다. 할머니는 가위를 부뚜막에 올려놓은 채 물을 끓였다. 불이 아궁이 가득 벌겋게 타오르는데도 부지깽이로 연신 불을 헤쳤다. 불길이 더욱 세졌다.

밖에는 성긴 눈발이 하나둘 날리기 시작했다. 미경이 눈이 온다며 폴짝폴짝, 뛰어 우리 집 마당으로 들어섰다. 나는 어디에 있어야 할지 난감하던 차에 미경이가 서 있는 마당으로 나갔다. 미경처럼 하늘을 향하여 손바닥을 폈다. 그런데 손바닥이 활짝 펴지지 않았다. 눈은 내리자마자 녹았다. 미경은 꼬리에 불붙은 강아지마냥 마당을 뱅뱅, 돌기 시작했다. 나는 미경을 따라 돌지 않았다. 평소 우리는 기분이 좋으면 그렇게 뱅뱅, 돌며 놀았다. 혼자 몇 바퀴를 돌던 미경이 뜨악한 표정으로 멈춰 나를 바라보았다. 나의 모든 신경은 안방에 가 있었다. 안방에서 또 한번 큰소리가 겹쳐나자, 미경은 겁에 질려 자기 집으로 가버렸다.

잘못된 호적

안방과 달리 너무 조용한 할머니도 부담스러웠다. 할머니는 두 달 전부터 우리 집에 오지 않았다. 본래도 말수가 적은 할머니는 웬만해서는 아버지에게 말을 하지 않는다. 할머니가 두 달 전에 우리 집에 온 건, 아버지 생일이었기 때문이다. 아버지가 좋아하는 시루떡을 해가지고 왔다. 아버지는 팥시루떡을 좋아한다. 가을 시제가 끝난 지 얼마 되지 않았는데도 할머니는 일부러 떡을 해왔다. 처음 있는 일이었다. 아버지에게 입영통지서가 나왔기 때문이다. 두 사람이 만날 때면 엄마와 나는 바짝 긴장한다. 아버지는 작년부터 할머니에게 부쩍 사납게 굴었다. 안 그래도 작고 조용한 할머니는 아버지 앞에서 더욱 움츠러들었다. 아니나 다를까 아버지는 떡을 마당에 내동댕이치며 할머니에게 험악하게 대들었다. 쌀 한 톨이 귀한 우리 집에서 음식을 흙바닥에 내던지는 건 있을 수 없는 일이다. 게다가 할머니에게 불손하게 대드는 것도 마찬가지다.

"부모가 돼 가지고 사람 인생을 이렇게 망쳐놓을 수가 있어요?"

"…."

"내가 큰형이었어도 이렇게 놔뒀겠어요?"

"미안하다."

"그 말밖에 할 줄 몰라요?"

"내가 무슨 힘이 있어야지."

아버지는 조그마한 할머니를 집어삼킬 것처럼 다그쳤다. 엄마는 흙이 묻은 떡을 주웠다. 아버지는 부엌으로 가 찬물을 벌컥벌컥 들이켰다. 마당엔 무서운 정적만이 감돌았다. 그 고요는 팽팽해서가 아니라 너무나 일방적이어서 긴장감을 돌게 했다. 할머니와 아버지 사이에 엄마와 나는 끼일 수가 없다. 오늘의 안방에 나와 할머니가 끼일 수 없는 것처럼. 그때도 동네 아이들은 까르르 까르르, 웃으며 우리 집 앞을 뛰어다녔고 미경이 나에게 같이 놀자며 발을 들이밀었다가, 우리 마당을 보곤 도망치듯 가버렸다.

아버지는 본래 나이보다 열 살이나 늦게 호적에 올라가 있다. 면사무소 직원의 실수였다. 동년배들은 모두 제대하여 가정을 이뤘고 아이도 서너 명이나 낳아 기르고 있었다. 아버지는 이제나 저제나 입영통지서가 나오길 기다리다 늦은 결혼을 하여 나와 동생을 낳았다. 그런데 가을걷이가 막 끝날 무렵인 두 달 전에 입영통지서가 나왔다. 언젠가는 나올 줄 알았겠지만, 막상 닥치자 아버지는 할머니에게 모든 원망을 퍼부어댔다.

아버지는 몇 해 동안 남의 땅을 빌려 농사를 짓고 품을 팔아 모은 돈으로 올 봄에 송아지 한 마리를 사들였다. 여름 내내 화전을 일구어 내년에는 우리 땅에서 처음으로 농사도 지을 수 있게 됐다. 겨울 동안 내년 농사 준비를 하고 일 년간 쓸 땔감도 마련할 참이었다. 그 사이 송아지도 무럭무럭 자랄 테고. 아버지에겐 어느 때보다 설렌 겨울이 될 터였다.

아버지는 또래들이 군에 가기 시작하면서부터 할머니에게 호적을 바로잡아달라고 했다. 한 해가 그냥 넘어가고 또 한 해가 넘어갈수록 아버지는 더욱 할머니를 졸랐다. 아버지에겐 호적을 바로잡을 만한 돈이 없었다. 호적을 바로잡으려면 큰돈이 필요했다. 수저 한 벌만 들고 신접살림을 난 아버지에게는 그럴 만한 돈이 없었다. 큰집은 살 만했지만, 식구가 많았다. 아직 결혼을 하지 않은 막내삼촌이 하나 더 있었다. 그럼에도 아버지가 비빌 언덕은 할머니밖에 없었다.

결국에는 호적을 바로잡지 못하여 아버지는 오늘 군에 입대해야 한다. 하필이면 엄마가 동생을 낳는 날에. 오늘 들어가면 36개월이나 복무해야 한다. 시루떡을 해온 이후, 할머니는 우리 집에 오지 않았다. 오늘은 엄마 산바라지 때문에 어쩔 수 없이 왔다. 아마도 외할머니가 있었으면 오지 않았을지도 모른다. 외할머니는 외삼촌을 낳다가 죽었다.

나는 오늘도 아버지와 할머니가 부딪힐까봐 겁이 났다. 그래봤자 아버지의 일방적인 화풀이로 끝나겠지만. 할머니는 이미 물이 끓고 있는데도 아궁이에 자꾸 콩깍지를 쑤셔넣었다. 내내 시끄럽던 안방이 조용했다. 마치 온 세상이 조용해진 것 같았다. 흔들리던 마당도 덩달아 숨죽였다. 눈송이는 제법 커졌다. 하늘이 점점 무겁게 내려앉았다. 새들도 뒤란으로 낮게 날아들었다. 두 사람이 약속이라도 한 듯 동시에 멈춘 것이 불안했다.

둘째동생

나는 그때 부엌과 안방이 모두 보이는 마당에 서 있었다. 말이 없는 할머니 곁에 있는 게 힘들어서였다. 할머니 곁에 있으면 자꾸만 딸꾹질이 났다. 마당으로 나오면 이내 멈췄다. 눈을 맞으며 마당에 서 있는 게 편했다. 할머니가 손짓으로 나를 불렀다. 나더러 여전히 조용한 안방에 들어가보라고 했다. 나는 도리질을 했다. 할머니는 마당으로 나와 내 손목을 잡아끌었다. 부엌으로 난 안방 문을 살짝 열어보았다. 딱 한 뼘쯤. 검은 눈알만 들이밀어 방안을 살폈다. 아버지의 고개는 푹 꺾여 있었고, 엄마는 아까보다 더 많은 무명천을 입에 물고 있었다. 조용한 게 아니라 두 사람은 소리를 삼키고 있었다.

나는 할머니에게 커다란 눈만 껌뻑였다. 할머니도 더 이상은 묻지 않고 검붉게 타고 있는 아궁이의 불을 반이나 덜어내 옆의 작은 아궁이로 옮겼다. 아버지가 새벽에 끓여놓은 미역국을 데울 모양이었다. 할머니의 손이 분주한 데는 또 다른 이유가 있다. 아랫마을에 사는 고모가 열흘 전에 사촌동생을 낳았기 때문이다. 빨리 우리 집 일을 해놓고 거기에도 산바라지를 하러 가야 한다. 할머니는 내가 본 사람 중에 제일 바쁜 사람이었다. 허리를 펼 새가 없었다. 그래서 허리가 자꾸만 굽어지는지도 모른다.

엄마의 산통은 더욱 심해졌다. 마당은 그 소리를 빨아들이며 소복소복 눈을 쌓았다. 엄마의 진통주기가 점점 짧아지자, 멈추었던 아버지가 다시 울부짖었다. 그때, 엄마가 갑자기 찢어지는 듯한 비명을 내질렀다. 그러곤 딱 멈췄다. 할머니가 다급히 안방 문을 열고 들어갔다. 나도 따라들어갔다. 엄마의 고개가 왼쪽으로 홱 돌아가 있었다. 나는 엄마가 죽은 줄 알고 울음을 터뜨렸다. 엄마는 다리 사이로 벌건 핏덩이를 밀어내놓은 채 하얀 박꽃처럼 누워 있었다. 나는 놀라고 무서워 할머니 뒤에 숨었다. 할머니가 엄마의 어깨를 토닥이자 엄마가 울먹이기 시작했다. 엄마는 죽지 않았다. 다행이다. 땀에 흠뻑 젖은 엄마의 몸과 아무렇게나 풀어헤쳐진 옷과 쏟아내놓은 피와 덩어리, 그 모두가 끔찍했다.

입에 물었던 무명천은 질근 씹힌 채 방바닥에 널브러져 있었다. 엄마의 모습은 두어 달 전에 된서리를 맞은 박 넝쿨 같았다. 가쁜 호흡과 신음소리는 점점 잦아졌다. 대신에 울음소리가 커졌다. 핏덩이는 볼수록 이상했다. 저게 동생이라니 속까지 울렁거렸다. 징그러웠다. 뱃속에 있는 동생이 저런 모습일 거라고는 상상도 못했다. 할머니의 치맛자락을 바싹 움켜쥐었다. 내가 할머니를 이렇게 의지하게 될 줄은 몰랐다.

그때 아버지가 벼락같은 소리를 내지르며 벽을 향해 베개를 냅다 던졌다. 베개가 터지면서 메밀 낱알들이 마당의 눈송이처럼 공중으로 흩어져 내렸다. 낱알들은 핏덩이 위로도, 엄마의 얼굴 위로도 떨어졌다. 할머니는 아버지의 몸부림에도 아랑곳않고 작은 덩어리를 툭, 건드렸다. 그러자 덩어리가 으앵으앵, 소리를 냈다. 그 소리에 엄마의 울음소리는 더욱 커졌고 아버지도 으아악, 방이 터지도록 악을 썼다. 정자 밑의 괴물이 운다면 저런 소리일 것 같았다. 몇 번 들었던 곰이 우는 소리와는 달랐다. 곰은 깊은 밤 골짜기를 울리며 처연하게 울었다. 세 명이 뒤엉켜 내는 소리에선 둔탁한 금속 소리가 났다. 소리들이 간간이 엇갈릴 땐 나의 두려움이 그 속으로 빨려들어갔다.

할머니는 소리를 내는 덩어리의 몸을 닦았다. 나에게는 끓는 물에 무쇠가위를 삶아 오라고 했다. 나는 덜덜 떨며 부엌으로 나가 펄펄, 끓는 물에 가위를 집어넣었다. 할머니는 뜨거운 가위로 허연, 굵은 고무줄을 자르듯 탯줄을 숙덕, 잘랐다. 엄마는 덩어리를 보지도 않고 벽 쪽으로 몸을 바짝 돌려누웠다. 아버지도 엄마와 덩어리에게 눈길 한번 주지 않고 벽에 걸린 외투를 걷어 문을 박차고 나가버렸다. 텅 빈 벽에는 커다란 못만 남았다. 열린 문틈으로 함박눈이 내리고 있었다. 아버지가 지른 소리에 놀랐는지 덩어리가 점점 크게 울었다. 천장이 낮아 소리는 벽에 부딪혀 방안을 뱅뱅, 돌았다.

할머니는 핏덩이를 하얀 무명천에 싸 아랫목에 뉘이고, 엄마의 땀을 닦고, 옷을 갈아입혔다. 나는 어지러워진 방안을 둘러보았다. 베개 하나에 그렇게 많은 낱알들이 들어 있을 줄 몰랐다. 할머니가 손으로 낱알들을 쓸어모았다. 나도 할머니를 도왔다. 엄마가 쏟아내놓은 붉은 물에 거무튀튀한 알들이 젖어 미끄러웠다. 거기다가 비린내까지 났다. 엄마는 꼼짝 않고 울기만 했다. 엄마의 나이 스물여섯. 방바닥에 툭, 늘어뜨린 손에는 아무런 힘도 느껴지지 않았다. 닦고 닦아도 낱알들은 여기저기서 튀어나왔고 비린내도 가시지 않았다. 나는 아랫목에 뉘어놓은 작은 것을 힐끔 내려다보았다. 아무 소리도 나지 않았다. 엄마도 슬쩍 보았다. 엄마의 어깨는 아까보다 더 들썩였지만, 소리는 작아졌다.

할머니는 안방에서 나온 피 묻은 빨래를 주며 나에게 빨아오라고 했다. 나는 핏덩이를 보는 것만큼이나 끔찍했다. 빨래 함지박을 들고서 마당 한가운데에 서 있었다. 눈은 밟기 좋을 만큼 쌓여 있었다. 하얀 눈이 송이송이 붉은 빨래에 내려앉았다. 눈이 녹으면서 빨래에선 붉은 물기가 감돌았다. 빨랫감을 마당에 내려놓았다. 금자언니가 보고 싶었다. 언니네 집을 향하여 내달리는데 아버지의 발자국도 아랫마을을 향하여 이어져 있었다.

나는 아버지의 발자국을 따라 언니의 집까지 갔다. 아버지가 디딘 발자국에는 눈덩이가 떼어진 채였다. 막 달려가면 그렇게 푹푹, 패였다. 언니의 방이 있는 툇마루에 돌을 던졌다. 언니의 방에서는 아무런 기척이 없었고 돌은 튀어 마당으로 떨어졌다. 언니가 늘 문을 활짝 열어 반겨주었는데. 나는 갈 곳이 없는 아이처럼 눈을 맞으며 언니의 집 앞에 우두커니 서 있었다. 어젯밤 큰집에서 올라오는 길에 어둠 속에 혼자 서 있었을 때처럼, 무서웠다. 아버지는 어디까지 간 걸까. 저 멀리 아랫마을에도 모습이 보이지 않았다.

금자언니네 집을 지나, 큰집을 지나, 만자가 사는 집까지 왔다. 만자는 눈 쌓인 마당을 쓸고 있었다. 쓸어놓은 곳에 금세 눈이 또 쌓였다. 눈발이 점점 굵어져 만자의 빗질이 언제 끝날지 모르겠다. 약방집 대문에 얼굴만 들이밀고 조심스럽게 만자를 불렀다. 만자가 손을 흔들어주었다. 나도 흔들어주었다. 그리고 호두나무를 지나고 정자를 지나 집에까지 왔다. 눈이 달라붙은 까만 고무신이 무거웠다.

엄마가 울음을 그쳤는지 집이 조용했다. 부엌에서 할머니의 딸그락대는 소리만 들렸다. 언니네 집에 다녀오고 만자도 보고 와서인지 함지박의 빨래가 조금은 덜 무서웠다. 이럴 때 미경이라도 놀러오면 좋을 텐데, 놀라서 가버린 뒤로 다시는 오지 않았다.

작은 우물

나는 작은 우물로 나섰다. 만자가 가는 큰 우물에는 일부러 가지 않았다. 그 우물은 만자의 손가락 사건 이후 가능하면 가지 않는다. 그 우물의 물도 이젠 먹지 않는다. 물을 마시려들면 물이 자꾸 핏빛으로 변하는 것 같아서다. 조금 전에 보았던 안방의 모습과 눈길로 사라진 아버지를 생각할수록 작은 우물로 가는 길이 멀게만 느껴졌다. 깔깔대며 웃는 미경의 웃음소리가 고요한 길을 흔들었다.

나는 낮의 손바닥의 눈송이처럼 금세 녹아 없어져버리고 싶었다. 지금 일어난 일들이 모두 나와 상관이 없었으면 좋겠다. 또 하나 시뻘건 덩어리도 나를 자꾸 근심스럽게 했다. 어떻게 엄마의 몸에서 그런 것이 나왔는지 모르겠다. 그리고 고것이 또 어떻게 그런 소리를 내는지도. 우리 안방은 이제 어떻게 될까. 내가 걸어가는 길에 눈이 쌓이는 것처럼 걱정이 쌓여갔다.

나는 우물로 가는 길에 자꾸만 멈춰섰다. 눈길에는 아무도 없었다. 하늘만 땅으로 꺼져 내려오고 있었다. 내가 움직이지 않고 길 가운데 서 있자, 윗집의 개가 작은 소리로 끙끙댔다. 개의 소리도 널리 퍼지지 못하고 궂은 날씨에 묻혔다. 나는 갑자기 개가 되고 싶었다. 수없이 우물을 오가면서도 경석오빠네 개가 되고 싶은 적은 없었다. 장마철에도 비를 맞고 눈 오는 겨울에도 바깥에서 추위를 견뎌야 하는, 그 개가 되고 싶은 적은 없었다. 오늘은 작은 나무판자 하나 얹어 놓은, 그 개집에 들어가 눈 오는 풍경만 구경하고 싶다.

작은 우물에도 눈이 척척, 떨어지고 있었다. 그런데도 물은 맑고 잔잔했다. 우물이 작아 내 손을 넣어도 닿을 만큼이다. 큰 우물은 깊어 사람들이 멀찍이 서서 물을 길어올리곤 한다. 그런데 작은 우물은 그 안의 모래도 보이고, 살구나무에서 떨어진 나뭇잎도 보인다. 게다가 물이끼까지도 고스란히 보인다. 여름에는 소금쟁이가 물 위를 뱅뱅, 도는 것도 볼 수 있다. 그래서 나는 이 우물을 좋아한다.

빨래통에 물을 몇 바가지 퍼부었다. 회색 함지박의 물이 뻘게졌다. 나는 물을 더 퍼서 부었다. 함지박의 물이 불어나도 물은 여전히 붉었다. 얼른 빨래를 헹궜다. 물이 차가워 손이 깨지는 것 같았다. 헹굴 때마다 함지박의 붉은 물이 출렁였다. 붉은 파문은 끝도 없이 퍼져나갔다. 속은 여전히 울렁거렸다. 나는 입술을 꽉 깨문 채 붉은 물 속에 두 손을 첨벙 넣어 빨래를 힘껏 치댔다. 붉은 물이 출렁출렁, 흘러 넘쳤다. 일부러 그랬다. 만자가 생각났기 때문이다. 만자의 손가락이 어느 정도 아물 때까지 만자의 함지박 물은 발그스레했다. 그런데도 만자는 겁 없이 손을 푹푹, 넣어 나물을 씻거나 빨래를 했다.

만자는 혼자인데도 씩씩했다. 겁이 없어보였다. 올 봄, 만자가 오줌을 싸 주인에게 매를 맞은 날이었다. 그 아이가 나한테 그랬다. '아무것도 모르면 안 무서워. 매를 맞은 것도 잊어버리면 또 맞아도 안 아파. 엄마도 안 보고 싶어. 얼굴이 가물가물하거든.' 만자는 작년 봄에 우리 동네 약방에 심부름하는 아이로 왔다. 언니가 여섯이나 있었는데 모두 남의 집에 보내졌다고 했다. 그리고 남동생이 하나 있는데 얼굴이 기억나지 않는다고 했다.

나도 안방의 모습을 잊고 집을 떠난 아버지를 잊으려 두 손을 넣어 찰방찰방, 빨래를 헹궜다. 물방울이 튀면서 내는 비린내는 안방에서보다 덜 고약했다. 손이 얼어 빨개졌다. 헹굴수록 붉은 물이 점점 투명해졌다. 안심이 되었다. 그런데 아무리 헹궈도 무명천은 온전히 하얘지지 않았다.

큰누나

머리에 눈을 수북이 이고 집에 오니, 할머니가 엄마 밥상을 차리고 있었다. 하얀 쌀밥이었다. 엄마 밥은 늘 보리밥이었다. 북어와 들기름을 넣은 미역국도 한 대접 가득이다. 큰집에서 가져온 계란으로 찜까지 했다. 엄마가 누군가에게 대접을 받는 걸 처음 본다. 나와 동생을 낳았을 때도 저랬겠지만, 그건 기억나지 않는다.

할머니의 분주한 손놀림과 달리 마치 우리 집에서 안방이 사라지기라도 한 것처럼, 안방은 조용했다. 오전에 우리 집이 흔들렸나 싶을 만큼 감쪽같았다. 나도 밥상을 든 할머니를 따라 방으로 들어갔다. 엄마는 잠들어 있었다. 어떻게 이 상황에서 잠을 잘 수 있는지 의아했다. 작은 아이도 잠들어 있었다. 할머니가 엄마를 흔들어 깨웠다. 엄마의 얼굴이 퉁퉁 부어 있었다. 엄마는 기진맥진한 모습으로 눈을 떴다가 다시 감아버렸다. 할머니가 미역국을 먹어야 한다며 엄마를 일으켜 세웠다. 밥을 먹어야 아기에게 젖을 물릴 수 있다며 엄마를 달랬다. 할머니가 엄마를 달래는 것도 처음 본다. 오늘은 처음 보는 것들 천지다. 엄마는 멍한 눈으로 밥상을 내려다보다가 아랫목에 있는 아이를 스치듯 보았다. 나에게는 눈길조차 주지 않았다. 평소 엄마는 나를 제일 많이 찾았다. 동생을 돌봐야 할 때나, 심부름을 시킬 때나, 집안일을 시킬 때마다 명희야, 명희야, 명희야, 나만 찾았다.

엄마에게 서운한 마음이 들어 나는 아이에게 다가갔다. 아이는 할머니가 꽁꽁 싸매 조막만한 얼굴만 내놓고 있었다. 조심스럽게 얼굴을 만졌다. 말랑했다. 그리고 보드라웠다. 처음보다 예뻐졌다. 눈, 코, 입이 다 있었다. 나는 포대기 속으로 손을 넣어 손가락도 만져보았다. 아이는 꼬물거리며 용을 쓰기도 했다. 점점 신기해 검지로 볼을 살짝 눌러봤다. 따뜻했다. 내 마음이 갑자기 몽글해졌다. 손가락을 또 한번 더 만졌을 때 아이가 내 손가락을 꼭 쥔 채 놓지 않았다. 나는 그 아이의 큰누나가 되었다. 그리고 그 아이는 나의 둘째동생이 되었다. 내가 아무리 만져도 눈을 뜨지 않았다. 누구도 그 아이에게 웃어주지 않아, 나는 활짝 웃어주었다.

할머니의 성화에 엄마는 마지못해 미역국을 몇 순갈 떴다. 밥은 먹지 않았다. 여태 먹은 밥 중에 가장 고운 밥일 텐데도 손도 대지 않았다. 할머니가 아이를 안아서 엄마 품에 안겼다. 엄마는 아이를 안고 가만히 내려다보았다. 무슨 생각을 하는지 엄마의 얼굴이 움찔움찔했다. 그때 할머니가 평소답지 않게 씩씩한 목소리로 한마디 했다.

"고놈, 지 애비 닮아 장군감이다. 잘 생겼네!"

엄마는 대꾸 없이 아기에게 젖을 물렸다. 아기는 엄마젖을 힘차게 빨아 꿀떡꿀떡, 삼켰다. 엄마의 흐무러진 얼굴이 더 막막하게 일그러졌다. 나는 그 모습이 오전에 보았던 안방의 장면보다 더 두려웠다. 할머니는 상을 물리고 설거지를 했다. 나는 방안에 더 있었다. 엄마는 젖을 다 먹인 아이를 하염없이 내려다보았다. 그리고 나를 무심히 바라보았다. 나에게 우는 듯한 웃음을 지었다. 그러곤 여동생을 찾았다. 아기를 눕히고는 방안을 휘둘러보았다. 엄마는 아버지 옷이 걸렸던 벽을 망연히 쳐다보았다. 옷이 사라진 벽엔 못이 더욱 도드라져 보였다. 엄마의 표정이 다시 맥없이 풀어졌다.

"어매 한잠 자고 깨면 미역국 데워주거라."

할머니는 나에게 당부를 하고 바삐 우리 집을 나섰다. 엄마와 아기는 다시 깊은 잠에 들었다. 바깥의 눈은 영원히 멈출 것 같지 않았다. 나는 빨아온 빨래를 안방의 빨랫줄에 널었다. 아기와 엄마도 만져보았다. 둘 다 새근새근 숨을 쉬고 있었다. 나는 아기에게 조용조용 이름을 불러주었다. 진수야, 진수야. 대답 대신 아기가 배냇짓을 한다.

눈송이는 더 탐스러워졌다. 할머니가 언제 걸어놓았는지 대문에는 붉은 고추와 숯을 낀 금줄이 걸려 있다. 새끼는 외로 꼬여 있다. 금줄 위에도 눈이 소복이 쌓여 있다. 나는 나뭇가지로 금줄을 흔들었다.

방을 건너다

방을 건너다

그 방

파리 한 마리가 방안을 왱왱거리며 날아다녔다. 파리는 벽시계 위에 앉았다가, 달력에 앉았다가, 의자 위에 앉기도 했다. 다른 공간으로 나가지 않고 경주가 있는 안방에서만 왱왱거렸다. 때로는 존재를 잊어버릴 만큼 움직임이 없었다.

경주는 남편이 죽은 후, 줄곧 안방에서만 지냈다. 다른 공간은 사용하지 않았다. 안방 하나로도 컸다. 안방에는 방 중앙에 커다란 침대가 놓여 있다. 침대 오른쪽에는 옷장이 있고, 왼쪽에는 협탁이 있다. 침대 머리맡에는 창문이 있고, 먹색 암막 커튼이 빈 틈 없이 쳐져 있다. 침대 발치에는 작은 원목 테이블과 의자 두 개가 놓여 있고, 그 앞 벽면의 정중앙에는 전신 거울이 있는 화장대가 있다. 화장대의 오른쪽 벽에는 달력이 있고, 왼쪽 벽에는 벽시계와 십자가가 나란히 걸려 있다.

5년 전에 이 집으로 이사를 온 후, 가구 배치를 바꾼 적이 없다. 해마다 달력만 바꿔 달았다. 경주는 가구들을 물건 이상으로 생각한 적이 없다. 거실 구석에 있는 쓰레기통처럼 모두 자신의 자리를 지키고 있는 물건일 뿐이었다. 그러나 남편이 죽자, 그 방의 물건들이 일제히 새 영혼을 덧입은 것처럼 경주를 혼란스럽게 했다.

그 방의 옷장에는 많은 옷들이 있다. 경주는 빨간 색을 좋아한다. 옷장에는 붉은 색 블라우스와 재킷이 많다. 결혼 20주년엔 빨간 드레스를 입고 리마인드 웨딩을 할 예정이었다. 드레스를 입기 위해 몇 달째 살을 빼던 중이었다. 결혼사진이 없어 20주년을 설레는 마음으로 기다리고 있었다. 빨간 드레스를 입고, 붉은 립스틱을 바르고 작은 결혼식을 올리고 싶었다.

경주는 남편이 죽고 한 달 뒤, 백화점에서 빨간 드레스와 밝은 고동색 양복을 샀다. 남편은 브라운 계열의 옷을 좋아했다. 깨끗한 그의 피부와 잘 맞았다. 드레스는 브이라인으로 살짝 파졌지만, 장식 하나 없이 심플하고 우아하다. 경주는 드레스와 양복을 옷걸이에 걸어놓고 자주 보았다. 두 예복은 서로 잘 어울렸다. 남편의 영혼과라도 결혼식을 올리고 싶어 사왔다. 그러나 시간이 지날수록 의미가 사그라들었다. 그렇다고 온전히 사라진 건 아니었다. 하루 대부분의 시간을 생각을 죽이는 데 썼지만, 영혼결혼식에 대해서만큼은 여러 생각이 꼬리를 물고 계속 일었다. 언니에게 사진을 찍어달라고 할까. 그때 그의 영혼이 찾아올까. 그 사진을 액자에 넣어 거실 한가운데에 걸어둘까. 어느 집에나 있는 결혼사진처럼.

그 방의 협탁 위에는 작은 액자가 하나 있다. 2년 전에 효진 부부와 여행을 갔을 때, 경주의 부탁으로 효진이 찍어준 사진을 넣어둔 것이다. 그것도 남편이 죽은 후에야 사진을 액자에 넣어 협탁 위에 올려놓았다. 경주와 남편은 배롱나무 아래서 마주 보며 웃고 있었다. 그와 찍은 유일한 사진이다. 둘의 조화가 신기했다. 한 컷에 담겼을 때 어떤 모습일지 궁금했다. 남편이 알았다면 웃지 않았을 뿐만 아니라, 사진조차 찍지 못했을 것이다. 경주는 남편의 트라우마를 그 몰래 치유케 하고 싶었다.

사람이 꽃 아래에서도 환한 건 축복이다. 남편 얼굴에 연분홍 꽃그늘이 드리웠지만, 어둡지 않았다. 경주 또한 아무런 근심 없이 맑았다. 경주는 그 사진을 볼 때마다 그의 심장을 열어보고 싶은 충동이 솟구쳤다. 때로는 뇌까지 열어 파헤쳐보고 싶은 분노가 일었다. 그가 환한 웃음 속에 무언가를 감추고 있었다고 생각하니 미칠 것 같았다.

그 방에는 거울이 있다. 방안의 모든 걸 잠잠히 보고 있는 물건이다. 특별히 경주를 고스란히 담은 물건이기도 하다. 남편은 외출하거나 출근할 때만 거울을 잠깐 보았다. 경주는 외출할 때는 물론이고 집에 있을 때도 오가며 거울을 보았다. 생긋 웃어도 보고, 머리 모양도 바꾸어 보고, 계절에 앞서 옷을 꺼내 입어보기도 했다. 지치거나 슬플 때도 거울 안의 자신을 하염없이 들여다보았다. 거울은 경주의 장난감이자 자화상이었다. 교직생활을 그만두고 집에 있는 시간이 많아지면서 거울을 더욱 자주 들여다보았다.

그러나 남편이 죽은 후론 거울을 보지 않았다. 잘 씻지도 않았지만, 씻고 나와서도 보지 않았다. 심지어 유일한 외출인 병원에 가는 날도 보지 않았다. 침대에 앉아 있으면 풀기 없는 실루엣이 정면에 있는 거울에 비췄지만, 한번도 고개를 들어 들여다보지 않았다. 어렴풋 검은 덩어리의 움직임이 느껴질 뿐이었다. 어느 날 그조차도 거슬려 거울을 치워버렸다.

겨울 곰처럼 자고 또 잤다. 그리고 깨어 있는 시간도 자려고 애썼다. 무언가를 자세히 보는 것도 무서웠다. 눈길이 오래 머무는 곳도, 오래 주는 것도 점차 없어졌다. 무심한 눈빛으로 무언가를 보다가도 화들짝 놀라 고개를 홱 돌려버리곤 했다.

25층에서 떨어져 납작해진 남편은 동면에 든 개구리 같았다. 머리통은 깨져 마당을 붉게 적시고 있었다. 왼쪽 뺨은 으깨졌고, 오른쪽 뺨은 말짱했다. 으스러진 콧대는 얼굴의 오른쪽과 왼쪽, 천국과 지옥의 경계를 짓고 있었다. 경주는 그를 무릎에 안았다. 거울처럼 그 모습을 고스란히 담았다. 그날 이후로는 그의 평소 모습이 생각나지 않았다. 어떻게 생겼는지, 어떻게 웃었는지 또 어떻게 화를 내었는지도 떠오르지 않았다. 협탁에 있는 사진 속 모습과 마당에서의 모습, 두 가지로만 남았다.

그가 낙하한 새벽, 마당 옆 교회 종탑의 십자가에는 바람 한 점 지나가지 않았다. 경주가 아파트 마당에 도착했을 땐, 이미 그의 영원의 문이 열려 있었다. 그의 영혼은 붙잡을 새도 없이 곧장 하늘로 올라갔다. 작별인사는커녕 눈빛조차 나눌 틈이 없었다. 십자가가 흐려지고 경주의 동공이 멀겋게 풀릴 즈음, 앰뷸런스 사이렌 소리가 가물가물 들려왔다.

협탁에는 삼단짜리 서랍이 있다. 거기에는 태아 초음파 사진 한 장이 수첩 속에 숨어 있다. 검은 복숭아를 따먹는 꿈을 꾼 후, 경주에게로 온 아가였다. 경주는 아이를 원치 않았다. 그래서인지 아이는 자연유산이 되었다. 그 후 철저하게 피임을 했다. 물론 남편은 경주와 생각이 달랐다. 아이는 흑백 초음파 사진으로만 남아 있다. 남편은 경주가 그 사진을 여태 가지고 있는 줄 모른다.

그 방에는 TV도 있다. 남편이 살아 있었을 때는 주로 거실 TV를 봤다. 안방 것은 어쩌다 봤다. 아주 늦은 시간에 한일전 축구시합이 있다든가, 선거 개표가 늦게 끝나는 날만 보았다. 남편이 죽은 후에는 밤이고 낮이고 안방 TV만 켜놓았다. 대신 거실 TV는 잠잠했다.

뉴스만 나오는 채널로 고정시켜놓았다. 앵커의 한결같은 톤의 목소리가 안정감을 주었다. 높낮이가 일정한 목소리는 경주가 그 방에서 얻은 유일한 위로였다. 뉴스채널은 특별히 웃는 사람이나, 수다스러운 표정이나, 행복한 장면이 없어 좋았다. 경주가 당한 사고처럼 24시간 동안 온갖 사건사고가 쉴 새 없이 흘러나왔다. 그 사이를 파리가 윙윙거리며 날아다녔다. 그조차도 TV 소리에 묻혔다. 며칠에 한번 꼴로 자살하는 사람들의 뉴스도 있었지만, 이명처럼 들렸다. TV는 그 방에서 무겁고 무서운 경주의 시간과 동행했다.

한 달이 넘도록 멍한 얼굴로 있었다. 맹수에게 새끼를 빼앗긴 여우가 뼈만 남을 때까지 숨어서 보다가 맹수가 간 뒤에야 새끼의 뼈를 물고와서 바라보았던 것처럼, 망연자실하게 지냈다. 수백 번을 곱씹고 되새김을 해봐도 남편이 죽을 만한 이유를 찾지 못했다. 그는 죽을 이유가 충분해서 새벽에 옥상으로 올라갔을 것이다. 그러나 그의 죽음을 납득할 만한 단서는 어디에도 없었다. 죽기 전날 잠자리에 들 때도 여느 날과 다르지 않았다. 그가 갑자기 날고 싶어 그랬을 거라고밖에는 더 이상 생각이 나아가지 못했다. 아내로서 아무런 낌새도 채지 못했다는 죄책감이 몸을 멍들게 했다. 경주는 그 방에 갇혀 말하는 법과 듣는 법과 보는 법을 잊어버렸다. TV는 그렇게 묵묵히 그 방에 켜져 있었다.

그 방에는 십자가도 있다. 거울 왼쪽 벽에 벽시계와 나란히 걸려 있다. 남편과 함께였을 땐, 경주는 기도하고 성경을 읽고 십자가를 자주 올려다보았다. 남편이 그 방에서 사라진 후부터는 십자가를 보지 않으려 했다. 어쩌다 눈길이 스쳐도 원망과 회한의 눈빛으로 보았다. 그러는 한편에는 남편의 구원을 간구하고 있었다. 아니, 그보다 부활을 바랐다. 십자가의 능력이면 불가능할 것도 아니었다. 그에게 궁금한 것을 묻고 대답할 시간으론 3분이면 됐다. 그거면 충분했다. 더 이상의 시간도 그도 필요치 않았다. 그가 죽은 직후에는 묻고 싶고 따지고 싶은 게 많았지만, 잠에 빠져 의식이 흐릿해질수록 그에게 묻고 싶은 게 명료해졌다. 단 한가지로 집약됐다. 그러나 신은 경주의 기도에 침묵했다. 몇 십 번을 기도해도 응답하지 않았다. 신에 대한 마음이 변하기 시작했다. 더 이상 믿지 않는 신은 신이 아니었다.

남편이 사라진 후, 그 방 테이블 위에 있던 시집과 소설책도 사라졌다. 대신 두 개의 약병이 새로 놓였다. 하나는 수면제가 든 병이고 또 하나는 항우울증약이 든 병이다. 의사는 두 약을 같이 처방해주었지만, 그걸 따로 나누어 보관했다. 수면제만 복용했다. 수면제는 밤에만 먹은 것이 아니라 낮에도 먹었다. 처음에는 반 알을 먹고도 잤지만, 시간이 갈수록 잠의 깊이가 얕아졌고 잠들어 있는 시간도 적어졌다. 가능하면 깨어 있지 않으려 수면제의 양을 늘렸고 먹는 시간도 잦았다. 어떤 때는 세 알을 먹고도 신경이 반짝반짝했다. 그럴수록 아무것도 감각할 수 없는 세계로 더욱 들어가고 싶었다.

극도로 예민해진 신경은 아무리 애를 써도 누그러들지 않았다. 뇌 기능이 마비되었으면 좋겠는데 수면제로는 불가능했다. 며칠 동안 잠을 못 잘 땐, 감지 않은 긴 머리카락을 두 손으로 휘감아쥔 채 허깨비처럼 방안을 왔다갔다 했다. 파리는 그런 경주를 따라 움직였다. 낮이나 밤이나 모든 시간이 반수면 상태였다. 수면제 후유증은 경주를 점점 괴물로 만들어갔다. 노란 얼굴로 연체동물처럼 이불 속만 파고들었다.

경주의 유일한 외출은 한 달에 두 번 수면제를 타러가는 것이었다. 집착하고 아끼는 것도 수면제뿐이었다. 병원에 가기 전에 남은 수면제가 있으면 또 다른 병에 모아두었다. 그 병은 협탁 서랍에 넣어두었다. 약이 많아 부딪치는 소리가 둔탁해지면 안심이 됐다.

번번이 필요 없다고 했는데도 의사는 항우울증약을 같이 처방해 주었다. 우울증약을 처음에는 따로 모았지만, 나중엔 쓰레기통에 바로 버렸다. 그 약을 버리는 횟수만큼 경주의 의식은 지옥으로 한 계단씩 내려갔다. 계단은 끝이 보이지 않는 나선형이었다. 검은 바닥은 뱀의 혀처럼 보일 듯 보이지 않았다.

경주가 가라앉을수록 파리는 더 정신없이 방을 오갔다. 소리와 움직임 모두가 성가셨다. 그렇다고 일어나 잡거나 밖으로 내쫓을 만큼의 의지도 없었다.

음식을 먹기만 하면 체하여 소화제를 달고 살았다. 입을 닫고 마음을 닫으면서 위도 작동을 멈췄다. 먹는 음식의 종류도 줄였다. 과일이나 고기 종류는 먹지 않았다. 된밥에서 진밥으로 바꾸었고, 나중에는 밥보다 죽을 먹는 날이 많았다. 냄비에 쌀을 서너 컵 넣고 물을 부은 후, 푹 끓였다. 그걸 냉장고에 넣어두고 하루에 한두 번씩 꺼내 먹었다. 처음에는 김치를 꺼내왔으나, 그마저도 하지 않았다. 아주 가끔은 밤중에 치매를 앓는 사람처럼, 흰죽을 먹고 또 먹었다. 그러고는 잠시 후, 허옇게 토했다. 너무 자주 토해 담즙이 식도를 타고 올라올 때도 있었다. 그럴 때마다 목이 타는 듯했다. 그때마다 화장실 바닥에 앉아 그의 낙하를 생각했다. 어떤 기분이었을까. 경주도 날아보고 싶었다. 늘 한번은 날아보고 싶었다. 그러는 마음 한편으로는 그의 부활을 여전히 바라고 있었다.

남편이 죽은 후, 창밖을 하염없이 바라본 적이 있다. 침대에서 뒤척이다 커튼이 살짝 열렸을 때다. 그 틈으로 봄빛이 칼날처럼 들어와 눈을 찔렀다. 검은 방을 뚫고 들어온 빛은 은빛이었다. 경주는 커튼을 더 걷고 창문도 열었다. 빛을 들인 방안이 오랜만에 환해졌다.

그리고 유심히 바깥을 내다보았다. 시선을 아파트 마당을 넘어 멀리까지 보냈다. 그 순간, 경주의 시선과 함께 무언가 바깥으로 나가는 게 느껴졌다. 급히 시선을 거둬 방안을 살폈다. 방안의 물건들에서 아지랑이처럼 가물거리며 무언가가 빠져나가고 있었다. 경주의 시선은 다시 그것들을 따라 멀리 공원을 너머까지 갔다. 그런데 어느 한순간, 그것들이 허공으로 산산이 흩어져버렸다. 다시 방안으로 돌아왔을 땐, 방안의 물건들이 건조해져 있었다. 얼른 암막 커튼을 촘촘히 쳤다. 빛을 완벽하게 차단했다. 안의 것도 나가지 못하고 밖의 것도 들어오지 못하도록.

침대 발치에는 작은 원목 테이블과 등받이가 튼튼한 나무 의자가 있다. 그가 있을 때 침대만큼이나 자주 사용했던 물건이다. 경주는 잠을 자지 않는 시간의 대부분을 의자에 앉아 있었다. 남편이 앉았던 의자에는 빨랫감을 올려놓았고, 평소 자신이 앉던 자리에만 앉았다. 주로 허공을 응시하거나 어깨를 늘어뜨린 채 앉아 있었다. 가끔 파리를 찾기도 했다. 분노와 슬픔이 제어가 되지 않을 땐, 두 다리를 의자에 올려놓고 다리 사이에 얼굴을 파묻었다. 다리를 그러안으러 깍지를 낀 두 팔은 번번이 맥없이 풀려내렸다. 흰 핀도 헝클어진 머리카락에 간신히 매달려 있었다. 가끔은 두 손으로 의자를 붙든 채 방바닥에 퍼져 있기도 했다. 그가 낙하한 새벽, 엘리베이터를 타고 내려갈 때의 모습으로.

의자에 오래 앉아 있으면 시간이 죽어가는 게 보였다. 침대에서 죽어가는 시간과는 미묘하게 달랐다. 침대에서는 시간을 무의식 상태에서 죽였다면 의자에서는 시간을 의식적으로 죽이고 있었다. 다음날도 마찬가지였다. 매일이 그렇게 죽어가고 있었다. 그만 사라진 게 아니었다. 그와 연결된 시간이 사라지고, 공간이 사라지면서 선명하던 모든 것의 경계가 흐려졌다. 어떤 땐 그가 존재했었는지, 그마저 착각은 아니었는지 의심이 들었다. 아주 오래된 일상이 잠깐 보았던 빛과 함께 사라진 것 같았다.

조금의 의지라도 필요한 행동은 하지 않았다. 미룰 만큼 미룬 행동이 자연스럽게 이뤄질 때까지 의자에 앉아 있거나 침대에 누워 있었다. 소변을 견딜 수 없을 만큼 참았고, 먹는 것도 위에서 쓴물이 올라올 때까지 버텼다. 바짝 마르고 반질해진, 의자의 나무 형질을 닮아가고 있었다. 반세기만 그렇게 앉아 있으면 미라가 될 수도 있을 것 같았다.

또 하나의 의자엔 뒤죽박죽 걸쳐져 있는 수건과 옷들이 있다. 경주는 빨래를 하지 않았다. 사나흘에 한번 옷장에서 헐렁한 셔츠를 꺼내 갈아입은 후, 의자에 걸쳐 놓았다. 그것들은 그가 아파트 마당에 널브러져 있던 모습과 닮았다. 빨랫감은 차곡차곡 쌓였다. 열 마리의 개구리가 겹쳐 잠을 자는 것 같았다.

동그란 원목 테이블 위에는 탐스런 붉은 색 히비스커스가 그려진 컵이 있다. 늘 물이 담겨 있다. 물이 떨어지면 먹던 컵을 씻지도 않은 채 한가득 채워다놓았다. 물은 수면제를 먹기 위해 마셨지만, 음식을 먹지 않을 때도 마셨다. 생각이 많은 날도 마셨다. 분노가 목에 차오를 때도 마셨다. 경주는 본래 물을 잘 마시지 않는다. 경주를 아는 사람들은 그걸 특이하게 여겼다. 약을 먹을 때 말고는 웬만해서는 물을 먹지 않는다. 가져다놓은 물에는 먼지가 둥둥 떠다녔다. 한번 불고 마실 때도 있었지만, 대부분 그냥 마셨다. 물을 마실 때는 눈을 깊게 감았다. 매번 그랬다. 그게 위로가 됐다. 새로 생긴 습관이다. 그런데 물을 마실 때마다 드는 생각이 하나 있었다. '그가 왜 그랬을까' 하는. 아무리 하지 않으려 해도 그 생각은 물과 함께 매번 목구멍에 걸렸다. 물은 간신히 목을 타고 식도를 넘어 위장으로 내려갔다. 물이 내려가는 소리에 오롯이 자신을 느낄 수 있었다. 일부러 그 소리에 집중했다. 그러면 아직도 살아 있구나, 그래서 슬프구나, 하는 생각이 들었다.

오늘은 4월 9일이다. 달력은 2월에 머물러 있다. 살아 있는 경주에게 죽은 하루가 또 지나갔다. 2월 10일은 그가 낙하한 날이다. 그 날짜엔 동그라미를 쳐놓지 않았다. 동그라미는 5월에 15일에 크게 쳐져 있다. 그날은 결혼 20주년이며 리마인드 웨딩을 하기로 한 날이다. 2와 10이라는 숫자를 보았다. 무슨 의미가 있을까. 여러 패턴으로 조합해보았다. 그의 생일과 결혼기념일과도 상관이 없었다. 그들이 처음 만난 날도 경주의 생일도 아니었다. 아무리 짜맞추어도 쓸 만한 퍼즐이 떠오르지 않았다.

딱 한번 밖을 내다보았을 때, 아파트 정원에는 목련이 지고 없었다. 바람을 따라 살짝살짝 라일락 향이 5층까지 올라왔다. 경주는 라일락꽃을 좋아한다. 라일락꽃이 피어야 경주의 봄은 비로소 절정을 맞았다. 바람에 실려온 향기는 오래 전 엄마까지 불러들였다. 향기만큼 사람을 그립게 만드는 것도 없다. 남편은 방에서만 사라진 게 아니라 봄으로부터 사라졌고, 세상 모든 것으로부터 사라졌다. 방 밖의 시간은 한결같이 흐르고 있었다. 봄은 여전히 찬란했지만, 그는 어디에도 없었다.

은색 알루미늄 시계는 십자가 옆에 매달려 있다. 시계는 쉬지 않고 움직이고 있다. 시간에 대한 감각을 상실한 경주에게 흐름은 의미가 없었다. 남편이 출근할 시간, 잠 잘 시간, 저녁을 지을 시간, 외출할 시간, 그가 퇴근할 시간, 친구와 약속한 시간을 확인했던 시계다. 고장이 나 멈췄으면 좋겠는데 자꾸만 째깍째깍 움직였다. 그 소리가 때로는 거슬려 TV 볼륨을 크게 올렸다. 흐르거나 움직이는 것들은 죄다 싫었다. 파리 하나로 충분했다.

만년필은 그가 가장 아끼는 물건이다. 경주는 그가 죽고 가장 먼저 그의 서재에 가보았다. 만년필에서 그의 온기를 느끼고 싶었다. 그리고 그가 죽을 만한 이유도 거기에서 찾고 싶었다. 만년필은 경주가 매년 생일선물로 그에게 준 것이다. 스무 개였다. 서랍에서 하나씩 꺼내 종이 위에 그의 이름을 적어보았다. 문하준, 문하준, 문하준 …. 스무 명의 문하준이 종이 위로 소환되었다. 그들 중 경주가 알고 있는 문하준은 없었다. 스물아홉 살부터 마흔아홉 살의 문하준이 모두 달랐다. 스물을 합해도 경주가 알고 있는 문하준이 아니었다. 점점 모르는 사람이 돼갔다. 써놓은 이름을 캄캄해질 때까지 하나씩 지웠다. 문하준이 하나씩 사라졌고, 그는 전혀 모르는 사람이 되었다. 안다고 믿은 건 경주의 착각이었다.

침대는 그 방에서 가장 큰 자리를 차지하고 있는 물건이다. 경주가 일어나거나 누울 때, 그의 빈자리를 가장 많이 느낀 물건이다. 잠에서 깼을 때, 무심코 그를 찾는 습관에 경주는 매번 놀랐다. 남편과 물리적으로도 가장 많은 시간을 보낸 곳이다. 경주의 몸을 가장 많이 둔 곳이기도, 끝없이 추락하는 마음을 받쳐준 물건이기도 하다. 그리고 그 방에 있는 사물들을 하나하나 바라보게 한 물건이기도 하다. 그가 왜 죽었을까, 수없이 자문한 공간이기도 하다.

남편과 가장 깊은 속내를 나눈 곳도 침대다. 집에서 저녁을 먹을 때나 카페에서 커피를 마실 때 미처 꺼내지 못했던 말이나 생각을, 잠들기 전에 그에게 말한 곳도 침대다. 두 사람에게 가장 두려웠던, 아이나 부모에 대한 이야기를 나눈 곳이기도 하다. 그리고 경주의 간절한 소망이었던 리마인드 웨딩에 대한 이야기도 몇 달 전에 거기에서 나눴다. 그리고 두 사람의 내밀한 몸을 나눈 곳이기도 하다. 경주는 그 대목에 이르면 머리가 터질 것 같았다. 세상 누구와도 하지 않은 것들을 한 사이였는데, 그는 흔적도 없이 사라져버렸다. 생각이 거기에 이르면 분노로 몸이 뜨거웠다. 그간 그들이 나눈 모든 행동과 말이 어두운 방안을 떠도는 먼지와 다를 바 없었다.

그 외에도 그 방 서랍에는 알고 지낸 수많은 사람들의 이름과 전화번호가 적힌 수첩이 있다. 그리고 네 면의 벽이 있고, 방문이 있다. 그늘이 있고, 불안이 있다. 무늬 없는 아이보리색 벽지가 있고, 지워지지 않는 얼룩이 있다. 어둠이 있고, 어둠 속에 또렷한 기억이 있고, 눈길이 스친 곳마다 생각이 고여 있다. 생각 속에는 후회가 있고, 원망이 있고, 침묵이 있다. 오래된 기쁨도 섞여 있다.

그리고 창문을 열던 자리가 비어 있다. 머리맡의 창문은 경주가 세밀하게 신경을 곤두세운 곳이다. 혹 그가 그리로 찾아올지도 몰라서다. 그러나 그 방에서 그의 기척은 끝내 느껴지지 않았다. 불은 한번도 켜지 않았다. TV 불빛만으로 충분했다.

파리가 방안을 몇 바퀴 뱅뱅, 돌더니 달력 위에 앉았다.

이 방

경주는 남편에게 또 전화를 했다. 이번에도 번호의 마지막 숫자가 보이지 않았다. 그래서 0부터 9까지 숫자 하나하나를 넣어 눌러보았다. 그러나 어떤 것에도 신호음이 가지 않았다. 처음부터 다시 하려고 했을 땐, 번호의 가운데 숫자 중 하나가 또 지워져 있었다. 수없이 누른 끝에 신호음이 갔다. 그런데 그가 받지 않았다. 아무리 걸어도 받지 않았다. 잘못 걸었나 싶어 다시 걸기를 몇 십 번, 끝내 그와 연결이 되지 않았다.

몇 달 만에 간신히 약속을 잡았다. 그와 늘 만나던 카페에서 만나기로 했다. 어렵게 남편과 통화가 됐을 때, 경주의 간절한 마음과 달리 그의 목소리는 건조했다. 뜨겁지도 차갑지도 않은, 지극히 사무적인 목소리에 경주의 마음이 꺾여내렸다. 서운했지만, 그를 다시 볼 수 있다는 것에 위안을 삼았다. 약속시간보다 일찍 나갔다. 그런데 그 자리에 카페가 없었다. 주변을 아무리 둘러봐도 카페가 없었다. 상가 사람들에게 물으니 그 자리엔 본래 카페가 없었다고 했다. 분명 익숙한 곳이고 늘 가던 곳이었다. 카페 옆의 이탈리안 레스토랑과 연어전문점과 베이커리도 그대로였다. 그와도 분명 그곳에서 만나기로 했다.

남편을 만나지 못한 채 시간이 또 흘렀다. 몇 사람을 통하고 통하여 그와 어렵게 연락이 닿았다. 그런데 약속 장소에 가니 그의 맞은

편에 해정이 앉아 있었다. 상상도 못한 상황이었다. 둘이서 만나기로 했는데. 해정은 대학 다닐 때, 같은 동아리에서 만난 친구다. 경주와 그와 해정은 늘 붙어다녔다. 지금 이 자리는 해정이 낄 곳이 아니었다. 누구보다 해정이 잘 알고 있다. 경주는 해정이 못내 거슬렸지만, 그를 만났으니 어떻게든 자신이 묻고 싶고 듣고 싶은 이야기를 나눌 수 있을 거라 생각했다.

그런데 남편은 경주에게 아무 말도 하지 않았다. 경주도 해정 때문에 그에게 아무것도 물어볼 수 없었다. 주로 해정이 이야기를 했다. 해정은 간간이 웃었지만, 대부분 어두운 표정을 지었다. 그가 해정을 위로했고, 경주 또한 그랬다. 세 시간이나 이야기를 나누었지만, 경주는 그와 한번도 눈이 마주친 적이 없었다. 경주가 그를 보았을 땐 그는 해정을 보았고, 경주가 해정을 보았을 땐 그는 경주를 보았다. 경주는 마냥 흘러가는 시간이 안타까웠다. 빨리 해정을 보내고 둘이서만 이야기할 시간을 기다렸다.

술에 취한 해정이 집에 가겠다며 일어났다. 이제야 기다리던 시간이 왔다. 그가 해정을 배웅해주겠다며 따라나섰다. 경주는 그가 택시를 잡아주고 금방 다시 올 줄 알았다. 그런데 둘은 어둠 속으로 계속 걸어갔다. 어둠은 순식간에 그들을 삼켰다. 뒤늦게 다급히 쫓아갔지만, 경주 앞에 느닷없이 갈림길이 나타났다. 두 갈래의 길 중 그들이 어느 쪽으로 갔는지 알 수가 없어, 그만 주저앉아버렸다. 경주는 결국엔 그와 아무 말도 나누지 못한 채 헤어졌다. 그에게 듣고 싶은 건 단 한마디였다. 정확한 이유, 그것이면 됐다. 파란 어둠이 경주의 얼굴로 확 들이치면서 눈앞엔 아무것도 보이지 않았다. 모든 것이 어둠 속으로 사라져버렸다. 그 후 다시는 그를 만나지 못했다. 목소리조차 듣지 못했다.

해정은 경주에게 투정을 넘어 비명을 질러댔다. 살고 싶은 이유를 찾지 못하겠다며. 몇 달 전부터 그 소리를 달고 살아 새삼스러울 것도 없었다. 경주는 버럭 짜증이 났다. 이제는 더 이상 위로해줄 말도 없었다. 해정이 아무리 경주의 가장 가까운 친구라 해도 지금은 그가 경주를 위로할 때였다. 경주는 그에게 극약처방을 썼다.

"너, 아침마다 머리 감고 수건으로 말려. 젖은 수건을 얼굴에 뒤집어쓰고 누워 있어봐."

"야, 장난해?"

"미친 척하고 해봐. 어차피 죽고 싶잖아. 관 속에 누웠다 생각하고 해봐."

해정은 늘 수면제를 먹고 자는 경주보다 더 까칠했다. 경주는 해정의 입에서 죽고 싶다는 소릴 그만 나오게 하고 싶었다. 젖은 수건을 얼굴에 뒤집어쓰고 떠오르는 걸 적어보라고 했다. 한 달만 해보고 나서도 죽고 싶으면 그러라고 했다. 해정은 그런 경주를 한껏 조롱했다. 그런데 일주일 후, 문자를 보내오기 시작했다.

오늘은 엄마 생각이 났어. 엄마가 동생을 데리고 외갓집에 갔거든. 며칠 만에 왔어. 나는 살면서 그때만큼 누굴 기다려본 적이 없어. 여덟 살인 내가 지칠 무렵에야 엄마가 돌아왔어. 그건 내 인생에서 중요한 사건이었어. 그때 엄마가 돌아오지 않았다면 나는 아무도 믿지 못하는 사람이 되었을 거야. 엄마는 그 후에 언니와 동생을 데리고 가선 다시는 돌아오지 않았어. 그래도 한번은 돌아와 준 게 얼마나 고마웠는지 몰라.

5학년 때, 학교에서 돌아오는 길에 코피가 났어. 코피는 학교에서 집에 오는 내내 멈추지 않았어. 아버지가 콧잔등을 세게 누르고 얼음으로 이마를 차게 한 다음에야 멈췄어. 그때 코피덩어리가 입과 코로 마구 쏟아졌어. 내 몸에 있는 피를 다 흘린 기분이랄까. 할머니는 그때 내 몸이 하얘졌다고 했어. 이틀을 앓은 거야. 아버지가 삶아준 닭을 먹고 일어났어. 처음으로 결석이란 걸 했어. 지각이나 결석은 내가 아주 싫어하는 것들인데.

중 3때, 우리 마을로 봉사활동을 왔던 선생님이 생각나. 그 사람은 내 첫사랑이야. 그는 한 달간 농촌봉사활동을 하러온 경영학과 1학년 학생이었어. 나는 그를 보자마자 사랑에 빠졌어. 물론 짝사랑. 나는 그에게 줄 선물로 십자수를 놓았어. 나답지 않은 짓을 한 거지. 그에게 가장 인상 깊은 선물이 무얼까 고민한 끝에 손수건에 수를 놓기로 한 거야. 그는 나에게 문학과 노래를 가르쳐주었어. 그때까지 우리 동네엔 기타를 치는 사람이 없었는데, 그가 기타를 치며 노랠 부른 거야. 얼마나 멋있었는지 몰라. 나는 내 또래 남학생들한테선 느낄 수 없는 감정을 그에게서 느꼈어. 세상이 매일매일 울렁거렸어. 주변에 있는 사람들과 사물들이 새롭고 아름답게 보였고. 며칠 만에 생긴 감정은 내 키처럼 쑥쑥 자랐어. 한 달이 되기도 전에 담장 옆 접

시꽃처럼 커져 있었어. 마지막 날 아침, 떠나는 그에게 손수건을 전해주느라 학교에 지각을 했지 뭐야. 내가 아주 싫어하는. 근데 후회하진 않아. 네잎 클로버를 수놓은 손수건을 전해줬으니까. 거기에 내 마음이 담겨 있었는데, 그가 눈치를 챘는지는 모르겠어.

고등학생 때, 이상한 편지를 받았어. 중학교 동창 여자애로부터 온 거였어. 그 애와는 친하지도 않았는데 뜬금없이 나에게 편지를 한 거야. 그것도 나를 좋아한다는. 얼마나 황당했던지. 그 친구에게 곧바로 전화를 했어. 그 친구는 나한테 편지를 쓴 적이 없다고 하더라고. 편지는 일주일에 한 통씩 왔어. 추적 끝에 편지를 쓴 사람을 찾아냈어. 같은 중학교에 다녔던 남자애였어. 이름도 밝히지 못하는 그 애가 비겁하게 느껴졌어. 무엇보다도 나는 손수건을 선물했던 선생님을 그때까지 잊지 못하고 있었거든. 그런데 몇 달 후, 그 아이가 죽었다는 거야. 자신의 집 헛간에서 목을 맸대. 나는 엄마가 다시 돌아오지 않았을 때보다 더 까마득한 기분이었어. 생각지도 못한 진창에 빠진, 딱 그 기분. 나와 상관없는 일이 내 마음을 온통 헤집어놓은 사건이었어. 근데 왜 지금 그 아이가 생각날까.

할머니. 우리 할머니. 나한테는 엄마인 사람. 아버지가 엄마와 이혼을 하고 집을 떠난 후에도 끝까지 나를 챙겨준 사람. 할머니는 죽는 날까지 부업을 했어. 나 때문이야. 아니, 아버지 때문인가. 아버지는 평생 마음을 못잡고 떠돌아다녔어. 할머니와 나는 아버지 때문에 이사도 못 갔고. 그러던 중 대학 2학년 때, 가장 슬픈 아침을 맞았어. 그 전날 밤 분명 할머니와 같이 잠자리에 들었거든. 근데, 아침이 되어도 할머니가 일어나지 않는 거야. 흔들어 깨웠을 땐, 이미 돌아가신 상태였어. 나한테 말 한마디 남기지 않고 말이야. 작별인사를 하고 갔으면 슬픔이 덜 했을까. 그건 지금도 모르겠어. 아무튼 난 세상에 덩그러니 혼자 남겨졌어. 살면서 두 번 다시 맞고 싶지 않은 아침이었어.

해정은 매일 자신이 느낀 감정을 경주에게 보냈다. 해정은 누군가와 대화를 할 때, 상대의 행위나 말이 납득이 되지 않으면 이해가 될 때까지 꼬치꼬치 파고들었다. 대부분의 사람들은 해정의 그런 집요함에 고개를 저었다. 경주 또한 그 부문에서 피로도가 높았다. 해정은 사람과의 관계에서 만들어지는 감정에 대해 병적이리만치 정리하려 들었다. 그것은 해정이 갖고 있는 두려움과 불안의 또 다른 얼굴 같았다. 관계가 안정적이지 못하면 견디기 힘들어했다. 누군가 자신에게 소홀하거나 떠날 기미를 보이면 자신이 먼저 돌아서버렸다. 경주와 경주의 남편은 그런 해정을 끊임없이 보듬었다.

경주는 해정에게 다시 과제를 냈다. 달콤한 아이스크림 같은 기억이 있는지 찾아보라는. 샅샅이 뒤져서 백 개만 문자로 보내라고 했다. 해정은 그딴 게 있을 리 없다며 짜증을 냈다. 경주는 단어라도 좋으니 여전히 젖은 수건으로 얼굴을 덮고 떠오르는 것들을 말해보라고 했다. 그러고 나서도 죽고 싶으면 죽으라며 단호히 말했다.

채송화. 담장 밑에 피어 있던 알록달록한 채송화 꽃밭. 엄마가 막내동생을 안고 라일락꽃 옆에서 찍은, 오래된 사진. 남동생이 너무 귀여워. 돌이 채 되기 전의 모습이야. 우리 엄마도 젊었어. 서른다섯 정도 되려나. 하얀 투피스가 햇살 가득한 얼굴과 잘 어울려. 마지막 모습이 웃는 모습이라서 다행이야. 좋은 일이 있었을까. 아니면 사진을 찍는다고 웃었을까. 라일락 향이 지금도 나는 것 같아. 라일락 향은 내 후각이 지닌 가장 오래된 향이야. 지금도 라일락꽃만 피면 나는 내 정신이 아냐. 막 어딘가로 가고 싶고 누군가를 만나고 싶어. 할머니가 운동화를 사줬어. 나이키로. 친구들 중에 가장 꼴등으로 신었지만, 좋았어. 중학교 교생 선생님이 데미안, 이라는 책을 선물로 주었어. 그는 국어과목 선생님이었는데 마지막 날 교무실로 나를 불러서 주었어. 읽었는데 무슨 말인지 통 모르겠더라. 어른이 되어 다시 읽어봤어. 유일하게 두 번 읽은 책이야. 교생 선생님의 얼굴은 기억나지 않아. 이름은 책에 쓰여 있었어. 박명현, 이라고. 그때 책 내용을 깊이 있게 이해하지는 못했지만, 사춘기를 앓던 나에겐 큰 선물이었어. 거기에 나오는 싱클레어라는 아이가 겪는 혼란과 혼돈이 반가웠어. 나만 그런 시기를 보내는 게 아니란 것이 위로가 됐어.

해정은 이 내용을 보내놓고 한동안 연락을 끊었다. 그녀의 집으로 찾아갔다. 그녀는 혼란스러워 더 이상은 수건을 뒤집어쓰는 행위를 할 수 없다고 했다. 경주는 더 하라고 다그쳤다. 해정은 아버지의 얼굴에 씌워놓았던 하얀 천이 생각나 미쳐버릴 것 같다며 울부짖었다. 그 목소리에선 한기가 느껴졌다.

"넌, 악마야!"

"마음대로 생각해. 왜 죽은 아버지한테 여태 발목 잡혀 있어. 그게 언젠데."

"너, 33층에서 떨어져 다 으깨진 얼굴 봤어?"

해정은 경주의 멱살을 잡으며 고래고래 악을 썼다.

"당연히 몰라. 그렇지만 넌 지금 죽을 때가 아니라는 것만은 확실히 알아."

해정은 닥치는 대로 물건을 집어던졌다. 그리고 이기지도 못하는 술을 벌컥벌컥 들이켠 후, 토했다. 그리고 또 마셨다. 그 와중에도 경주를 향해 욕설을 퍼부어댔다.

일주일 후, 다시 메시지가 왔다. 옆집 아줌마가 생각나. 할머니 장례식을 끝내고 돌아온 날, 아줌마가 밥상을 차려왔어. 내가 다 먹을 때까지 앉아 있었어. 그 다음날에도 그랬어. 내가 울지 않을 때까지. 그리고 한 아이가 생각났어. 내가 담임을 했던 중학교 남학생이야. 그 아인 중2였는데 퇴학을 당했어. 난 그 아이를 퇴학시키지 않으려고 교장 선생님한테 무릎까지 꿇었는데. 내 결혼식에 우리 반 아이들이 모두 왔는데 그 아이만 보이지 않아 걱정이 됐어. 그런데 내가 결혼한 지 10년쯤 됐을 때, 그 아이가 전화를 해왔어. '선생님, 그때 죄송했어요. 저, 선생님 결혼식에 갔었어요. 몰래 숨어서 보고 왔어요. 이젠 사람 됐어요. 직장 다니면서 방통대도 다니고 있어요.' 참으로 기쁜 소식이었어. 그 아이가 퇴학당했을 때, 나도 선생 노릇을 그만뒀잖아.

할머니 돌아가시고 등록금 내기도 버겁고, 모든 것이 무의미해 학교를 그만뒀었잖아. 근데 뜻밖에도 대학에서 장학금을 줄 테니 오라는 거야. 그때 모처럼 좋았어. 엄마가 외갓집에서 한번 돌아왔을 때처럼 잠시 생기가 돌았지. 첫 제자들. 스승의 날의 수많은 편지들. 카네이션. 여중생의 수줍음. 삼겹살. 외포리. 화문석. 내가면 우체국. 쇠고기 한 근. 코스모스. 갈대. 솟을대문에 살던 할머니. 밴댕이조림과 순무김치. 새벽 종소리. 교수님과 병원비. 제주로의 신혼여행. 5월 15일. 섭지코지. 보라색 스웨터. 따뜻했던 손길. 오름의 봄바람. 노란 살구. 연노랑 투피스. 한약 한 첩. 신촌의 설렁탕. 시외버스. 수유리. 아이스 와인.

그게 마지막 문자였다. 더 이상의 문자는 없었다. 해정의 좋은 기억이 생각보다 적었던 걸까. 가족과 관련된 건 별로 없었다. 아무리 전화를 해도 받지 않아 메일함을 열어보았다. 해정은 가끔 뜬금없이 메일을 보내곤 했다. 금방 만나고 돌아서 온 날에도 메일을 보낸 적이 있다. 주로 자신이 깊이 가라앉아 있을 때 그랬다. 편지함에 해정의 편지가 들어 있었다. 메일은 마지막 문자를 보낸 후에 쓴 것이었다.

해정은 스무 살 이후 지금까지 잘 지내다가도 갑자기 신열에 들뜬 사람처럼 한 계절을 앓곤 했다. 조증 환자처럼 들떠서 지내다가도 한없이 바닥을 기기를 반복했다. 경주의 성화에 해정은 강아지를 키웠다. 그것도 두 마리나 한꺼번에 입양했다. 강아지를 키우면서 꽤 오랫동안 안정을 찾았다. 그런데 5년 전에 강아지 한 마리가 홍역에 걸려 죽었다. 아무런 손도 써보지 못한 채 보냈다. 유기견을 입양하면서 예방접종이 안 돼 있는 걸 몰랐다. 그때 해정의 병이 다시 도졌지만, 또 한 마리의 강아지에 의지하여 견뎌냈다. 그 한 마리조차 석 달 전에 죽었다. 해정은 그 후로부터 살아야 할 이유를 찾지 못하겠다며 경주를 들볶았다.

편지 내용은 아주 짧았다. 단 한 문장이었다. '꽃을 보러갈 거야.' 너무 짧은 내용이어서 경주는 더욱 불안했다. 최대한 부드러운 어투로 답장을 썼다.

해정아, 지나간 모든 것들을 리셋해보는 건 어때? 그것도 아주 의지적으로 말이야. 새로운 곳에서 새로운 사람을 만나봐. 그리고 그곳에서 새로운 일을 시작해보는 거야. 나도 적극 도울게. 서울을 떠나는 것도 좋고. 네가 가장 좋아하는 통영은 어때? 나중에 우리 일 년 살기 해보기로 한 곳이잖아. 네가 먼저 가서 살아봐. 나도 갈게. 그곳에서 작은 책방을 여는 건 어떨까? 너, 작은 서점에 관심 많았잖아. 커피도 팔고, 책도 팔고, 그리고 네가 하고 싶었던 글도 쓰고. 이번엔 너의 의지로 새로운 관계를 만들어봐. 지금까진 상황이 주어진 대로 살았잖아. 이제부턴 내 이웃이나 친구를 네가 직접 선택해. 가장 안정되고 평안한 관계와 상황을 만들어봐. 그런 다음엔 네 마음이 시키는 대로 마냥 흘러가보고. 내가 응원할게.

머리가 깨질 것처럼 아파 얼굴을 찡그리는 순간, 해정의 얼굴이 경주의 얼굴로 바뀌었다. 그리고 해정이 사라져버렸다. 경주는 깜짝 놀라 해정을 찾으려 몸부림을 쳤다. 그때 누군가 경주의 머리를 세게 흔들었다.

"김경주 씨, 괜찮아요? 정신이 들어요?"

얼굴이 길쭉하고 콧구멍이 커다란 남자가 경주를 내려다보고 있었다. 그는 순식간에 경주의 눈까지 까뒤집었다. 흐릿하던 시야가 선명해지고 나서야 그가 의사이고, 자신은 병원 침대에 누워 있다는 걸 알았다.

"제가 왜 여기에…?"

"수면제 과다복용으로 의식을 잃었어요."

경주는 수면제를 많이 먹은 것이 기억나지 않았다. 평소처럼 세 알을 먹고 잔 기억밖에 없었다. 간호사에게 남편과 해정을 불러달라고 했다. 간호사는 어리둥절해하며 언니 혼자서만 간호를 했다고 했다. 간호사 연락을 받고 한걸음에 달려온 언니에게, 경주는 다짜고짜 남편과 해정을 불러달라고 했다. 언니는 황망한 표정으로 의사를 부르러 갔다.

퇴원을 해서 집으로 돌아왔다. 몸은 여전히 흐릿했지만, 정신은 오히려 맑았다. 그런데도 마치 가상의 시공간에 놓여 있는 것처럼 집안의 모든 게 낯설었다. 5년이나 살았던 집인데도 아득한 시간을 돌고 돌아온 느낌이었다. 얼마만큼의 시간을 잘라먹었는지 가늠되지 않았다. 언니는 오늘이 5월 1일이라고 했다. 안방의 달력은 개나리가 노랗게 핀, 4월로 넘어가 있었다.

파리를 찾아보았다. 어디에도 보이지 않았다. 분명 그 방에서 함께 지냈는데 어디로 갔을까. 달력과 벽시계와 커튼과 의자와 천장을 샅샅이 살펴보았지만, 보이지 않았다.

파리를 찾다 말고 문득 수첩 생각이 났다. 수첩에서 해정의 이름을 확인하고 싶었다. 수첩은 경주가 소중히 다루는 물건 중 하나였다. 몇 년 전에 핸드폰을 잃어버려 연락처가 몽땅 날아간 적이 있다. 그때, 연락처에 있던 사람들을 마치 실제로 잃어버린 양 놀랐다. 그 후로는 수첩에 꼭 연락처를 적어두었다. 첫 페이지에 있을 해정의 연락처를 빨리 확인하고 싶었다. 그런데 첫 페이지에 해정이라는 이름이 없었다. 그 다음 페이지에도 없었다. 어디에도 없었다. 핸드폰에도 해정이라는 이름이 없었다. 마치 그 방에서 내내 함께했던 파리가 이 방에서 사라져버린 것처럼.

경주는 그 방에 있을 때, 수첩 속의 누구에게도 전화를 하지 않았다. 이름 하나하나를 짚을 때마다 그 사람들이 무의미하게 느껴졌다. 막상 아무도 없었다. 그 많은 사람들이 아무도 아니었다. 바뀐 번호를 몇 번이나 정정했던 사람들도 마찬가지였다. 첫 페이지에 있는 효진, 언니, 은희, 수민, 영지 이 다섯 명은 응급상황이 생기면 가장 먼저 연락할 사람이었다. 다섯은 첫 페이지에 나머지는 그 다음 페이지에 열 명씩 써놓았다. 그 다음 페이지와 그 다음 페이지로 계속 이어지는 사람들. 적어도 수첩의 첫 페이지에 이름이 적힌 사람들은 경주의 이 소동을 알면, 몹시 서운해할 것이다. 빼곡한 이름과 전화번호를 손끝으로 누르며 지웠다.

방에는 빛이 들어와 있었다. 환한 금빛이다. 남편과 함께 살았을 때, 늘 들어왔던 오후의 빛이다. 언니가 커튼을 걷고 창문을 활짝 열어두었다. 그 사이로 빛이 한가득 들어와 있었다. 오후 세 시, 서녘빛이 침대의 반을 비추고 있었다. 경주가 누웠던 자리엔 머리카락이

다섯 올 떨어져 있었다. 한 세계에서 다른 세계로 넘어갔을 때의 몸부림의 흔적이었을 것이다. 빛을 받은 머리카락이 반짝였다. 빛은 시간을 따라 안으로 조금씩 들어왔다.

남편은 사진 찍는 걸 몹시 싫어했다. 그만 싫어한 게 아니었다. 큰누이가 잘못된 후로는 가족 누구도 사진을 찍지 않았다. 남편이 두 살 때, 그가 살던 오지에 사진사가 찾아왔다. 그때 여든이었던 할머니는, 사진을 찍으면 영혼이 빠져나간다며 식구들에게 찍지 못하게 했다. 혼인날을 받아둔 큰누이는 사진을 찍고 싶어했다. 할머니 몰래 사진을 찍는다며 사진사를 따라나갔다가 집에 돌아오지 못했다. 며칠 후, 재 너머 못에서 시신으로 떠올랐다. 그래서 경주 부부도 결혼사진이 없다. 효진이 몰래 찍어준 사진 때문에 그가 죽었을까. 언니도 그렇게 생각한 것일까. 협탁 위에 있던 사진을 치워버렸다. 사진이라고는 그거 한 장뿐인데.

나무로 된 십자가는 침대 중간에서 끊어진 빛을 받지 못하고 있었다. 그러고 보니 이 방의 십자가는 한번도 빛을 받은 적이 없다. 작은 갈색 나무토막이 가로세로로 엮어 있었다. 나무 표면이 거칠었다. 작은 나무 조각 어디에도 신의 은총을 찾아볼 수 없었다. 예수의 피 냄새도 마리아의 통곡소리도 들리지 않았다. 따르던 수많은 무리의 눈물도 보이지 않았다. 더 바싹 다가가보았다. 나무토막의 가로세로 교차지점에 가시면류관이 있고, 면류관 안에 커다란 못이 세 개나 박혀 있었다. 못을 유심히 보았다. 그리고 그 방 서재에서 만년필을 만졌을 때처럼, 못을 만져보았다. 금속이 차가웠다. 그리고 녹이 슬어 있었다. 방으로 들어오던 빛이 고개를 돌려 밖으로 천천히 걸어나갔다.

언니는 경주가 사놓았던 남편의 양복을 치워버렸다. 경주의 빨간 드레스까지도. 그의 신발, 가방, 책, 만년필, 칫솔, 테니스 라켓, 앨범, 건축 관련 책들까지도 꼼꼼하게 치웠다. 그의 물건이 모두 사라진 집은 공휴일 도서관처럼 조용하다. 경주가 먹었던 수면제 병도 보이지 않았다.

파리는 어디에도 없었다.

경주는 한쪽에 치워놓았던 거울을 제자리에 갖다놓았다. 거울을 한없이 들여다보았다. 강마른 경주가 그 안에 있었다. 오래되어 빛이 바랜 정물 같은 표정으로. 화장대 서랍에서 붉은 립스틱을 꺼냈다. 까슬까슬한 입술에 립스틱을 발라 고루 폈다. 거울 속의 방에 생기가 돌았다.

진영슈퍼

진영슈퍼

나는 아침부터 지민엄마를 기다렸다. 출근하려면 아직 멀었는데도 길 건너 화장품 가게를 자꾸 바라보았다. 지민엄마는 평소처럼 10시에 왔다. 나는 그녀가 가게 문을 열기도 전에 불렀다. 아침부터 화장품을 사러올 손님은 없을 테니까. 무엇보다 그녀에게 급히 할 이야기가 있었다.

남편은 장사할 사람을 아침부터 불러낸다며 못마땅해했다. 보나마나 내가 지민엄마에게 어젯밤 일을 말할 거라 생각하는 것 같았다. 남편의 예측이 맞다. 나는 지민엄마에게 어젯밤 이야기를 하고 싶었다. 남편은 늘 나에게 말조심을 하라며 잔소리한다. 그가 여자들만 모이는 우리의 모임에 끼일 수 없다보니 걱정이 많다. 그러함에도 나는 하고 싶은 말은 해야 살 수가 있다. 나는 지민엄마와 우리 슈퍼 야외 테이블에 자리를 잡고 앉았다. 출근하고 등교하며 들른 손님들을 한바탕 치른 뒤라, 내 얼굴엔 땀이 맺혀 있었다.

"아침부터 왜요? 가게 문 열어야 하는데."

"지금 그게 문제가 아냐. 내 입 무거운 거 알지? 근데 이건 점심시간까지 도저히 갖고 갈 수가 없어."

"뭔데 그래요? 밤새 이 골목에 또 무슨 일 있었어요?"

우리 부부는 25년간 슈퍼를 운영해 번 돈과 얼마의 대출을 끼고 6

년 전에 슈퍼 건물을 샀다. 3층짜리다. 1층은 슈퍼이고, 2층은 선녀보살에게 세를 놓았고, 3층에는 우리 부부가 산다. 지민엄마는 다른 동네에 살고 있어 이 시장통에서 밤중에 일어난 일은 모른다. 밤에 벌어진 일은 대부분 나의 입을 통해 알게 된다. 나와 달리 바로 옆 건물, 유리가게 3층에 사는 수현엄마는 입이 무겁기로 소문났다. 어떤 말도 그녀의 입을 통해서는 퍼져나가지 않는다. 유리가게 김 사장은 그런 아내를 우리 남편 보란 듯 자랑스러워한다. 이곳 시장의 1층은 모두 상가다. 2층에는 철학관, 이발관, 뜨개방, 점집, 붓글씨 학원이 있고 나머지는 사무실로 쓰거나 살림집이다. 3층은 모두가 살림집이다. 3층에는 대부분 골목상인들이 거주한다.

"글쎄, 2층 남자가 어젯밤에 울었다니까! 밤 늦게 문 닫으려는데 이 자리에 앉아 훌쩍거리고 있더라고."

"어머머, 왜요?"

"모르지. 그래서 우리 남편이 소주 한 잔 사줬어."

"정말 무슨 일이래요? 그 남자 맨날 웃는 얼굴이잖아요. 하긴 요즘은 그렇지도 않았네. 표정이 전에 없이 어둡긴 했어요."

"2층 남자가 우는데 마음이 아프더라. 선녀보살하고 무슨 일 있나 봐."

"무슨 일일까요?"

"그 남자 워낙 말수가 적잖아. 별 얘긴 않고 울기만 하데. 얼마나 힘이 들면 남자가 울까 싶더라. 안 그래도 신당 뒷방에서 눈치보며 살 텐데."

“에이 아줌마는, 둘이 좋아서 사는 건데 눈치는 무슨….”

“신당이 있는 집에 평범한 남자가 지내기가 어디 쉬워.”

나는 2층 남자에게 다소 우호적이었다. 남자는 하루에 한번 슈퍼에 들러 담배나 음료수나 맥주를 사갔다. 그러나 선녀보살은 한번도 들른 적이 없다. 선녀보살은 시장통에 있는 가게 중 유일하게 지민엄마의 화장품 가게에만 들른다. 그런 선녀보살의 행동이 나는 물론이거니와 시장통 사람 모두를 무시하는 것 같아 서운할 때가 많다.

이 골목은 양쪽에 대단지 아파트를 끼고 있는 재래시장이다. 주변은 모두 개발되고 이 골목만 섬처럼 남았다. 손님을 아파트 단지 안에 있는 상가에 빼앗겨 대부분 수입이 절반으로 줄었다. 그마나 다행인 것은 시장 초입에 큰 공원이 있고, 골목이 끝나는 곳에 초등학교가 있어 지나다니는 사람이 적지는 않다는 것이다.

점포는 20여 개 정도 된다. 백반집, 철물점, 중국집, 부동산사무소, 화장품 가게, 잡화점, 야채과일 가게, 정육점, 슈퍼마켓, 미용실, 떡집, 칼국수집, 분식집, 호떡집, 보신탕집, 유리가게 그리고 선녀보살이 하는 점집 등이 좁은 골목을 사이에 두고 나란히 있다.

나는 잠을 자는 시간을 빼고는 슈퍼에서 남편과 종일 일한다. 가끔 손님이 뜸할 때면 도자기를 만드는 동영상을 본다. 점심은 지민엄마와 문구점 새댁과 수현엄마와 같이 먹는다. 수현엄마는 수현아빠의 일이 모두 외부작업이라 가게를 비울 수 없을 땐, 가끔 빠진다. 우리들은 모두 종교가 다르다. 지민엄마는 불교, 국숫집 할머니는 기독교, 새댁은 천주교, 수현엄마는 종교 자체에 거부반응을 가지고 있다. 그의 언니가 비구니가 된 이후로 그렇게 생각이 바뀌었다. 나는 특별한 종교가 없다. 그런데도 가장 많은 신을 모셨다. 결혼을 앞두었을 때, 친정엄마의 수술이 있었을 때, 슈퍼 건물을 살 때, 나의 큰 수술을 앞두었을 때, 그때마다 기도하러 간 곳이 달랐다. 그러나 선녀보살이 우리 집 2층으로 이사를 온 후론 다른 신은 찾지 않았다. 그렇게 된 데에는 주변 사람, 특히 지민엄마의 영향이 컸다.

지민엄마의 화장품 가게에는 주로 단골이 찾아왔다. 양쪽 아파트에 사는 여자들이 주 고객이었다. 아파트 상가에는 화장품 가게가 없기도 했지만, 아파트가 들어서기 전부터 지민엄마와 친분이 있는 여자들이 화장품을 사지 않아도 오가며 들렀다. 아무래도 입담 좋은 지민엄마와 수다를 떨러 오지 싶었다. 그의 주 무기는 19금 토크이면서 나처럼 골목의 소문을 실어나르는 것이었다. 어두운 얼굴로 들어섰던 여자들도 두어 시간 놀다갈 땐, 얼굴이 활짝 펴 있었다. 여자들이 들른 날은 화장품 가게에서 웃음소리가 끊이질 않았다. 사실 지민엄마는 화장품보다 더 좋은 걸 파는지도 모른다. 좋은 화장품을 바르는 것보다 속이 편하면 얼굴빛이 더 좋은 법이니까. 나도 가끔 그들 속에 끼어 세상만사 다 잊고 싶을 때가 있다. 그러나 슈퍼 일은 좀처럼 짬을 내기가 어렵다.

2층 남자가 걱정이 됐다. 동화작가인 남자는 선녀보살의 기둥서방이다. 시장통 사람들은 그를 그렇게 부른다. 그들만 그걸 모른다. 남자는 하루에 한두 번은 트레이닝 복장에 슬리퍼를 끌고 공원을 산책

한다. 초하룻날처럼 선녀보살에게 손님이 많은 날은 공원에 나와 있는 시간이 길었다. 그는 차려 입고 외출을 하는 일이 좀처럼 없었다. 주로 집과 공원에만 있었다. 시장 사람들에겐 늘 웃는 얼굴로 인사를 했다. 골목상가 여자들은 그런 그를 좋게 보았다. 그가 동화를 쓰고 있다는 것과 아무하고나 덥석 말을 나누지 않는 것도 시장 여자들을 설레게 했다. 거친 시장통 남자들과는 결이 달랐다. 거기다가 선녀보살의 남자라는 것도 호기심을 자극했다. 나이는 마흔 정도 돼보였다. 시장 사람들 누구도 선녀보살과 남자의 정확한 나이는 모른다.

남자와 선녀보살이 같이 산 지는 10년쯤 되었다는 말들이 나돌았다. 그는 선녀보살과 사는 동안 동화책을 다섯 권이나 냈다. 제법 팔리는 책도 있었지만, 밥벌이로는 어림도 없었다. 사람들은 선녀보살이 그를 먹여살리는 거라고들 했다. 그는 특별히 잘 생긴 것도 덩치가 좋은 편도 아니었다. 주변 어디서나 볼 수 있는, 막 중년에 들어서는 남자였다.

그런데 특이한 게 하나 있긴 했다. 그의 얼굴이 유난히 맑다는 것이다. 아니 눈이 맑은 건가. 그를 볼 때마다 어린 사내아이처럼 깨끗한 느낌을 받았다. 아무튼 시장통 사람들은 둘의 조합을 의아하게 여기며 일거수일투족을 그냥 넘기지 않았다. 칼국수집 할머니는 '당최 둘이 안 어울려'라며 입버릇처럼 말하곤 했다.

나는 가끔은 자유로운 그의 직업이 부러웠다. 18시간을 슈퍼에 꼬박 갇혀 지내는 나로서는 놀이터에서 멍을 때리는 모습조차 좋아보였다. 이 건물을 사느라 진 빚을 갚으려면 10년은 더 악착을 떨어야 한다. 그런 생각이 들 때마다 마음이 갑갑하다. 세상에는 참으로 다양하게 사는 방법이 있다는 것을, 그를 볼 때마다 생각한다. 내 꿈은 도예가가 되는 것이다. 그것도 생활도자기를 만드는. 그 중에서도 나만의 독특한 그릇을 만들고 싶다. 쓰기 편하면서도 예쁜. 그가 담배를 물고 놀이터에 앉아 있는 걸 볼 때마다 내 꿈이 작아져가는 게 느껴졌다. 좁고 복잡한 가게에 갇혀 꿈도 늙어가고 있었다. 아니, 닳고 있다는 표현이 더 알맞을 것이다.

어제 저녁 때만 해도 남자는 아이들이 모두 돌아간 텅 빈 놀이터에 혼자 있었다. 그네에 앉아 있었지만, 발은 땅에 박아놓은 듯 꼼짝 않았다. 처음에는 선녀보살에게 점을 보러온 사람이 있어 자리를 비켜주러 나왔나 생각했다. 하지만 그가 너무 오래 앉아 있어 단순히 멍을 때리거나 시간을 때우러 나온 게 아닐지도 모른다는 생각이 들었다. 바닥을 내려다보고 있는 남자의 표정도 무거워 보였다. 시장을 지나다닐 때와는 다른 열패감이 얼굴에 가득했다.

선녀보살이 화장품 가게에 들르는 걸 지민엄마는 대단한 자부심으로 여긴다. 지민엄마의 말에 의하면 선녀보살은 비싼 화장품을 쓴다고 했다. 가게에 들러서도 말 한마디 건네지 않고 화장품을 고르고는 카드를 내민다. 지민엄마는 선녀보살 때문에 잘 팔리지도 않은 최고급 화장품을 몇 세트 들여다놓았다. 선녀보살은 화장품 가게에 드나든 지 5년이나 되었지만, 지민엄마를 늘 처음 보듯 대한다. 이 골목에서 나 다음으로 입담 좋은 그녀도 선녀보살 앞에서는 한껏 움츠러든다. 나는 그런 그녀를 선녀보살의 기에 눌린 거라며 놀려댄다. 5년이나 됐는데도 시장통 여자들은 선녀보살이나 남자가 모습만 드러내도 눈을 반짝인다. 오래된 골목시장에는 눈을 반짝이게 할 만한 게 없다. 늘 그날이 그날이다.

선녀보살은 삼십대 중반쯤으로 보인다. 그녀의 직업을 모르는 사람이 보았다면 모델이나 패션업계에서 일하는 사람인 줄 알 것이다. 등을 반이나 덮은 긴 생머리에 키가 크고 옷도 잘 입었다. 이목구비는 시원시원하니 서구적으로 생겼다. 얼굴에서는 빛이 났다. 검은 머리결은 깊은 물속 같았다. 선녀보살의 몸에서 가장 많이 움직이는 건 머리카락이었다. 시장 사람들과는 말을 섞지 않기 때문에 사람들은 그녀가 입고 다니는 옷과 향수와 머리카락을 보며 뒷이야기를 하곤 한다. 특히 머리카락에 무슨 비밀이라도 숨어있는 양 머리가 길어졌네, 짧아졌네 하며 뒷말들을 했다. 늘씬한 몸매는 그녀가 입고 다니는 롱 재킷이나 코트와 잘 어울렸다. 상의는 늘 길게 입었다. 긴 머리와 함께 그 모습은 여자를 신비롭게 했다. 그런데 그녀의 머리카락이 요즘 짧아졌다. 머리카락 하나도 명분 없이 자를 것 같지 않아 그 이유가 더욱 궁금했다.

오전 11시가 되면 슈퍼에도 손님이 뜸할 때가 있다. 나는 그 시간을 최대한 이용하여 유명한 도예가의 동영상을 본다. 몇 년 전, 자궁을 들어내고 우울하여 한 달간 공방에 다닌 적이 있다. 일주일에 한 번, 모두 네 번을 갔다. 흙을 만지고 있으면 무념무상 상태가 되었다. 나는 그 상태도 좋았지만, 그보다도 좋은 그릇을 만들어 그 그릇에 음식을 담아 천천히 즐기면서 식사하고 싶었다. 물레로 항아리를 만드는 동영상을 보려는데, 선녀보살이 2층에서 내려왔다.

그녀는 공원을 지나 시내 쪽으로 향했다. 낮에는 아직 더운데도 카키색 롱코트를 입었다. 확실히 그녀의 머리카락이 짧아져 있었다. 한 뼘이나 쑥 올라가 있었다. 여태 본 것 중 가장 짧았다. 그녀의 귀에는 커다란 은색 링 귀고리가 어느 때보다 크게 흔들렸다. 나는 그녀가 공원 모퉁이를 돌아 사라질 때까지 바라보았다. 그녀의 머리카락 길이와 어젯밤 남자의 눈물이 무슨 관계가 있을지 갖은 상상을 다 해보았다.

선녀보살이 나가고 얼마 안 돼 2층 남자도 슈퍼로 왔다. 여전히 맨발에 반바지와 슬리퍼 차림이다. 남자는 어젯밤에 운 것이 멋쩍은지 우리 부부에게 눈도 마주치지 않고 목례만 했다. 남자는 담배에 불을 붙인 후, 두어 시간 전에 지민엄마와 내가 앉았던 테이블에 앉았다. 곧 12시면 그 자리에서 시장통 여자들과 점심을 먹어야 하는데 일어날 기미를 보이지 않았다. 핸드폰을 보는 것도 아닌데 고개를 숙이고 있었다.

내가 조심스럽게 길 건너 지민엄마를 부르자, 남자는 2층으로 올라갔다. 오늘은 문구점 새댁이 점심을 배달시키는 날이다. 내가 그들과 밥을 먹는 동안 남편은 슈퍼의 손님을 혼자 받는다. 나는 밥을 먹다가 일어나는 걸 몹시 싫어한다. 하루 한 끼 점심이라도 앉은 자리에서 오롯이 먹고 싶다. 대신 남편이 점심을 먹을 때는 내가 혼자서 가게를 본다. 점심시간은 내 숨통이 트이는 유일한 시간이다. 어쩌다 그 시간에 남편이 배달이라도 가게 되면 나는 점심을 먹는 둥

마는 둥 하게 된다. 그러면 그 짜증을 고스란히 남편에게 푼다. 내가 점심을 먹고 나면 남편은 3층 집으로 올라가 밥을 먹는다. 슈퍼를 한 이후로 둘이서 같이 밥을 먹은 적이 없다. 늘 교대로 먹는다. 그것도 가끔 나를 서럽게 한다. 예쁜 도자기 그릇에 음식을 정갈하게 담아 천천히 먹고 싶다. 그러나 나의 바람과 달리 아침과 저녁은 국에 밥을 말아 서서 급히 먹는다.

"아줌마, 혹시 어젯밤에 두 사람 싸우는 소리 못 들었어요?"

"지민엄마는 선녀보살을 몇 년을 겪고도 몰라. 그 여자가 어디 큰 소리 낼 사람이야. 남자도 마찬가지고."

그때 문구점 새댁이 끼어들었다.

"아줌마, 선녀보살한테 요즘도 점 보러오는 사람 많아요?"

"한 달 전쯤 칠월칠석이었잖아. 그땐 며칠간 그 집 문턱이 닳던데. 올해는 찹쌀공양을 받았거든. 쌀 포대가 적어도 수십 개는 배달되는 것 같더라고. 선녀보살은 며칠간 꼼짝 않았고. 기도했겠지. 찹쌀을 보낸 사람들이 써서 보낸 기도 제목이 있을 테니까. 그때 말고는 눈에 띄게 많아 보이지는 않았어. 여기 앉아 있으면 오가는 사람들 웬만히 다 보이거든. 근데, 지난 주에 훤칠한 젊은 남자가 2층으로 올라가더라고. 갓 서른을 넘겼을라나. 그렇게 잘 차려 입은 젊은 남자가 점을 보러 오진 않았을 텐데."

"그래요? 근데, 아줌마도 찹쌀공양 했어요?"

새댁이 또 물었다.

"나야, 매년 하던 거니까."

"효험이 있어요?"

"글쎄. 별일 없으면 잘 맞는 거 아닌가?"

오늘은 초하루라 지민엄마가 신당에 가는 날이다. 지민엄마는 다른 날보다 가게에 일찍 나왔다. 지민아빠는 건설현장에서 일한다. 그래서 지민엄마는 매달 초하룻날이면 신당에 촛불을 켜러 간다.

작년 가을에 선녀보살이 지민엄마를 급히 부른 적이 있다. 촛불이 다른 때와 달리 불빛이 이지러지고 촛농도 지저분하게 떨어진다며. 지민엄마는 한걸음에 신당으로 달려갔다. 초가 타는 모습이 평소와 달리 예쁘지가 않았다. 촛불도 심하게 흔들렸다. 선녀보살은 지민아빠에게 나쁜 일이 생길지도 모르니 일터에서 철수시키라고 했다. 지민엄마가 지민아빠에게 전화를 했을 땐, 이미 일이 터진 뒤였다.

그날 지민아빠의 공사현장에서는 큰 사고가 있었다. 3층에서 일하던 인부가 발을 헛디뎌 떨어졌다. 다행히 크게 다치지는 않았다. 지민엄마는 선녀보살의 기도 덕분이라고 했다. 그 후론 선녀보살에게서 연락이 온 적이 없다. 촛불을 켜러 가도 선녀보살은 별다른 말을 하지 않았다. 기도 제목이 뭐냐고 묻는 것 외에는 안부 한마디도 건네지 않았다. 무슨 점사든 한마디라도 더 듣고 싶은 지민엄마로서는 선녀보살의 그런 행동이 보통 서운한 게 아니었다. 지민엄마가 '남편의 안전'이라는 기도 제목을 초에 써서 불을 붙이면 선녀보살이 기도를 해주었다. 신당에는 수십 개의 초가 있었다. 그 중에 선녀보살의 남자인, 작가의 것도 있었다. 초하룻날이면 한번도 빠지지 않고 늘 그 자리에 남자의 새 초가 놓여 있었다. 지민엄마는 선녀보살의 그 정성을 높이 샀다.

지민엄마는 가게 문을 연 채 한없이 선녀보살이 사는 2층을 바라보고 있었다. 선녀보살이 2층 창밖으로 붉은 천과 흰 천이 달린 깃발을 꽂아야 비로소 일을 시작한다는 신호이기 때문이다. 다른 때 같았으면 나한테 들렀을 텐데, 몸을 삼가느라 조용히 기다리고 있었다. 깃발이 꽂혔는지 지민엄마가 길을 건너와 2층으로 올라갔다. 올라간 지 얼마 안 돼 후다닥 계단을 내려왔다. 여느 때 같았으면 30여 분은 족히 걸렸을 텐데.

"아줌마, 선녀보살이 이상해요."

"왜? 뭐가?"

"나더러 이제 그만 오래요. 새 초에 불도 붙이지 못했어요."

"지민엄마한테 아직 유감이 남았나?"

"그 일은 그때 충분히 사과했어요. 그리고 지나간 일로 꽁할 사람은 아니잖아요."

"그건 그렇지. 아니면 남자랑 진짜 심각한가?"

지난 달 초하루 촛불을 켜러 신당에 갔던 지민엄마는 선녀보살과 약간의 언쟁을 하였다. 그 전 달에 샀던 초가 처음 놓았던 자리에서 옮겨져 구석진 곳에 있었기 때문이다. 공교롭게도 그 달에 지민아빠는 새 공사현장 입찰에서 떨어지는 일이 있었다. 지민엄마는 그 이유를 선녀보살 탓이라 여겨 촛불 위치를 두고 다퉜다. 매달 신당에 가야 하는 지민엄마로서는 그 일이 몹시 신경이 쓰이는 눈치였다. 나는 한번 고개를 숙인다 생각하고 선녀보살을 찾아가 사과하라고 했다.

오늘은 아예 선녀보살이 머리를 틀어올리지도 한복을 입고 있지도 않았다고 했다. 신당도 점을 칠 준비가 전혀 안 돼 있었다. 늘 진하게 나던 향내도 나지 않았다. 선녀보살은 코트를 입고 외출할 때와 한복을 입고 신을 영접할 때의 모습이 다르다. 신령한 기운이 한복 때문만은 아닐 텐데도, 그 앞에 앉으면 감히 말이 쉽게 나오지 않는다. 그녀에겐 신기 외에도 쉬이 범접할 수 없게 하는 것들이 있다. 깊이를 알 수 없는 눈빛과 서늘한 말투다.

지민엄마가 열흘 전에 사과를 하러 갔을 때도 그녀는 개운치 않은 얼굴로 이내 내려왔었다. 선녀보살이 신당을 새로이 꾸미는 중이라고 했다. 어렵게 미안하다는 말을 꺼냈지만, 선녀보살은 듣는 둥 마는 둥 했다. 그녀의 온 신경은 신물 위치를 바꾸는 데 있었다. 신당에 전에는 보이지 않던 조화와 새가 보였다. 조화는 작약이었다. 커다란 꽃병에 꽂혀 여기저기 놓여 있었다. 온갖 종류의 새가 그려진 그림도 재단 뒷벽에 걸려 있었다. 그녀가 그 동안 모신 최영 장군 그림은 한쪽으로 밀려나 있었다. 새들은 모두 날개를 펴 높이 나는 모습이었다.

나는 촛불도 켜지 못하고 내려온 지민엄마에게 냉커피 캔을 건넸다. 그리고 슈퍼 밖으로 나와 2층을 올려다보았다. 깃발이 꽂혀 있지 않았다.

"아니, 깃발도 안 꽂혔는데 올라갔던 거야?"

"요즘 우리 집 사정이 한시가 급해서요."

지민엄마는 이상한 점이 더 있었다고 했다. 남자의 초가 보이지 않았다. 남자의 초에는 늘 '맑은 영'이라고 쓰여 있었고, 언제나 정중앙 가장 좋은 자리에 있었는데 그 자리에 다른 초가 있었다. '사업번창'이라는 글귀와 함께 처음 보는 남자의 이름이 쓰여 있었다.

"아줌마, 아무래도 2층이 이상해요."

"그러게. 꽃은 사랑받고 싶을 때 꽂아두고, 새 그림은 자유롭고 싶을 때 건다고 들었는데."

"남자의 초는 왜 없앴을까요? 진짜 둘 사이에 무슨 일이 있긴 있나 봐요."

"별일이네. 여태 잘 살더니. 하긴 둘이 같이 다니는 걸 본 적은 없잖아. 한집에 살지만 아무도 모르지. 둘이 어쩌고 있는지는. 이건 어디까지나 내 짐작인데, 남자가 밤 기술이 좋든가, 아니면 여자가 명기든가. 분명 그런 이유로 둘이서 연을 맺고 살 거야."

"에이, 아줌마 말도 안 돼요. 맨날 야한 생각만 하니까 뭐든 그쪽으로 몰아가지. 아무튼 요상한 사람들이에요. 둘이 안 어울릴 것 같은데 한집에 사는 걸 보면."

"허튼소리 아니라니까. 이건 진짜 일급비밀이야. 한 건물에 사는 의리로 입 다물려고 했는데. 이게 다 지민엄마가 내 말을 안 믿어서 하는 거야. 몇 달 전에 수현아빠가 선녀보살의 집에서 유리 작업하고 내려온 적이 있어. 그날 수현아빠가 일 끝내고 담배 사러 슈퍼에 들렀는데 고개를 설레설레 흔들더라고. 그러면서 지나가는 소리로 한마디 하더라고."

"대체 뭐랬는데요?"

"글쎄, 선녀보살이 2층 침실 네 벽을 온통 거울로 해달라고 했대. 보통 사람들 같으면 정신 사나워 어디 살겠어. 점 보러 들락날락하는 사람들이 볼 수도 있고."

"그건 정말 이상하네요."

지민엄마는 초에 불을 붙이지 못하고 나온 게 마음에 걸린다며, 남편의 앞날을 걱정했다. 지민아빠는 새로 일할 현장 입찰에 실패한 후, 하루하루 일당을 받으며 일하고 있었다. 그래서 지민엄마는 그 어느 때보다 기도처가 필요했다. 아이들이 중학생과 고등학생이라 한창 돈이 들어갈 때였다.

나는 골목 상가의 침실 이야기는 죄다 꿰고 있다. 사람들은 종일 가게에서 일만 하는데 도대체 그런 건 어디서 어떻게 알아내느냐며 신기해했다. 그런 것들은 냄새처럼 저절로 알아지는 것이다. 선녀보살의 신기처럼 나도 그런 재능을 타고난 것이다. 시장 여자들은 그런 나를 진영스쿨 원장이라며 치켜세웠다. 선녀보살과 남자에 대한 소문도 자칭 입이 무겁다는 나의 입을 통해 골목으로 퍼져나갔다. 그리고 누구든 내 밑에 10년 정도만 있으면 39금은 무난하게 할 수 있을 거라며 의기양양했지만, 5년이나 됐는데도 지민엄마나 문구점 새댁이나 수현엄마는 조금도 향상되지 못했다.

수현엄마가 어두운 얼굴로 일찌감치 점심이나 먹자며 왔다. 수현아빠가 가게에 있는 모양이었다. 아파트가 들어서면서부터 유리를 찾는 사람이 확 줄었다. 수현엄마는 가게를 접어야 할 것 같다며 한숨을 내쉬었다. 나는 수현엄마가 좋아하는 카푸치노를 내려서 나갔다. 수현네도 우리와 비슷한 시기에 유리가게 3층짜리 건물을 샀다. 우리보다 빚이 많다. 2층을 세를 주고 그 돈으로 간신히 은행 이자를 내고 있다. 아파트가 들어서기 전에는 낡은 주택가라 유리를 찾는 사람들이 꽤 많았다. 그런데 동네를 싹 갈아엎고 새 아파트가 들어서면서 유리를 찾는 사람이 거의 없어졌다.

우리도 수현네와 별반 처지가 다르지 않다. 2층 선녀보살이 내는 월세를 받아서 이자를 갚고 있다. 아이들에게 나가는 돈이 없어 가게에서 번 돈으로 원금을 조금씩 까나가는 중이다. 아파트 내에 마트가 생기고, 공원 입구에 편의점이 생기면서 슈퍼의 매출도 많이 줄었다. 그래도 아직은 견딜 만하다. 수현엄마는 유리가게를 세를 주고 다른 일을 알아보는 게 나을 것 같다고 했다. 평생 유리만 만져 무얼 해야 먹고살 수 있을지 막막하다고 했다. 점심을 먹으러 건너온 지민엄마가 수현엄마의 기분을 풀어준다며 자신의 주특기를 꺼냈다.

"수현아줌마, 파리가 카푸치노에 빠져죽을 때 무슨 말을 남기는지 알아요?"

"글쎄. 에이 재수 없어, 하려나?"

어느새 온 문구점 새댁도 잘 모르겠다고 하자, 지민엄마는 '단맛 쓴맛 다 보고 간다'고 했대요. 잠자코 있던 내가 나섰다.

"지민엄마는 나하고 지낸 세월이 얼만데 아직 그 수준이야. 점심 먹기 전에 내가 위장 운동 확실히 시켜줄 테니까, 정답들 맞혀봐."

나는 야한 여자들이 좋아하는 운동선수의 종목이 무언지 맞혀보라고 했다. 이런저런 답들을 말했지만, 모두 정답이 아니었다.

점심을 다 먹어갈 즈음, 우리는 어김없이 2층 커플 이야기를 꺼냈다. 그 커플이 며칠째 꼼짝도 하지 않아 새로 이야기할 거리가 없었다. 그럴 땐, 선녀보살을 걱정하는 사람과 남자를 걱정하는 사람으로 나눠져 각자 그들을 걱정했다. 그들이 꼼짝하지 않아도 그들에 대한 이야기는 조금씩 부풀려졌다.

우리 슈퍼 옆, 또 하나의 가게는 석 달째 비어 있다. 임대라고 붙여놨지만, 경기가 안 좋아서 보러 오는 사람이 없다. 할머니가 하던 칼국수집이다. 할머니가 무릎수술을 한 후론 닫혀 있다. 테이블 하나만 달랑 남겨놓은 상태다. 열흘 전에도 월세를 냈다며 할머니는 나에게 전화를 해서 속상해했다. 계약 만기가 돌아오려면 일곱 달이나 남았다. 몇 달 전부터 지민엄마는 할머니한테 선녀보살에게 가서 점을 보라고 부추겼다. 교회 권사인 할머니는 말도 안 되는 소릴 한다며 지민엄마를 매섭게 나무랐다. 나 또한 쓸데없이 오지랖이 넓다며 눈을 흘겼다. 믿음이 좋은 권사님한테 권할 일이 아니었다.

칼국수집 할머니가 오랜만에 가게에 나왔다. 전에는 짚지 않던 지팡이를 짚고 있었고, 걸음걸이도 더 느려졌다. 아무것도 없는 가게를 둘러본 뒤 슈퍼로 왔다. 수술한 지 석 달이 지났는데도 여전히 앓는 소리를 냈다. 시장통 여자들이 너도나도 안부를 물으러 모여들었다. 할머니는 지민엄마에게 선녀보살 점괘가 잘 맞는지 물었다. 지민엄마는 잘 모르겠다고 했다. 요즘 선녀보살이 점을 보지 않아 가도 헛걸음을 할 거라며 말렸다.

할머니는 없는 돈에 일곱 달이나 월세를 내느니 복채를 주고라도 점을 봐야겠다며 2층으로 올라갔다. 지민엄마와 나는 권사님 믿음이 흔들린 것에 놀라 할머니 뒷모습을 뚫어져라 바라보았다. 우리는 각자 가게로 흩어져 할머니가 언제 내려오나 눈이 빠지도록 기다렸다. 한 시간 만에 할머니가 내려왔다. 지민엄마는 다시 슈퍼로 건너 와 할머니를 붙잡아 앉혔다.

"할머니, 2층에 별일 없었어요? 점은 봤어요?"

성질 급한 지민엄마가 거푸 물었다.

"에휴, 신을 모시는 집이 그게 뭐여."

"왜요? 2층에 무슨 일 있었어요?"

"세상에나 신당이 어질러져 있지 뭐야. 보살하고 남자가 싸웠는지 조화가 거실 여기저기에 나뒹굴고."

"점은 못 봤겠네요?"

"보살이 점을 안 본다는 걸 내가 억지로 우겼지. 교회 권사인 내가 오죽하면 절룩거리며 찾아왔겠느냐고."

"그래서 봐줬어요?"

"늙은이가 아픈 다리로 서서 버티니 마지못해 흐트러진 신당을 정리하더라고. 남자는 다른 방으로 홱 들어가버리고."

"혹시 거울은 안 깨져 있었어요?"

지민엄마가 또 물었다. 할머니는 지민엄마의 질문에 뜬금없어

했다.

선녀보살은 할머니에게 부적을 써주었다고 했다. 가게 문턱을 넘자마자 아무도 눈치 채지 못하게 바닥에 넣어두라며. 석 달 동안 가게를 보러오는 사람은 없었다. 요즘은 전화로 문의를 하거나 올려놓은 사진을 보고 계약할 마음이 생겨야 직접 물건을 보러 오는 편이다. 가게 위치도 지도로 볼 수 있어 웬만해서는 직접 오지 않는다. 와도 밖에서 유리문 안을 대충 보고 가기가 일쑤다. 계약을 할 것도 아닌데 문을 열어달라고 하는 것도 서로 번거로워서일 게다. 선녀보살은 부적을 써주면서 점사를 일러주었다. '그 가게는 문턱을 넘는 사람한테 나가. 전화로 문의하거나 밖에서 보는 사람에겐 절대 안 나가. 그러니까 이 부적을 문턱 바로 밑에 잘 넣어둬.'

부적을 넣은 지 사흘 만에 가게를 보러오는 사람이 있었다. 그 사람은 문을 열어달라고 해서 가게 안을 샅샅이 살폈다. 계약은 그날 바로 성사됐다. 그 소문은 금세 시장 안으로 퍼졌다. 덩달아 2층 커플에 대해서도 시장 사람들은 신경을 있는 대로 곤두세웠다. 신성한 곳이 흐트러질 정도로 둘이 싸웠다는 소문 외에 더 진전된 이야기는 없었지만, 국수가게가 나간 일은 골목을 술렁이게 하고도 남았다. 그러나 2층의 두 사람은 여전히 외출을 하지 않았다.

칼국수집을 계약한 사람은 수선집을 내려는 중년 여자였다. 내 나이 또래였다. 계약을 한 이튿날 짐이 들어왔고, 사흘째 되던 날부터 손님을 받았다. 여자는 말수가 적었고, 지적으로 보였다. 험한 고생을 해보지 않은 듯한 분위기였다. 늘 사람을 상대하다보니 얼굴만 봐도 그 사람의 내력이 어지간히 보인다. 수선집 여자는 시장통 여자들이 버려놓을까, 염려가 될 정도로 단아해보였다. 나는 점심을 먹을 때마다 음담패설로 마무리하여 한바탕 웃고 헤어진다. 그러고 나면 오후에 일할 힘이 생긴다. 그런데 수선집 여자 얼굴을 보니, 이젠 그것도 못하지 싶었다.

점심에 수선집 여자 환영회를 하려고 좀 일찍 모였다. 중국집에서 평소와 달리 1인분씩 시키고 탕수육도 하나 더 시켰다. 어색한 걸 못 참는 지민엄마가 실없는 농담을 꺼내자, 말수 적은 수현엄마가 지민엄마의 말을 자르며 나에게 야한 여자들이 좋아하는 선수의 종목은 어떤 거냐며 물었다. 나는 수선집 여자 앞에서 가벼워 보이고 싶지 않아 나중에 이야기하자며 뒤로 뺐다. 지민엄마는 갑자기 웬 내숭이냐며 빈정거렸다. 한참을 더 머뭇거리다가 어차피 수선집 여자도 며칠만 지나면 내가 어떤 사람인지 알 것이기에 나는 못이기는 척 답을 말했다. 어디까지나 수선집 여자를 환영하는 차원에서 하는 거라는 구질구질한 변명까지 해가며. 마라톤 선수와 당구 선수와 양궁 선수와 권투 선수라고 했다. 이유는 내일 점심시간에 말하겠다고 해서 한바탕 원성을 샀다. 어쨌든 수선집 여자에게 단번에 싱거운 사람으로 보이고 싶지는 않았다.

나도 처음엔 수현엄마 같았다. 그리고 수선집 여자 같기도 했다. 말수 적고, 속 깊고, 내성적이었다. 시장통에서 30년 치어 살면서 이렇게 변했다. 때로는 입을 닫아야지 하다가도 마음이 답답해 나도 모르게 이야기가 터져나온다. 가게가 연중무휴다보니 여행을 간 적도 정식으로 외식을 한 적도 없다. 친척이나 지인들의 결혼식이나 장례식에 갈 일이 있어도 부부 중 한 사람만 짬을 내 다녀온다. 가끔 바닷바람이라도 쐬고 싶어도 단골손님을 놓칠까봐 문을 닫지 못한다. 사람들은 가끔 내 덕분에 이 골목이 활기차고 여자들이 사이좋게 지낸다며 덕담을 해주기도 한다. 시장통이 무료할 즈음, 여자들이 한낮에 한바탕 쏟아내는 웃음은 그날이 그날인 상인들에게 그리 나쁘진 않은 모양이었다. 그럼에도 남편은 여전히 내 입을 걱정했다.

지민아빠 때문에 지민엄마의 얼굴빛도 나날이 어두워져갔다. 건설업이 죽어 언제 다시 제대로 일할 시기가 올지 걱정이 많았다. 사람들이 먹고 살기 힘들어지니 화장품 사는 것도 줄여 손님도 전만 못했다. 그 중에서 유리가게 수현엄마의 한숨소리가 제일 컸다. 슈퍼 손님도 요즘 부쩍 줄었다. 지난 주에 초등학교 앞에 있던 문구점이 문을 닫고 그 자리에 편의점이 또 하나 생겼기 때문이다. 덕분에 문구점 새댁의 얼굴엔 모처럼 생기가 돌았다.

점심시간이다. 지민엄마는 며칠째 손님이 하나도 없다며 시무룩한 얼굴로 건너왔다. 나는 오전 내내 품고 있던 어젯밤 이야기를 지민엄마에게 꺼냈다. 아침부터 이야기를 하지 않은 건, 나도 남자의 말이 잘 정리가 안 됐기 때문이다.

"지민엄마, 드디어 알았어. 2층에서 무슨 일이 일어나고 있는지."

"밤새 무슨 일 있었어요?"

"남자가 어젯밤에 우리 남편한테 술 한 잔 하자더라고. 그 사람이 먼저 그런 적은 없었는데.”

“그러게요. 진짜 별일이네요.”

“글쎄, 자기 술친구 좀 해달라고.”

“힘들긴 힘든가보네요. 생전 누구한테 먼저 말 거는 사람이 아닌데.”

“선녀보살이 남자더러 떠나라고 했나봐.”

“예! 여태 부부처럼 살아놓고선.”

“그치. 그러니까 요새 남자 얼굴이 흙빛이었던 거야.”

“이유가 뭐래요? 그러는 데는 이유가 있을 거 아네요.”

“그게 좀 이상하단 말야.”

남자가 울먹이며 한 말은 자신이 맑은 사람으로 보이느냐 아니면 흐린 사람으로 보이느냐, 자신이 이곳에 처음 왔을 때보다 변했느냐 변했으면 어디가 어떻게 변했느냐는 것이었다. 남자의 초에 늘 쓰여 있다던 ‘맑은 영’이 떠올랐다. 선녀보살은 남자의 영이 변했다고 생각하여 남자에게 떠나라고 한 것 같았다.

“아줌마, 내 말 맞잖아요. 보살이 남자를 위해서만 촛불을 켠 게 아닌 것 같다고 했잖아요.”

“그러게. 난 지민엄마 말 우습게 여겼는데.”

“진짜 무서운 여잔데요.”

내가 보기엔 남자는 별로 달라진 게 없어 보였다. 영적인 일을 하는 사람의 눈에는 무언가 달라진 게 보이나보았다.

수선집 여자도 점심을 먹으러 왔다. 그는 무언가 뒤에 다른 주머니를 감추고 있는 사람 같았다. 그래서 나는 아예 그에게 나를 다 드러내기로 했다. 슈퍼에만 갇혀 있다보니 성격도 변하는 것 같았다. 답답한 건 통 못 견디겠다. 나는 일부러 전보다 더 야한 농담과 실없는 이야기를 꺼냈다. 하루라도 빨리 그가 골목에 마음을 열기를 바랐다. 오늘은 내가 점심을 사는 날이다. 낙지비빔밥 3인분을 시키고 즉석밥을 두 개를 데워 다섯이서 먹었다. 냉장고에서 김치까지 꺼냈다. 아주 특별한 날이 아닌 이상 넷이 모이면 2인분을 시키고, 다섯이 모이면 3인분을 시킨다. 매일 점심을 다 사먹는 건 모두에게 부담이다. 그렇다고 도시락을 싸서 다니는 것도 보통 번거로운 일이 아니다. 처음에는 도시락을 싸와서 같이 먹었다. 어느 날 모두가 그걸 부담스러워 한다는 걸 알았다. 그 후로는 특별한 반찬이 있을 때만 가져와 점심에 같이 먹는다.

"같이 밥 먹자고 해줘서 고마워요. 아직 마냥 낯설거든요. 가게를 차린 것도 처음, 수선을 하는 것도 처음, 손님을 대하는 것도 처음이거든요."

나는 이런 낯섦은 한 달이면 지나갈 거라고 했다. 우리 이야기는 자연스럽게 2층의 이야기로 넘어갔다.

오늘 아침 지역 신문에 남자의 기사가 났다. 남자가 첫 장편소설을 냈다는 것이었다. 지금껏 동화만 쓰던 사람이 소설을 쓴 모양이었다. 소설책 제목은 '절반의 시간들'이었다. 제목만으로도 남자의 복잡한 심경이 읽히는 것 같았다. 이곳 사람들 누구도 남자가 어떻게 여자와 살게 되었는지 모른다. 책과 함께 실린 남자의 사진은 최근의 것이 아니었다. 몇 년 전 동화책에 실렸던 얼굴 그대로였다. 남자는 왜 갑자기 소설을 썼을까.

지민엄마는 눈을 반짝이며 빨리 소설을 읽어보고 싶다고 했다.

"절반의 시간은 무엇에 대한 시간일까요?"

수선집 여자가 궁금한 표정으로 말했다. 지민엄마가 재빨리 인터넷 검색을 했다. 모두들 지민엄마만 쳐다보고 있었다.

주인공인 남자에게는 고향에 아내와 자식이 둘 있는데, 시나리오를 쓰고 영화를 찍느라 10년이 넘도록 고향에 내려가지 못했다는 내용이라고 했다. 그리고 주인공인 남자는 자신에게 영감을 줄 여자를 끊임없이 찾아다닌다고 했다.

우리는 동시에 점심을 차려놓은 테이블을 내리쳤다. 이건 분명 2층 남자의 자서전일 거라며. 그때 수선집 여자가 뚱딴지같은 말을 했다.

"저 고백할 거 있는데, 사실 수선집으로 이사 온 건 선녀보살 덕분이에요."

우리는 간신히 진정하고 한 술 뜨려던 걸 일제히 멈췄다. 가장 놀란 건 나였다.

"그게 무슨?"

"남편이 지난 연말에 명퇴를 했어요. 둘째 아이는 군 복무 중이고, 첫째도 대학 졸업을 못했어요. 아무리 궁리를 해도 돈 나올 구멍이 없더라고요. 그래서 손재주가 조금 있는 제가 가게를 내볼까 고민을 하던 때였어요. 그때 마침 지역 신문에 선녀보살이 낸 광고가 있어 전화로 점을 봤어요. 전에 이웃집 할머니한테 선녀보살이 용하다는 얘기를 들은 적도 있고 해서. 선녀보살이 가게를 얻어야 하는 방향을 얘기해줬어요. 그곳을 찾아왔더니 바로 이곳 수선집이었어요. 제 솜씨로 옷을 수선해서 밥벌이를 할 수 있을지도 같이 물어봤어요. 선녀보살은 본인의 운명은 본인이 만드는 거라며 알 듯 말 듯한 말을 하더라고요."

우리는 수선집 여자의 이야기에 적잖이 놀라 점심을 어떻게 먹었는지 모른다. 1층의 우리는 2층의 이야기로 시끄러운데 정작 2층은 조용했다. 모두들 조만간 일이 터질 거라 예상했지만, 아무 일도 일어나지 않았다. 남자가 짐을 싸서 나갈 법도 한데 조용했다. 나는 밤에 혹 큰소리라도 날까 귀를 기울여보았지만, 별일은 없었다.

어젯밤에 가게 문을 닫고 빨래를 걷으러 옥상에 올라갔다가 뜻밖의 장면을 보게 되었다. 나는 빨래를 걷으러 갈 때마다 작은 마루에 앉아 하늘을 올려다보거나 도시의 불빛을 내려다보았다. 그러면 종일 종종거렸던 마음이 가라앉았다. 그런데 내가 앉으려는 자리에 선녀보살이 앉아 통화를 하고 있었다.

"그 사람이 거울에 온통 벽지를 붙여놨어. 정신 사나워 잠을 잘 수 없다면서. 나도 미칠 것 같아. 이젠 손님받기가 두려워. 너 빨리 시간 좀 내서 와."

선녀보살의 감정이 격했다. 점괘 말고 말하는 걸 처음 들었다. 신당에서의 위엄 있는 목소리와 달랐다. 여느 젊은 여자의 말투였다. 나이가 비슷한 문구점 새댁과 별반 다르지 않았다.

"점점 안 보여. 명색이 신내림을 받았는데. 이상하게도 거울을 보고 있으면 내 영이 보여. 어느 정도인지. 근데 그걸 벽지로 발라버렸으니."

방의 사방을 거울로 한 이유가 거기에 있었다. 빨래를 그냥 두고 계단을 내려가려는데 여자가 울먹였다.

"더는 못해먹겠어. 영등포 열두 살 애기보살이 나한테 그만두래. 여태 손 작가 영발 빌려먹고 살았는데. 그 영도 다 했나봐. 손 작가한테도 인간적으로 미안해. 그 사람 좋은 글 써야 하는데. 동화에서 소설로 바꾼 것도 내 탓인 것 같아. 내 영발이 부족해서 네 사업도 그 모양인 것 같고. 너 사업 점점 줄여 나가. 잘못하다간 한순간에 다 날아갈 수도 있어."

나는 옥상에서 들은 걸 꿀꺽 삼켰다. 남편한테조차 말하지 않았다. 지금까지 남편한테 말하지 않은 건 거의 없다. 말하지 않은 것들은 오히려 사소하거나 중요하지 않아서였다. 그런데 옥상에서의 일은 남편에게 말하고 싶지 않았다.

오전 10시쯤, 선녀보살이 여느 때처럼 차려입고 외출을 했다. 막대 모양의 금빛 롱 귀고리가 초가을 햇빛에 반짝였다. 밤새 아무 일도 없었던 양 얼굴은 빛났다. 저렇게 빛이 나는 사람이 종일 신당에 앉아 남의 운명이나 점치고 있다니, 안쓰러운 마음이 들었다.

두어 시간 후, 남자가 생기 없는 얼굴로 담배를 사러 슈퍼에 들렀다. 그는 우리 부부에게 눈인사만 했다. 웬일인지 남편이 먼저 그에게 말을 걸었다.

"작가님, 오늘 저랑 맥주 한 잔 하실래요?"

"아…. 네, 좋습니다."

밤 열두 시가 넘어 그가 내려왔다. 남편은 나더러 먼저 올라가라고 했다. 나는 어젯밤 옥상에서의 일을 시장통 여자들에게도 말하지 않았다. 세상 살면서 누구나 정말 감추고 싶은 게 있다. 신조차 몰랐으면 하는 것들이 있다. 하다못해 바람에 풀썩거리는 풀들에게조차 보여주고 싶지 않은 게 있다. 대부분 자존심에 관한 것일 게다. 아마도 선녀보살에게는 어젯밤의 일일 것이다.

나도 3년 전, 아무에게도 말하지 못한 것을 선녀보살에게만 말한 적이 있다. 지민엄마나 수현엄마에게도 말하고 싶지 않았다. 친정엄마와 언니에게도 말하지 않았다. 자궁을 들어내야 하는 일이 생겨 그를 찾아갔다. 그 일은 병원에 갈 일이지 선녀보살을 찾아갈 일은 아니었다. 그러나 나는 헛헛한 마음을 위로받고 싶었다. 아무런 사심 없는 담백한 위로가 필요했다. 아이를 낳지 못한 내가 자궁마저 들어내야 한다니 자존심이 상했다. 자존심을 내세울 대상은 구체적이지 않았지만, 무언가에 마음이 상했다. 날카로운 것에 마음을 베었는데 그걸 말할 사람이 딱히 없었다. 그때 선녀보살은 몸에 이로운 것이 마음에도 이롭다며, 수선집 여자에게 말한 것처럼 알 듯 말 듯한 말을 했다. 그녀가 나에게 해준 말보다 묵묵히 내 말을 들어준 것이 위로가 됐다. 그리고 그녀는 그 비밀을 여태 지켜주고 있다.

남편은 한 시간 후에 올라왔다. 입이 무거운 그에게서는 아무 말도 나오지 않았다. 나는 선녀보살과 남자의 사이가 걱정이 돼 집요하게 떠보았지만, 남편은 내일 손 작가의 소설책을 사서 읽어봐야겠다고만 했다.

책 읽는 걸 좋아하는 문구점 새댁이 남자의 소설을 읽었다고 했다. 나는 야한 장면이 있느냐고 물었다. 수선집 여자는 야한 것보다는 동성애가 더 매력적이고, 그것도 요즘 한물갔다고 했다. 그러면서 노골적인 것보다는 보일 듯 보이지 않은 게 더 야하고, 닿을 듯 닿지 못하는 사랑이 더 애틋한 법이라고 했다. 수선집 여자에게는 나의 39금 토크나 지민엄마의 19금과는 다른 무언가가 있었다. 나는 그게 부러우면서도 무언가가 부끄러웠다.

그러는 한편엔 수선집 여자가 나보다 더 고수일지도 모른다는 생각이 들었다. 겉모습은 교감선생님 같아 보이지만, 그건 아무도 모른다. 나의 첫인상도 풀꽃 같았다며 칼국수집 할머니가 몇 번이나 말한 적이 있다. 수선집 여자도 시간이 지나면 정체가 드러날 것이다.

문구점 새댁은 소설을 읽고 울었다고 했다. 그 책에 나오는 인물 중 가장 가여운 사람은 주인공인 남자도 아니고, 시골에 있는 그의 아내도 아니라고 했다. 주인공 남자에게 끝없이 영혼을 털리는 젊은 여자라고 했다. 그 여자는 남자에게 모든 걸 다 빼앗기고 나서야 벗어날 수 있었다고 했다. 지민엄마는 또 한번 2층 남자의 자전소설 같다고 했다. 지민엄마는 선녀보살에게 5년이나 드나들어 자신에게도 어느 정도의 영적 능력이 생겼다며, 요즘 무어든 확신하듯 말하는 버릇이 생겼다.

방생을 하러 가는 날이다. 수현엄마는 벌써 와 슈퍼 앞 테이블에 앉아 있다. 유리가게에 손님이 통 없어 은행 빚을 갚을 형편이 못 된다며 큰맘 먹고 방생을 하러 가는 길이다. 종교라면 그게 뭐든 펄쩍 뛰며 손사래를 치던 그녀였다. 그녀가 방생을 가겠다고 했을 때, 우리는 칼국수집 할머니가 점을 보러 갔을 때보다 더 놀랐다. 슈퍼 앞에는 미니버스 한 대가 와 기다리고 있었다. 선녀보살과 함께 방생하러 갈 사람들을 태워갈 차였다. 방생지는 아산만이라고 했다. 자라를 방생한다고 했다. 1인당 한 마리씩이고 마리당 5만 원이라고 했다. 방생할 때 선녀보살이 기도를 해주기 때문에 복채는 따로 준비해야 한다. 나도 언젠가 갈지도 모르기에 정보를 세세하게 알아두었다.

버스에 누가 타나 보려고 밖을 내다보고 있는데 슈퍼 앞 땅바닥으로 초가 떨어졌다. 초에는 '정재영'이라는 이름과 함께 '사업번창'이라는 글자가 씌어 있었다. 2층에서 떨어진 초였다. 주변 상인들도 무슨 일인가 싶어 하나둘 모여들었다. 늦게 온 수선집 여자에게는 지민엄마가 설명을 해줬다.

"저, 초, 좀 전에 2층에서 떨어졌어요."

"그래요? 남의 영이 들어간 걸 함부로 손대면 나쁜 기운이 본인한테로 갈 텐데."

수선집 여자가 걱정 어린 목소리로 말했다. 나도 마음이 쓰였다. 오늘은 어느 때보다 선녀보살의 영이 집중돼야 하는 날이다. 그때 화가 난 2층 남자의 목소리가 창문을 넘어왔고, 연이어 앙칼진 선녀보살의 목소리도 흘러나왔다. 둘의 언성은 점점 높아져갔다. 나는 수현엄마에게 한번 올라가보라고 했다. 방생을 가지도 않는 내가 올라가보기엔 주제넘어 보였다.

"뭐하러? 10시에 버스에서 보기로 했는데."

"이상하잖아. 저럴 사람들이 아닌데."

나는 안타까운 마음으로 수현엄마를 부추겼다. 그때 검은 외제차 한 대가 슈퍼 앞에서 멈췄다. 건장한 젊은 남자가 차에서 내렸다. 그는 지난 번에 한번 온 적 있는 사람이었다. 그는 곧장 2층으로 올라갔다. 시장통 여자들은 수현엄마의 등을 떠밀어 2층으로 올려보냈다. 수현엄마가 올라가기도 전에 2층 남자의 목소리가 또 다시 좁은 골목을 흔들었다.

남편이 막 배달을 나서려는데 수현엄마가 아주 난감한 얼굴로 내려와 다짜고짜 남편에게 2층으로 같이 올라가자고 했다.

"사장님, 아무래도 두 남자가 일낼 것 같아요."

평소 시장 사람들의 일엔 어떤 말도 삼가는 남편이다. 상인들의 입방아에 오르내릴 일은 절대 하지 않겠다는 게 그의 신조다. 그래서 그는 없는 사람처럼 조용히 시장을 지키며 살고 있다. 남편이 망설였다. 그때 와장창 유리 깨지는 소리와 함께 선녀보살의 외마디 비명이 들렸다. 남편은 단숨에 계단을 성큼 뛰어올라갔다. 남편이 올라가고 얼마 안 돼 선녀보살이 롱코트에 화려한 귀고리를 한 채 2층에서 내려왔다. 그녀가 지나간 자리엔 강한 장미향이 남았다. 선녀보살이 집을 나왔는데도 두 남자의 욕설이 뒤섞여 밖으로 흘러나왔다.

선녀보살이 탄 버스가 떠나고 낯선 남자가 2층을 내려오면서 시장 골목은 조용해졌다. 남편은 한참 후에야 내려왔다. 상가 사람들이 우르르 남편에게로 모여들었다. 남편은 그들을 본 체 만 체하고 밀린 배달을 가버렸다. 우리 모두는 누군가에게 한 대 맞은 것처럼 망연자실, 그 자리에 서 있었다.

남편의 입이 무거운 데는 이유가 있다. 태생적으로도 말이 많은 사람은 아니다. 그런데 더욱 말수가 줄어든 데는 아픈 스토리가 있다. 그는 고등학교를 졸업하고 서울로 올라와 고향 사람이 하는 가게에서 점원으로 일한 적이 있다. 그때 그는 자신이 하지도 않은 말 때문에 억울한 누명을 쓰고 쫓겨났다. 그 후로 그는 아주 조심스러운 사람이 됐다. 나에게는 음담패설 정도는 봐준다. 처음에는 그것도 어림없었지만, 그도 이제는 그 부분은 포기한 것 같았다. 대신에 남을 억울하게 만들거나 스스로 억울할 일은 만들지 말라며 신신당부한다. 나도 그것만큼은 철저하게 지키려 한다. 그래서 아무에게도 해가 되지 않는 유머와 39금 토크를 즐겨한다.

지민엄마가 초에 쓰인 이름을 들먹이며 선녀보살의 새 애인 같다고 했다. 아무래도 선녀보살이 손 작가의 소설 내용처럼, 남자의 단물을 다 빼먹고 버리는 것 같다며 혀를 쯧쯧, 찼다. 그때 수선집 여자가 끼어들었다.

"그러진 않을 거예요. 다른 건 잘 몰라도 선녀보살이 의리는 있는 사람 같았어요."

"그럼, 왜 이런 일이 일어나요? 저는 그렇게 생각 안 해요."

"우리가 모르는 사정이 있겠죠. 당사자가 아닌 사람들은 절대 모르는."

지민엄마는 선녀보살이 독하다고 했지만, 나는 맞장구치지 않았다.

오후 5시가 넘었는데도 아산만으로 방생을 떠난 버스는 돌아오지 않았다. 전국에서 좋은 자리를 찾아 너도 나도 모일 테니, 시간이 걸릴 것이다. 더위가 꺾여 오후의 햇살도 금세 힘을 잃었다. 지민엄마와 수선집 여자는 수현엄마를 기다리는지, 보살을 기다리는지 퇴근을 하지 않고 슈퍼 앞 테이블에 앉아 있다. 그때 2층 남자가 커다란 가방을 들고 내려왔다. 시간을 맞춰 택시 한 대가 슈퍼 앞에 와 멈췄다. 미리 불러둔 모양이었다. 남자는 그 차를 타고 공원을 지나가버렸다.

우리는 그가 사라진 쪽을 하염없이 바라보았다. 마치 실연이라도 당한 것처럼 멍한 표정으로. 어느새 온 문구점 새댁과 나는 눈물을 훔쳤다. 마음 한 구석이 사나운 바람이 훑고 지나간 것처럼 아렸다.

우리가 훌쩍거리자, 수선집 여자가 재밌는 이야기를 해주겠다며 달랬다. 얼마 전 친구한테 들은 따끈한 이야기라고 했다. 무엇보다도 실화라는 걸 강조했다.

전원주택에 사는 친구네 닭장에는 암탉 여섯 마리와 수탉 네 마리가 있었대요. 친구는 닭은 처음 치는 거였고요. 그런데 아침마다 닭장에 가보면 암탉이 한 마리씩 죽어 있더래요. 짐승의 습격이 있었다면 다른 닭들도 죽어 있어야 할 텐데, 암탉만 죽어 있더래요. 왜 그럴까요? 내일 점심시간까지 숙제예요. 2탄과 3탄도 있어요. 그건 다음에.

수선집 여자가 나보다 더 고수일 거라는 예측이 맞았다. 그녀의 수위 높은, 느닷없는 이야기에 푹 가라앉았던 분위기가 반짝 살아났다. 그러나 우리는 웃으면서도 눈은 공원 쪽을 향해 있었다. 그곳은 조금 전 2층 남자가 떠난 곳이고, 선녀보살과 수현엄마가 돌아올 길이다.

임플란트

임플란트

"김진철 씨 유가족분!"

사내 방송에서 우리를 찾았다. 우리는 깜짝 놀라 자리에서 벌떡 일어났다. 한 시간 넘게 관망실에서 화장이 끝나기를 기다리던 중이었다. 수골실로 넘어갔다는 안내가 방금 전에 있었기에 무슨 일인가 걱정이 됐다. 사람이 죽는 일보다 놀랄 게 없는데도 우리는 여전히 긴장하고 있었다. 아빠 때문에 생긴 관성이다. 아빠는 죽음의 문턱을 몇 번이나 왔다갔다 했다. 탈진한 엄마는 벽에 기댄 채 눈을 감고 있었고, 시율은 핸드폰 게임을 하고 있었고, 나는 시시껄렁한 뉴스를 검색하고 있었다.

엄마는 새벽 발인 때부터 지금까지 장례 절차에 관한 것 외에는 아무 말도 하지 않았다. 이틀간의 떠들썩하던 조문이 끝나고 친지들도 발인 후, 모두 돌아갔다. 화장터까지 따라오겠다는 할머니도 삼촌과 고모들이 설득하여 데리고 갔다. 우리 셋만 낯선 시공간에 놓여 있었다. 조문객들과 그들로 인해 만들어졌던 감정에 시달리지 않아도 되고, 생때같은 당신 아들이 죽었는데 서럽게 울지 않는다며 악다구니하는 할머니도 없고, 여기저기서 혀를 차며 입방아를 찧어대는 친척도 없어 한결 가벼웠다. 세상의 모든 말소리가 사라진 것처럼, 귀가 조용했다.

아빠의 시신이 화구로 들어가는 순간, 나는 오금이 풀렸다. 엄마는 휘청했고, 시율은 고개를 돌렸다. 그 이후 과정은 상상하고 싶지 않았다. 몸이 타고 뼈만 남을 모습은 생각만 해도 끔찍하다. 우리에게 이런 일이 닥칠 거라는 생각을 해본 적 없는, 그런 시간을 보내는 중이었다.

아무리 검색해도 800도가 넘는 온도에서 타고 있을 아빠를 잊을 만한 기사는 없었다. 각 매체들이 특보라며 쏟아내놓은, 저명인사의 성추문 사건도 맹숭맹숭했다. 그 사건으로 온 나라가 들썩거렸지만, 한 죽음 앞에서는 한낱 해프닝에 불과했다. 지금 앉아 있는 관망실, 이 자리가 우리에겐 특보였다.

고3인 시율은 4일이나 학교에 가지 못했다. 수시원서 접수도 며칠 남지 않았다. 그런데도 동생에게선 조금도 조급함이 느껴지지 않았다. 그렇다고 아빠에 대한 애도가 깊은 것도 아니었다. 감정장애가 있는 건 아닌가 싶다가도 지금은 저 상태가 나을 것 같아 건드리지 않았다. 내가 엄마와 시율을 내버려둔 것처럼, 그들도 나에게 무심했다. 우리는 마치 환각상태에 빠진 환자놀이를 하고 있는 것 같았다.

"김진철 씨 유가족분들 되시죠?"

"네, 무슨 문제라도?"

엄마는 기운은 없었지만, 목소리는 야무졌다.

"다름이 아니라 고인의 몸에서 임플란트 시술한 치아가 나와서요."

정말 상상도 못한 상황이었다. 뼈만 남을 거라 생각했다. 그것도 분골된 것으로. 직원이 치아가 담긴 조그만 종이상자를 열어 보여주었다. 옥수수 알갱이 같은 게 여럿 들어 있었다. 엄마는 순간 눈을 질끈 감았지만, 이내 안정을 찾았다. 나는 아빠가 화구로 들어가는 순간보다 더 아득했다. 그깟 작은 금속이 뭐라고 눈앞을 흐리게 했다. 다 타고 뼈와 그것만 남았다는 것이 아빠의 죽음을 실감케 했다. 그리고 이곳에 있는 우리의 처지도 새삼 확인시켜주었다.

엄마는 아빠의 사업 실패 후, 매우 감정적인 사람이 됐다. 그 전에는 감정과 이성이 비교적 조화로운 사람이었다. 그런데 아빠가 죽자, 아무런 감정도 없는 하얀 얼굴로 문상객들을 맞고 장례 일정을 소화했다. 할머니는 그런 엄마를 못 견뎌했다.

"내 아들이 왜 죽었는지 안 봐도 알겠어. 모질고 냉정한 것! 저 독기가 내 아들한테로 가서 병이 된 거야."

"…."

할머니는 장례식 내내 울며불며 엄마를 할퀴어댔지만, 엄마는 아무런 반응도 하지 않았다. 그럴수록 할머니 입에서는 험악한 말들이 쏟아져나왔다.

엄마는 다시 상자 안의 알갱이를 스치듯 보았다. 내가 개수를 헤아리려는데 엄마가 한마디했다.

"그거, 버려주세요."

엄마는 그 말을 던지고 휑하니 관망실로 가버렸다. 나와 시율은 어리둥절한 표정으로 직원을 바라보았다. 직원은 엄마의 말대로 해도 되는지 나에게 다시 확인했다. 나는 그걸 집으로 가져가야 할지, 여기서 처리하게 해야 할지 난감했다. 처리라는 것도 보나마나 쓰레기통에 버리는 것일 게다. 시율도 모르겠다는 표정으로 관망실로 가버렸다. 아빠 몸에서 나온, 그것도 고열을 견딘 마지막 유품을 남의 손에 맡긴다는 게 찜찜했다. 체온은 느껴지지 않지만, 몸의 일부였는데. 나는 망설여졌다. 개수는 여덟 개가 맞았다.

"다른 유가족들은 어떻게 해요?"

"가져가는 분들도 계시고 저희한테 맡기는 분들도 계셔요."

"어느 쪽이 더 많나요?"

"비슷합니다."

우리와 같은 선택을 하는 사람이 반이나 된다는 말이 조금은 위안이 되었다. 나는 직원에게 정중하게 부탁하고 돌아섰다. 쓰레기통에 버릴 걸 부탁한다는 게 아무리 생각해도 아이러니했다. 그러나 그걸 집으로 가져갔을 때 일어날 일이 성가셨다. 우리는 지난 몇 달 동안 아빠의 임플란트 문제로 충분히 힘들었다. 더 이상 얼굴 붉힐 일은 만들고 싶지 않았다. 아무리 그렇다손 치더라도 엄마의 빠른 결정이 서운했다. 쓰레기통에 버릴 게 뻔한 데도 머뭇거림이 없었다. 집에 가져가도 어차피 버려야 할 물건이고 누가 언제 어디서 버리느냐의 차이긴 했지만, 그래도 엄마의 거침없는 결정이 섭섭했다. 우리가 한 짓이 살아 있는 자의 무례 같았다.

엄마는 아까보다 몸을 더욱 꼿꼿이 세운 채 벽에 기대 있었고, 시율은 살짝살짝 홍분하며 게임에 몰두하고 있었다. 나는 그녀와 대화하고 싶었지만, 고집스럽게 닫힌 입술을 보곤 포기했다. 낯선 공간에서 그녀의 입술이 대책 없이 열리는 건 무서운 일이다. 나도 나와 상관없는 가상의 세계로 더 깊이 들어갔다.

입관 때, 엄마는 친척들 앞에서 아빠를 화장해 산골散骨하겠다고 했다. 그런데 화장터를 나오자마자, 갑자기 수목장을 하겠다고 했다. 아빠가 최근에 자주 갔던 동네 뒷산에 묻자고 했다. 이유를 물으려는데 시율이 내 옆구리를 쿡, 쳤다. 해가 지고 사람들의 발걸음이 끊긴 시간에 뒷산으로 올라갔다. 산 중턱에 다다랐을 때, 그녀가 멈췄다. 나는 튼튼하고 커다란 소나무를 찾았다. 그녀는 산책로에서 조금 떨어진, 땅이 평평한 곳을 가리키며 거기에 묻으라고 했다. 신갈나무 잎이 무성해 여름엔 시원할 거라며. 시율은 대신 겨울에는 추울 거 아니냐며 투덜거렸다.

호미로 땅을 파고 분골을 넣은 후 흙으로 덮는, 아주 단순한 행위였다. 길었던 투병 과정과 장례 절차에 비해 마지막 의식은 간단했다. 아빠에 대한 모든 의식이 끝났다. 그와의 26년의 시간이 가루가 되어 묻혔다. 그와의 시간이 이 세상에 존재했었나 싶을 만큼 허무했다. 나는 풀썩대는 마음을 누르러 흙을 꾹꾹 밟았다. 엄마와 시율은 묵묵히 보고만 있었다. 아빠는 신갈나무 아래서 영원히 잠들었다. 해마다 봄이면 잎으로, 겨울이면 마디로 자랄 것이다.

우리는 어두워진 산을 내려왔다. 엄마는 제일 앞서 걸었다. 내리막이 험한 곳에선 나와 시율이 부축하려 했지만, 우리의 손을 야멸차게 뿌리쳤다. 적막한 산에 우리가 내는 발자국 소리만 터벅터벅 엇갈려 들렸다. 나는 힘이 빠져 다리가 자꾸만 뒤로 접혔다. 마음도 뼈가 빠져나간 것처럼 흐늘거렸다. 등은 아빠가 옷자락을 잡아당기는 것처럼 서늘했다. 시커먼 산속에 아빠만 두고 내려가는 것이 미안했다. 한 존재가 완전히 사라져 내가 그와 상관이 있는 사람이었다는 걸, 생生으로 증명할 길이 없어졌다. 그에게서 몸을 받았다는 걸, 이제는 서류로만 증명 가능하게 됐다.

검은 나무 틈 사이로 동네를 내려다보았다. 캄캄한 곳에서 내려다본 동네는 색색의 불빛이 어우러져 아름다웠다. 우리 가족만 그곳에서 쏙 빠져나와 있는 것 같았다. 그 빛들이 외계의 어느 행성의 것처럼 느껴졌다. 아빠가 다닌 이발소 네온사인은 놀이공원 회전목마처럼 돌아가고 있었다. 단팥빵을 좋아하는 아빠를 위해 가끔 들렀던 빵집 불빛도 아늑했다. 정류장에서 퇴근 버스를 기다리는 사람들도 어딘가에 있을 유토피아로 곧 향할 것만 같았다.

시율도 말이 없었다. 상수리나무 가지를 꺾어 길 옆 작은 나무들을 후려치면서 내려갔다. 내리막이 완만한 곳에서는 아예 대놓고 몇 차례씩 싸리나무를 후려쳤다. 게임을 하던 모습과는 달랐다. 맨 뒤에서서 바라본 두 사람은 빛을 향해 가는 것 같지 않았다. 내딛는 발 아래가 컴컴했다.

신갈나무 밑에 묻으라고 한 후론 엄마는 또 입을 닫았다. 내가 손으로 흙을 고루 펴 누르고 꾹꾹 밟는 동안에도 가끔 초점 없이 먼 곳을 응시했다. 아빠는 2년 전에 빚만 잔뜩 남긴 채 회사 문을 닫았다. 20년 동안 살던 집도 경매로 넘어가 소도시로 이사를 왔다. 그녀의 성격이 변하기 시작한 건 그 무렵이었다. 네 식구의 먹고 자고 입는, 아주 본능적인 걸 책임지기 위해 그녀는 생업에 뛰어들었다. 그러면서 감정기복이 심해졌다. 그녀의 얼마 안 되는 월급으로는 기존의 빚은 한 푼도 갚지 못했다. 삼촌이 빌려준 돈의 이자도 갚지 못해 새 빚은 매달 늘어갔다. 그때부터 그녀는 두 가지 얼굴로 우리를 대했다. 쌈닭 아니면 침묵으로. 우리는 그 모습을 오롯이 받아들였다. 아빠와 나와 시율은 그녀의 밥을 먹고 있었기 때문에.

살림만 하던 오십대 중반의 여자가 일을 할 만한 곳은 별로 없었다. 마트의 계산대나 식당 설거지나 가사도우미 정도였다. 엄마는 다행히 이웃에 사는 아주머니 소개로 마트 창고에서 야채를 다듬어 재포장하는 일을 했다. 창고의 온도가 낮아 그녀는 매일 몸이 얼어서 왔다. 그 냉기는 고스란히 우리 집의 온도로 이어졌다.

다시 못 만날 누군가를 두고 돌아선 건 처음이다. 산을 내려가는 순간, 우리는 출구가 없는 집에 갇힐 것이다. 경계가 위험한 셋의 일상은 긴장의 연속일 테고, 끊임없이 서로를 잡아먹을 것이다. 당분간은 엄마를 건드려선 안 된다. 육체적으로나 정신적으로 지쳐 있어서만은 아니다. 그녀의 침묵이 너무 길기 때문이다. 아빠와 묵호 여행 후, 지금까지 모든 걸 안으로만 쌓고 있다. 그게 언제 터질지 모른다. 나는 지금은 그걸 감당할 자신이 없다. 침묵이 길다는 건 그 안에 수많은 총알을 장전하고 있다는 의미다.

엄마는 산에서 내려오자마자, 열일곱 시간을 내리 잤다. 걱정이 돼

살며시 다가가 숨소리를 들어보았다. 숨을 뱉게 내쉬었고, 가끔 얼굴을 찡그렸다. 아빠 베개와 이불은 방바닥 한쪽에 떨어져 있었다. 혼자 자는데도 평소처럼 침대의 왼쪽, 자신의 자리에서만 웅크린 채 자고 있었다. 자면서도 정확하게 선을 긋는 그녀가 안쓰러웠다.

시율은 방에 틀어박혀 게임만 했다. 내일부터 학교에 가면 저 꼴은 보지 않아도 된다. 나는 동생에게 잔소리할 자격이 없다. 그래서 엄마를 봐주는 것처럼 봐줘야 한다. 아빠처럼 나도 밥값을 하지 못한 순간부터 엄마나 동생에겐 투명인간이 됐다. 엄마의 기준으로 보았을 때, 스물여섯이면 당연히 직장을 다녀 돈을 벌어야 한다. 내가 집에서 논 지 한 달이 지나자, 시율도 나를 함부로 대하기 시작했다.

긴 잠에서 깬 엄마는 찬물을 벌컥벌컥 들이켰다. 곧 수많은 총알이 날아올 것이다. 나는 그걸 막아낼 아무런 방패가 없다. 그런데 예상과 달리 그녀는 멍하니 식탁에 앉아 있었다. 눈치를 보며 왔다갔다 하는 나에게 눈길 한번 주지 않았고 시율에게도 관심이 없었다.

엄마는 갑자기 무언가 생각난 듯 냉장고를 열더니 올리브 병을 꺼냈다. 올리브 한 병을 개수대에 부었다. 올리브는 우리 집에서 아빠만 먹는 음식이다. 그걸 거침없이 쏟았다. 그러곤 즉석밥과 김치만 가지고 다시 식탁에 앉았다. 내가 물을 챙겨주었지만, 밀쳐냈다.

"엄마, 죽 먹자. 내가 죽 사다놨어."

내 말에 아무런 대꾸도 하지 않았다. 김치를 오래 씹었고, 밥을 오래 씹었다. 씹기 위해 먹는 것처럼, 아니면 생각을 하기 위해 씹는 것처럼, 말없이 씹기만 했다. 나는 오래 씹고 있는 모습이 거슬렸다. 그리고 잘 씹는 것도 보기 싫었다. 밥과 김치 한 접시를 다 비웠다. 아빠는 먹은 족족 토했는데, 그녀는 멀쩡하게 삼켰다.

씹는 것을 마친 엄마는 옷장에서 아빠 옷을 모조리 빼냈다. 넥타이와 벨트와 가방과 각종 소지품까지 방바닥에 내던지듯 쌓았다.

"엄마, 좀 천천히 하자."

여전히 아무 말이 없었다. 입술은 어느 때보다도 더 앙 다물어져 있었다.

"엄마, 이거 다 어쩌려고?"

엄마는 그것들을 몇 아름 안아 거실로 옮겼다. 아빠의 옷이 생각보다 많아 놀랐다. 옷장의 대부분을 차지하고 있었다. 그리고 엄마의 옷이 너무 적어 놀랐다. 보통의 집은 여자의 옷이 더 많다. 나와 남동생만 해도 내 옷이 두 배는 많다. 그녀의 옷 색깔은 대부분 무채색이었다. 계절과 상관없이 입을 수 있는 것들이었다. 옷 스타일도 유행을 전혀 타지 않는, 언제 입어도 무난한 것들이었다. 그녀가 늘 외치는, 가성비 높은 것들로만 걸려 있었다. 그녀는 눈앞에 있는 나를 건너뛰고 쇳소리가 나는 목소리로 방에 있는 시율을 불렀다.

"너, 이거 다 치워."

"어디에? 어떻게?"

"헌옷수거함에 넣을 건 넣고 나머지는 쓰레기봉투에 담아서 버려."

시율은 황당하다는 표정으로 나를 보았다. 나는 쓰레기봉투와 버리라는, 그녀의 거침없는 말에 화가 났다. 화장장에서 임플란트 치아를 버리라는 것만큼이나 못마땅했다. 나는 씩씩거리며 아빠 물건을 내 방으로 옮겼다.

"너, 하는 일도 없는데 팔아보든지. 그 쪽으론 전문가라며?"

한껏 비아냥거리는 말투였다.

"어떻게 아빠 물건을 팔라고 할 수가 있어?"

"옷은 죄다 비싼 것만 사서. 저게 돈이 얼마야. 몇 년치 월세는 되겠네."

"아빠가 다른 거엔 검소했잖아. 내가 그 돈으로 쇼핑몰만 했어도 지금쯤 월세 걱정은 안 하고 살 거 아냐."

"너, 지금 뭐라고 했어? '그 돈'이라고 했어?"

내 입에서 '그 돈'이라는 말이 튀어나오는 순간, 아찔했다. 그 돈은 아빠가 몇 십 번 신갈나무 잎으로 돋아날 때까지 입에 올려서는 안 되는 거였다. 아빠를 묻을 때 같이 묻고 왔어야 했다. 시율은 엄마의 눈치를 보며 나를 서너 차례 걷어찼다.

"생각할수록 이 기집애 어이없네. 그 돈이 얼마나 징그러우면 타지도 못했겠어."

"미안해. 근데, 나로서는 그 돈 말고는 비빌 언덕이 없었으니까."

나는 직장을 그만두고 친구와 인터넷 의류 쇼핑몰을 하려고 준비 중이었다. 창업자금만 있으면 언제든 오픈할 수 있었다. 그때 그 돈이 생겼고, 나는 그 돈을 믿고 덜컥 오픈을 해버렸다. 하지만 엄마와 아빠는 내 말조차 들으려 하지 않았다. 한번만 고려해줬어도 그렇게까지는 서운하지 않았을 것이다.

엄마는 '그 돈'에 대한 태도가 어느 날 갑자기 바뀌었다. 처음엔 필사적으로 빚을 갚는 데 쓰자며 아빠를 들볶았다. 그런데 8개월 전, 아빠와 당일치기 묵호항으로 여행을 다녀온 뒤로는 '그 돈'에 대한 태도가 달라졌다. 대신 그녀의 행동은 거칠었고, 아빠를 대하는 눈빛엔 적의가 가득했다.

엄마는 허름한 이 아파트로 이사를 온 후로는 화장을 하지 않았다. 본래도 화려한 사람은 아니었다. 평소에도 화장이 옅었고, 옷차림도 수수했다. 그때부터 그녀는 자신을 위해서는 한 푼도 쓰지 않았다. 어떻게든 아껴 빚을 갚으려 애를 썼다.

그런 엄마가 아빠와 묵호로 여행을 가던 날, 나에게 화장품을 달라고 했다. 옅었지만, 예전처럼 화장을 곱게 했다. 그리고 내 바바리코트까지 빌려 입고 갔다. 2년 만에 하는 첫 외출이었다. 둘이 연애할 때 몇 번 갔다던, 그곳 바닷가로 갔다. 둘은 모처럼 부부다워 보였다.

엄마가 빌려간 화장품을 가지러 안방에 갔다가 문갑 위에 놓인 수첩을 보았다. 수첩에는 빚을 갚아야 할 열한 명의 이름과 금액이 적혀 있었다. 내가 상상한 이상의 액수였다. 저녁 때가 다 돼 돌아온 그녀의 얼굴에는 화장이 지워져 있었고, 눈은 부어 있었다. 내 코트를 가져가라는 말에 안방에 갔을 땐, 수첩은 발기발기 찢겨 아빠의 인감도장과 함께 쓰레기통에 버려져 있었다. 인감도장은 평소 그녀가 가장 소중히 다루는 물건이다. 30분 늦게 들어온 아빠 얼굴에도 아침에 보였던 설렘이 사라지고 없었다.

그날 이후 엄마는 더 깊이 가라앉았고, 아빠에 대해서도 더욱 냉담

했다. 아빠의 항암치료 때도 한번을 따라가지 않았다. 여전히 식품 창고에서 얼어온 온도로 집에서의 시간을 보냈다. 그런 그녀가 입을 열었고, 움직이기 시작했다.

회사가 부도난 후, 아빠는 2년간 소파지기만 했다. 매일 술로 지내다보니 건강도 좋지 않았다. 그 중에서도 치아 상태가 엉망이었다. 입안은 허옇게 헐었고, 잇몸도 벌겋게 부었다. 어금니도 흔들려 몇 개를 뺐다. 음식을 씹지 못해 체중은 줄었고, 위와 장도 수시로 탈이 났다.

"도대체 당신 언제까지 이럴 거야? 시율이 대학도 보내야 하고, 빚도 갚아야 하고, 월세도 면하려면 돈 벌 궁리를 해야 할 거 아냐?"

"나, 이제 겨우 2년 쉬었어. 28년간 쉬지 않고 식구들 먹여 살렸고, 집 장만했어. 아이들 공부도 가르쳤고. 내가 아플 때 당신이 좀 벌면 안 돼? 넘어졌다가 일어나려면 시간이라는 게 필요하잖아. 회사 부도나고, 집 날리고, 당신 험한 일 하는 거 뻔히 아는데 난들 이러고 싶어 이러겠어. 수십 년 죽어라 쌓아올린 게 하루아침에 다 날아갔는데, 나도 내 속이 달래져야 뭐든 할 거 아냐."

침묵으로 일관하던 아빠가 엄마의 말에 날을 세우며 받아쳤다.

"당신 마음 모르는 건 아닌데, 상황이라는 게 있잖아. 꼴난 내 월급으로는 월세랑 세금내면 남는 게 없다고. 빚은 언제 갚고 시율이 대학은 또 무슨 돈으로 보내?"

"시율이도 내년이면 미성년자 아냐. 은율이도 정신차려서 뭐든 지 앞가림 하면 되고. 정 봐주기 힘들면 나 죽었다고 생각해."

"눈앞에 멀쩡하게 있는데 어떻게 죽었다고 생각해? 나도 안 먹고 안 입을 수만 있다면 차가운 곳에서 종일 얼어서 오고 싶지 않아. 어쨌든 살아내야 하잖아. 2년이면 충분해."

"그건 당신 생각이고. 내가 당신이라면 더 기다려줬을 거야. 겨우 2년 고생했잖아."

둘은 늘 같은 내용으로 다퉜다. 그래도 그때의 다툼은 인간적이었다.

작년 가을, 변에서 피가 묻어나온 아빠는 대장암 말기 진단을 받았다. 불행 중 다행히 암보험을 들어둔 게 있어 진단비로 2천만 원을 받았다. 그러나 보험금은 아빠의 통장에 묶인 채 우리에게 끝없는 내전을 치르게 했다. 암이라는 절망 앞에 느닷없이 생긴 돈은, 넷의 민낯을 적나라하게 드러내게 했다. 시간이 흐를수록 돈은 공룡이 돼 갔다.

어쩌면 돈보다 우리의 거짓말이 더 문제였는지도 모른다. 우리는 아빠의 충격을 완화시킨다는 이유로 대장암 초기로 입을 맞췄다. 물론 의사에게도 부탁했다. 이미 사회적으로 사망선고를 받은 그에 대한 배려였다. 길어야 1년이라는 시한부 진단을 받았다. 그 상황에서 생긴 돈은 생물처럼 살아 움직였다.

집과 회사를 처분해 악성사채는 갚았지만, 외가 쪽과 친가 쪽과 아빠 친구의 빚은 손도 대지 못했다. 엄마는 그걸 힘들어했다. 그녀는 돈에 관해서만큼은 자존심이 셌고 깔끔했다. 그래서 아빠에게 보험금을 빚을 갚는 데 쓰자고 했다. 남에게 조금도 아쉬운 소릴 못하는 그녀에겐 여기저기 걸려 있는 빚은, 그 자체가 치욕이었다.

엄마가 열여덟 살 때, 외할아버지는 여기저기 빚만 남겨놓은 채 죽었다. 하루아침에 살던 집에서도 쫓겨났다. 돈을 돌려받지 못한 빚쟁이들은 여고생이었던 엄마의 머리카락을 잘랐다. 묵호 여행은 그래서 그녀에게 중요했다.

여행에서 돌아온 지 얼마 안 됐을 때, 삼촌과 고모들이 찾아왔다. 그들은 아빠가 아닌, 엄마를 몰아세웠다.

"형수님, 그 돈 은행에서 대출받아 빌려준 거 아시잖아요? 원금을 못 갚으면 이자라도 내셔야죠. 얼마 안 되는 제 월급에 그 돈의 이자까지 내고 나면 우리는 뭐 먹고 살아요? 형님이 저러고 있으면 형수님이라도 신경써주셔야죠."

삼촌의 말에 엄마는 아무런 대답을 하지 못했다.

"작은올케, 이건 아니지. 내 돈은 하늘에서 떨어진 줄 알아? 그 돈, 아픈 다리로 아파트 청소해서 번 거야. 내 노후자금이라고."

둘째고모의 말에도 엄마는 묵묵부답이었다. 막내고모도 식당에서 설거지해서 번 돈이라며 울먹였다. 그들은 늘 술에 취해 있는 아빠 대신 수시로 엄마를 찾아와 들볶았다. 그나마 다행인 건 아빠의 친구들이었다. 그들은 아빠를 느긋이 기다려줬다. 친척들의 성화에 엄마의 자존심은 나날이 무너져갔다. 외삼촌들은 최대한 엄마의 사정을 봐주려 애썼다. 그러나 큰외숙모가 한마디 툭, 내뱉었다.

"부자가 망해도 3년은 간다던데, 설마 뒤로 빼돌려놓은 건 아니죠?"

큰외숙모가 던진 말의 파장은 엄청났다. 눈이 뒤집힌 엄마는 아빠에게 돈을 내놓으라며 악을 써댔지만, 아빠는 끝내 돈을 내놓지 않았다. 그날 이후 그녀에겐 이성이라곤 찾아볼 수 없었다.

나도 간호사로 일하던 직장을 때려치우고 아빠처럼 백수로 지낸 지 다섯 달이나 됐다. 무엇보다 중환자실 근무가 힘들었다. 종일 서 있는 것도 만만찮았고, 늘 죽어가는 사람을 보살피는 것도 삶의 의욕을 꺾어놓았다. 3교대 근무도 몸과 삶의 밸런스를 엉망으로 만들었다. 애초에 간호일은 나에게 맞지 않았다. 엄마의 성화에 못이겨 들어간 학과였다. 사람에겐 안정된 직장이 최우선이라는 게 그녀의 철학이었다. 거의 신념에 가까울 정도였다. 놀고 있는 나에게 화가 난 것까지 아빠에게 덤터기를 씌워 그간 아빠를 닦달했다.

거기다가 아빠가 암 환자라는 기막힌 현실까지 보태진 엄마는, 감정조절 능력을 아예 상실한 사람 같았다. 제어가 안 된 감정은 집안을 시도 때도 없이 헤집어놓았다. 그녀의 감정이 점점 극한으로 치닫는데도 아빠는 아랑곳하지 않았다. 나도 그런 아빠가 이해가 되지 않았다. 나 또한 모처럼 생긴 비빌 언덕을 놓치고 싶지 않았다.

"아빠, 그 돈, 나 의류 쇼핑몰 하게 줘. 그건 잘할 자신 있단 말야. 잘 되면 우리 집의 모든 걱정이 한방에 해결될 수도 있어. 아빠, 천만 원만. 이미 친구랑 오픈했단 말야. 당장 옷 살 돈이 필요해."

"그건 안 돼. 잘못돼 홀랑 까먹기라도 하면 어쩌려고. 넌 아빠사업 망한 거 보고도 그런 말이 나와? 꼬박꼬박 월급 받는 데 들어가."

엄마도 쌍심지를 켰다.

“그 돈이 어떤 돈인데 감히 쇼핑몰에 쓸 생각을 해? 어쩜, 하는 짓이 지 애비랑 똑같아. 남편이란 작자가 평생을 아슬아슬 마음고생 시키더니, 이젠 딸년까지.”

“엄마는 진짜 뭘 몰라. 엄마나 내 월급으로는 이 현실에서 절대 못 벗어나. 크게 한방이 필요하다고.”

“정신나간 년!”

뭐 하나 진득하게 잘 하는 것이 없는 나다. 그런 나의 의견이 관철될 리 없지만, 나는 절박했다. 간호사 생활 3년 동안 병원을 네 번이나 옮겨다녔고, 끝내 백수까지 되었으니 다급할 대로 다급했다. 엄마와 아빠의 반응은 예상했지만, 단칼에 잘라버릴 줄은 몰랐다. 그리고 엄마가 아빠와 나를 동급으로 취급하는 것도 불쾌했다. 이제 막 무언가를 해보려는 나에겐 폭력이나 마찬가지였다.

그때 시율도 발톱을 드러냈다.

“누나는 아빠 돈으로 대학 졸업했으니까 나도 아빠가 공부시켜줘야지. 그니까 그 돈은 내 거야.”

아빠의 반응은 더 싸늘했다.

“시율이도 대학 가면 학비 네가 벌어서 다녀.”

“아빠, 그건 아니지. 난 게임학과 가서 유명한 게이머가 될 거란 말야. 대학 가도 알바할 시간 없어.”

“부모가 너희들 종신보험은 아냐. 상황에 따라 살아.”

“아빠는 뭘 몰라.”

엄마와 아빠는 둘 다 혼자 힘으로 대학을 나왔다. 특히 엄마는 외할머니와 동생들을 챙기느라 스물다섯에 대학에 들어갔다. 알바해서 등록금 내고 생활비를 충당하느라 검은 옷만 사계절 입었다고 했다. 추우면 하나씩 더 껴입으며 지냈다. 그녀가 지금까지 모든 것에 가성비를 따지는 건, 그때 생긴 습성이다.

그러나 돈은 어디로도 흐르지 못한 채 묶여 있었다. 엄마의 주장이 가장 현실성 있었지만, 아빠는 끔쩍도 하지 않았다.

암 진단을 받은 후, 아빠의 몸과 마음은 급속도로 허물어졌다. 그중에서도 치통이 유난히 심했다. 치과에서는 잇몸 치료 후에 임플란트 시술을 하라고 했다. 이가 듬성듬성 빠져 위 아랫니가 짝이 맞지 않아 나머지 어금니마저 쓸모없어진다고 했다. 그리고 그마저도 오래 두면 흔들려 치료비가 두 배로 든다고 했다. 의사는 하루라도 빨리 잇몸치료를 받고 임플란트 시술을 하라고 했다.

생에 대한 의지라곤 전혀 없던 아빠가 치과의사의 말에는 솔깃했다. 입안 상태가 심각해서 치료만 받을 거라 생각했다. 그러나 엄마와 묵호에 다녀온 후, 그는 이를 심겠다고 했다. 우리 형편에 많은 돈을 들여 인공치아를 할 거라고는 아무도 예상치 못했다. 다급해진 엄마는 그에게 병의 깊이를 사실대로 말했다. 나와 시율이 말렸지만, 그녀는 막무가내였다. 그는 그때 항암치료를 위해 술도 끊은 상태였다.

엄마의 팩트 공격에 아빠는 몇 겁을 지나온 사람의 얼굴을 하였다. 그의 휴지기의 말로는 끔찍했다. 그는 꼼짝 않고 하루를 누워 있었다. 그 다음 날 새벽에 할머니가 사는 시골로 내려가겠다며 짐을 쌌다. 가방을 들고 나서는 뒷모습은 초라했다. 침묵하고 고집을 부리던 앞모습과 달랐다. 어떤 은유도 깃들어 있지 않은 몸이었다.

할머니의 집에 오래 있을 거란 나의 예상과 달리 아빠는 3일 만에 올라왔다. 더 이상 항암치료는 하지 않겠다고 했다. 대신 임플란트 시술은 자신의 생각대로 하겠다고 했다. 그야말로 선언이었다. 그의 의지는 어느 때보다 확고했다. 우리 셋은 그가 이해가 되지 않았다.

"당신, 지금 제 정신이야?"

"이게 장난칠 일은 아니지."

"어쩜, 그렇게 이기적이야?"

"사람은 다 이기적이야. 당신은 안 그런 것 같아?"

"가장으로서 너무 무책임하잖아. 남은 사람들도 생각해줘야지."

"왜 나만 평생 가장노릇 해야 돼? 나도 나를 위해 한번쯤은 살아봐야 억울하지 않을 거 아냐."

어쩌면 이를 심는 도중에 죽을 수도 있었다. 엄마는 아빠의 임플란트 선언 후, 아예 우리 모두에게 입을 닫아버렸다. 치과에 가는 날엔 아빠의 얼굴에 생기가 돌았다. 그가 외출하는 유일한 날이기도 했다. 그는 6개월에 걸쳐 치아 여덟 개를 모두 심었다. 제대로 하려면 어림도 없는 시간이었지만, 그의 재촉에 시술 기간이 단축됐다.

아빠가 마지막으로 이를 하고 온 날, 엄마는 통곡을 했다. 그러나 그는 보란 듯이 밥을 먹었다. 새로 한 이로 음식을 꼭꼭 씹었다. 죽도 잘 못 넘기던 사람이 밥을 씹고, 시금치나물을 씹고, 김치를 씹고, 고등어 살을 발라 씹었다. 혼자 앉아 끝까지 자기 몫의 음식을 오래오래 씹었다. 그러곤 잠시 후에 모조리 토했다. 그녀는 그의 그런 행위에 눈길조차 주지 않았다.

엄마의 이해할 수 없는 행동은 또 있었다. 아빠가 암 진단을 받은 순간의 태도였다. 오십대 중반밖에 안 된 그가 죽는다는데 그녀의 반응은 침착했다. 아무리 그가 식물상태여도 그렇지 그건 의연을 넘어선 비정함이었다. 아빠는 마지막 입원을 앞두고 나와 시율을 고기집으로 불러냈다.

"너희 할아버지가 택시 운전하신 건 알고들 있지? 자식 일곱을 키우느라 고생 많으셨어. 영정 사진으로 쓰려고 사진을 찾는데 운전사 복장으로 찍은 사진밖에 없더라. 장례식 끝나고 아버지 옷을 태울 때도 변변한 옷 한 벌 없었어. 그때 얼마나 미안하던지. 내 옷 살 때마다 그 생각이 나더라."

"그래서 아빠 옷 많이 사는구나. 것도 좋은 걸로만. 아빠가 좀 사드리지 그랬어?"

시율이 툭 내뱉었다.

"그땐 알바해서 대학 다니느라 그럴 여력이 안 됐어."

아빠에게는 씹는 본능만 남은 것처럼 보였다. 소화도 못 시키는 삼겹살을 씹고 뱉기를 반복했다. 배추겉절이와 새송이버섯도 씹었다. 끊은 술도 몇 잔 마셨다. 그는 우리가 고기를 먹는 동안 화장실을 서너 차례 다녀왔다. 토하고 왔을 것이다. 그러면서도 젓가락을 놓지 않았다.

아빠의 직감대로 그것이 우리와의 마지막 식사였다. 그는 암 진단을 받은 지 아홉 달 만에 죽었다. 임플란트 시술을 마친 지는 2주 만이었다.

장례식장에서의 엄마의 태도도 말문이 트인 지금 따지고 싶었다. 엄마는 마치 친척의 장례식장에 와 있는 것처럼 의례적인 행동만 했다.

"엄마가 아빠보다 더 이기적인 거 알아?"

"무슨 소리야?"

"엄마는 평생 부부로 산 아빠한테 끝까지 그래야 했어?"

"그건 또 무슨 소리야? 그 돈 결국 네 아빠가 다 쓰고 갔는데."

"돈 얘기가 아냐. 꼭 남의 장례식장에 와 있는 것처럼 굴었잖아. 그깟 돈은 언제든 벌면 되는데."

"당장 월세도 못내 쫓겨날 판에 곧 죽을 사람이 이를 해넣은 건 정상이야? 너야말로 스물여섯이나 돼서 왜 여태 그 모양이야? 아빠 마음 그리 잘 알면 너라도 정신차렸어야지."

엄마는 정작 내가 문제 삼은 것에 대해선 대답하지 않았다. 나에게 다음 달부터 매달 생활비 50만 원을 내놓으란 통보를 한 뒤, 시율에게로 과녁을 옮겼다.

엄마는 시율에게도 일방통행이었다. 아무 대학이나 들어가 한 학기만 다니고 군 입대를 하라고 했다. 시율은 펄쩍 뛰며 맞섰다. 게임도 머리가 반짝거릴 때 해야 한다며. 군 입대는 최대한 미루겠다고 했다. 나도 식탁 밑에서 발꿈치로 시율의 발등을 내리찍었다. 엄마가 갑자기 으아아악, 두 손으로 식탁을 내리치며 소리를 질렀다.

"나보고 어쩌라고 다들 그래!"

울음도 함께 터졌다. 내내 건조하던 엄마가 목놓아 울었다. 쉬이 멈춰질 것 같지 않았다. 나와 시율은 막막했다. 차라리 화를 내는 편이 나았다. 그녀는 긴 울음 끝에 다시 잠에 빠졌다. 나는 새벽까지 알바 검색을 했다. 일단은 돈을 벌어야 그녀가 안심할 것 같았다. 그 다음은 천천히 생각하고 싶었다.

몇 시간을 죽은 듯이 자던 엄마가 깼다. 흥분했을 때 붉어졌던 얼굴빛도 돌아왔고, 터질 듯하던 눈가의 핏줄도 제자리를 찾아들었다. 냉커피를 타 식탁에 앉더니 내 방안을 유심히 들여다보았다.

"저거, 여태 안 치웠어?"

"엄마, 정말 너무하네. 아빠한테 정말 아무런 감정도 없어?"

"다 부질없어."

나는 정작 엄마에게 물어보고 싶은 것이 따로 있었다. 그것 또한 그냥 넘어가는 게 좋을 거라 생각했지만, 말은 어느새 입술을 빠져나왔다.

"엄마, 아빠 임플란트 시술한 거 왜 버리라고 했어?"

그녀는 이맛살을 찌푸리며 두 손으로 머리를 짓누르듯 싸쥐었다. 나는 그녀의 입에서 다시 험악한 말이 튀어나올까봐 뒤로 물러섰다.

"그걸 내 손으로 어떻게 버려."

뜻밖의 대답이었다. 나는 아빠의 물건을 내 방 베란다로 옮긴 후, 천으로 덮어놓았다. 엄마의 눈에 최대한 안 띄게 하고 싶었다. 그녀를 조금이라도 자극하지 않는 게 좋을 것 같았다.

아빠가 2년이나 그랬던 것처럼 엄마도 조용히 가라앉고 있었다. 당장 월세는 부의금으로 내면 되지만, 그녀가 너무 조용한 게 걱정이 됐다. 나는 카페 알바 일당을 받아서 젤라또 아이스크림을 사러 강남까지 갔다왔다. 쓸데없는 데 돈을 썼다며 엄마한테 등짝을 맞을 일이지만, 그녀에게 사주고 싶었다. 그녀가 유일하게 사치한 게 생과일 아이스크림이었다. 갱년기 우울증도 그 아이스크림을 먹으며 견뎠다. 그것도 아빠가 사줘서 먹은 거지 스스로는 사먹지 않았다. 집안이 기운 후론 한번도 먹지 못했다.

내가 아이스크림을 내밀자, 넋을 놓고 누워 있던 엄마가 물끄러미 나를 올려다보았다.

"넌, 내가 끔찍하지도 않니?"

"아니."

"난 내가 끔찍한데."

"우리 다 살려고 그런 거잖아."

엄마에게 아이스크림을 먹어보라고 했지만, 그녀는 돌아누웠다. 나는 처음으로 그녀를 달랬다. 한없이 웅크린 어깨는 좁았고, 허리도 한 줌이었다. 언제 저렇게 말랐는지, 너무 무심했다. 그녀는 늘 씩씩한 줄 알았다. 매사 성실하고, 깔끔하고, 부지런했다. 악착을 떨 정도로 검소했다. 그래서 한번도 그녀를 위로해주어야겠다는 생각을 해본 적이 없다. 게다가 내가 이직을 할 때마다 이유는 들어보지 않고 화부터 낸 그녀였기에 서운한 마음도 쌓여 있었다. 그녀에게 천천히 아이스크림을 떠 먹였다. 그녀는 밥을 씹듯, 김치를 씹듯 꼭꼭 씹었다.

엄마는 좀처럼 기운을 차리지 못했다. 대부분의 시간을 누워 있었다. 언젠가 아빠에게 들은 적이 있다. 그녀는 외할아버지가 죽고 10년이 지난 후에야 울었다고. 이번에도 그럴까봐 걱정이 됐다. 그때는 시간이 그녀에게 유일한 처방이었다. 지금은 스물여섯이나 먹은 내가 있다. 그런데 나에겐 그 시간을 단축시킬 만한 뾰족한 묘안이 없다.

열흘이 지나서야 그녀는 부의금으로 받은 봉투를 정리했다. 나에게 조문온 사람들의 이름과 전화번호와 액수를 적으라고 했다. 봉투에 들어 있는 돈은 대부분 5만 원짜리였다. 그녀는 그걸 세어보지도 않은 채 파우치에 담아 장롱서랍에 넣었다.

"너, 여기에 쓰인 전화번호로 감사 메시지 보내. 한 사람도 빠뜨리지 말고. 아빠 이름 쓰고, 그 옆에 딸이라 밝히고 네 이름도 적어."

"보내는 사람은 엄마 이름으로 해야지."

"그깟 게 다 무슨 소용이라고."

나는 조문객들에게 메시지를 보내고 끝에 '김진철의 딸 김은율 드림'이라고 썼다. 행여 엄마 이름으로 해서 그녀에게 문자라도 가면 또 한바탕 소란이 일 테니까. 그녀는 다시 깊이 가라앉았다. 아빠가 죽은 지 한 달이 다 되어가는데도 표정엔 아무런 의지도 보이지 않았다. 분노조차 없었다. 나와 시율에게도 아무런 잔소리를 하지 않았다. 어딘가 깊은 곳에 빠져 있는 게 분명했다.

그런 엄마가 외출했다. 점심시간이 지나서야 돌아온 손에는 쇼핑백이 두 개 들려 있었다. 그녀가 씻으러 간 사이 살짝 열어보았다. 하나에는 그녀의 노란 원피스가, 또 하나에는 아빠가 죽기 전까지 입었던 트레이닝복과 똑같은 것이 들어 있었다. 아빠는 2년 동안 파란 색 트레이닝복만 입었다. 그 옷은 소파와 함께 반질하게 닳았다. 그리고 핸드백에는 사망신고 용지가 들어 있었다.

다른 봄

다른 봄

브리즈번에 들어서는 순간, 나는 봄이 되었다. 스스로 봄이 되었다. 그것도 낯선 곳에서. 보랏빛 때문이다. 나는 평소 바람으로 가장 먼저 봄을 느낀다. 바람이 따뜻해지면 봄이 오기 시작한 것이다. 그다음은 꽃이다. 꽃 중에도 벚꽃이 만개한 순간이 봄의 절정이다. 그런데 보랏빛 봄은 처음이다. 그간은 봄을 계절의 바깥에서 느꼈다면, 이번엔 내가 봄과 하나가 된 것 같았다. 크림색 카디건을 입은 내 몸이 금세 보랏빛으로 물들었다.

도심에는 구불구불한 강이 흐르고 있었다. 강을 중심으로 양쪽 풍경은 달랐다. 오른쪽은 고층 빌딩 숲이고, 왼쪽에는 박물관과 도서관과 국립극장과 미술관과 공원이 그림처럼 들어서 있었다. 강물 위로는 도시의 이쪽과 저쪽을 잇는 다리가 여럿 있었다. 차가 다닐 수 있는 다리와 사람만이 건널 수 있는 다리가 따로 있었다. 나는 주로 사람이 건너는 다리를 이용했다.

강에는 15분마다 사람을 실어나르는 시티캣이 오갔고, 화물을 실은 배도 가끔 다녔다. 일 년에 몇 번 출항한다는 크루즈는 이글 스트리트 강변에 정박 중이었다. 토요일과 일요일 새벽에는 대학생들의 조정 연습이 있었다. 노를 젓는 선수들의 모습이 물 위에 피어 있는 꽃 같았다. 멀리서 보면 마치 물이 탱고를 추는 것처럼 보였다. 매주 토요일 저녁에는 요란하게 꾸민 파티용 배가 시끄러운 음악소리를 내며 지나갔다.

도시는 도심을 흐르는 강처럼 조용했다. 그러나 보라색 꽃 때문에 겉으로 풍기는 이미지는 화려했다. 어디를 봐도 보라색 꽃 천지였다. 공항에서 내렸을 때, 가장 먼저 눈에 띈 것도 자카랜다의 보랏빛이었다. 시내 가로수도 자카랜다, 공원에 무리지어 피어 있는 꽃도 자카랜다였다. 커다란 나무에 뭉텅뭉텅 피어 있는 보라색 꽃은 나를 새로운 봄으로 확 끌어들였다.

짐을 풀고 제일 먼저 한 것은 초콜릿가게를 찾아나서는 거였다. 형민은 그 가게가 초콜릿도 유명하지만, 커피의 명소라고 여러 번 말했다. 배를 탈까 망설이다 버스를 탔다. 지도에서 보니 버스 정거장에서 더 가까웠다. 그는 친구들과 그곳에 자주 갔었다고 했다. 특별히 에스메랄다 게이샤 정품을 파는 몇 안 되는 곳 중의 하나라고 했다. 그 커피를 마시면 맛을 평생 잊을 수 없다고도 했다.

나는 그 카페에 커피를 마시거나 초콜릿을 먹으러 가는 게 아니었다. 형민이 그곳에 왜 그렇게 자주 갔었는지를 느껴보고 싶었다. 그는 초콜릿을 무척 좋아하지만, 나는 그다지 좋아하지 않는다. 5년 동안 초콜릿마다의 미세한 맛의 차이를 먹을 때마다 설명했지만, 나는 차이를 기억하지 못했다. 그가 번번이 나의 갈증을 이해하지 못했던 것처럼.

버스를 타고 로마스트리트에서 내렸다. 사거리를 두 번 건너니 찾는 카페가 나왔다. 카페는 조지스트리트 400번지 1층에 있었다. 강이 도시를 이쪽과 저쪽으로 나눈다면 조지스트리트는 오른쪽 도심을 길게 관통했다. 건물마다 번지수를 써놓아 헤매지 않아도 됐다. 처음 가는 길이라 긴장했는데 싱겁게도 금방 카페를 찾았다.

그런데 카페 바로 앞 인도에 사람들이 몰려 웅성거리고 있었다. 백팩을 메고 워커를 신은 남자가 길바닥에 앉아 있는 여자에게 벌건 얼굴로 항의하고 있었다. 남자의 행동에 여자는 아랑곳 않고 웃었다. 워커를 신은 남자가 여자를 걷어차려 할 때, 휠체어를 탄 남자가 다급하게 끼어들었다. 워커를 신은 남자는 여자가 들고 있는 카메라까지 뺏으려 들었다. 휠체어를 탄 남자가 워커를 신은 남자를 정중하게 말렸다. 휠체어를 탄 남자의 바짓가랑이가 텅 비어 있었다. 지나가던 사람들도 하나둘 걸음을 멈췄다.

여자는 점점 사나워진 남자의 태도에도 여전히 웃으며 카메라를 끌어안았다. 남자가 발길질을 할 때조차도 여자는 웃음을 지었다. 그 미소는 오히려 조금씩 커졌다. 휠체어를 탄 남자는 여자에게서 화가 잔뜩 난 남자를 떼어낸 후, 한참을 이야기했다. 휠체어를 탄 남자의 이야기를 듣던 남자의 얼굴이 빨개졌다. 그는 무안한 얼굴로 앤스트리트를 향해 빠르게 걸어갔다. 그의 뒤통수는 금세 사람들 속으로 묻혔다.

여자는 다시 지나가는 사람들의 발을 찍기 위해 카메라를 들이댔다. 휠체어를 탄 남자는 바로 옆 자카랜다 나무 아래로 물러났다. 남자의 머리 위에도 보라색 꽃이 피어 있었다. 아일랜드 레드색 캡 모자를 쓴 남자의 표정이 꽃과 달리 어두웠다. 나는 여자의 카메라 반경 밖 멀찍이 서 있었다. 여자 옆에는 빨간 우체통과 초록 우체통이 나란히 있었다. 여자는 지나가는 사람이 없으면 하품을 하며 초록 우체통에 기댔다.

카페 앞면 장식장에는 다양한 초콜릿이 진열돼 있었다. 카페 안에도 여러 종류의 초콜릿과 커피가 진열돼 있었다. 형민이 좋아한 초콜릿이 모두 있는 곳이다. 달콤한 것을 좋아한 그는 정작 달콤하지 않았다. 쓴맛이 느껴질 때가 더 많았다. 그런 그가 왜 달콤한 것에 집착하는지 나로서는 불가사의하다. 나는 쌉싸름한 맛의 와인을 좋아한다. 쌉싸름함 뒤에 오는 아주 미세한 달콤함도 좋아하지만, 그러지 않아도 상관없다. 사람이든 음식이든 처음부터 노골적으로 단내를 드러내는 걸 좋아하지 않는다. 관계가 친밀하고 깊어지면서 나오는 자연스러운 달콤함이 좋다.

화이트 커피에 다크 초콜릿을 하나 넣어 마셨다. 형민이 가장 좋아한 초콜릿이고, 언젠가 이곳에 다녀와서 나에게 준 적이 있다. 달콤함 뒤에 쓴맛이 느껴졌다. 꼭 형민 같았다. 매주 금요일 아침이면 그를 만날 생각에 설렜다. 장거리연애라 우리는 주중에는 만나지 못했다. 주말에 사흘을 몰아 같이 지냈다. 그런데 그 설렘이 깨지는 날이 잦았다. 그는 금요일 점심시간쯤 서울로 올라오기 힘들다는 전화를 곧잘 했다. 나더러 대전으로 내려오라는 것이다. 한 달에 세 번은 그랬다. 가장 유명하다는 게이샤 커피는 다음으로 미뤘다.

길 위의 여자는 지나가는 사람의 발을 찍기 위해 종일 길바닥에 앉아 있었다. 쉰쯤 돼보였고, 얼굴과 팔은 주근깨투성이였다. 강한 자외선에 오래 노출된 탓인 것 같았다. 티셔츠에 청바지 차림의 그녀는 아무것도 깔지 않은 채 앉아 있었다. 노란 빛이 도는 머리카락은 짧게 커트를 했다. 여자의 목에는 카메라 줄이 걸려 있었고, 손에는 카메라가 들려 있었다. 휠체어를 탄 남자는 종일 그 여자를 바라보고 있었다. 그의 표정이 여자의 행동에 따라 미세하게 달라졌다. 여자가 사진을 찍으러 엉덩이를 들면 남자의 상체가 여자 쪽으로 기울었다가, 여자가 가만히 지나가는 발만 보고 있으면 남자의 몸이 느슨해졌다. 여자가 나른한 표정을 짓고 주위를 살피면 남자도 느른하게 기지개를 폈다. 여자는 한번도 그런 남자에게 눈길을 주지 않았다.

나는 형민이 즐겨 다녔다던 곳들을 찾아가는 걸 그만두기로 했다. 첫 장소에서 그걸 포기했다. 보랏빛 자카랜다와 길 위의 남자와 여자가 내 안으로 덜컥, 들어와버렸기 때문이다. 그는 나에게 자카랜다에 대해 이야기를 한 적이 없다. 브리즈번을 여행지로 선택한 건 그를 조금이라도 이해하고 또 나를 위로하기 위해서였다. 그와의 이별을 고민 중인 나에겐 어떤 확신이 필요했다. 그래야 어느 쪽으로 결정을 내리든 후회가 남지 않을 것 같았다. 그래서 그가 10년이나 살았던 이곳으로 온 것이다.

형민은 나에게 이 도시의 초콜릿과 커피와 캠핑과 윈드서핑에 대해서만 이야기해줬다. 이 카페에 자주 왔었다고 했지만, 길 위의 여자나 남자에 대해선 이야기한 적이 없다. 쓸데없이 초콜릿에 대해서만 잔뜩 늘어놓았다. 자카랜다도 마찬가지다. 한 계절이 온통 보랏빛인데도 나에게 한번도 말을 한 적이 없다. 그에겐 그런 것들이 너무나 당연해서였을까. 자카랜다를 전혀 모르고 온 나는, 꽃을 보자마자 그간 지내온 봄과 너무 다른 봄에 온통 마음을 빼앗기고 말았다.

지나간 봄은 잔인했다. 몇 달이 지나도록 흐린 나날의 연속이었다. 수많은 꽃이 피고 졌지만, 봄다운 생각이 들지 않았다. 그래서 8년 동안 한번도 내지 않은 휴직계를 냈다. 직장에는 두 달을 쉬겠다고 했다. 처음엔 머릿속을 말끔하게 비워버릴 생각에 무작정 낯선 곳을 검색했다. 여기저기 갈 만한 곳을 찾던 중, 문득 형민이 살았던 곳에 가보고 싶었다. 온전히 낯선 곳보다 그가 다녔던 거리나 가게나 음식을 마주하게 되면 그를 조금이라도 더 잘 이해할 것 같아서였다. 그런 선택을 하게 된 데는 그에 대한 미련도 한몫했다. 오래 함께한 시간을 싹둑 잘라내는 건 쉬운 일이 아니었다. 그것은 나에게서 가장 아름다운 날들을 잘라내는 것이기도 했다. 몇 달 동안 그와 함께했던 시간들을 불러내보았다. 그간의 시간이 생각 이상으로 그 속에 너무나 많은 이야기를 담고 있었다. 그와 헤어지는 행위보다 지나간 시간이 자꾸 내 발목을 잡았다.

도심과 15분 떨어진 곳에 머문 나는, 버스보다는 주로 시티캣을 타고 도서관과 박물관과 미술관에 갔다. 그곳에 자주 간 것도 자카랜다 때문이었다. 강을 건너기 전에 미술관 쪽을 바라보면 그쪽 전체가 보랏빛 섬 같았다. 도화지에 진한 보라색을 칠해놓고 그 위에 건물을 몇 개 얹어놓은 듯했다. 버스보다는 배를 타는 게 더 낭만적이었다. 배는 시내 강변에서 불꽃놀이가 있는 날을 제외하곤 늘 좌석이 여유로웠다.

강이 잔잔해서 승객들은 실내보다는 선실 바깥에 서서 풍경을 즐겼다. 배는 버스보다 천천히 움직였고 선원은 선착장마다 손으로 로프를 던져 배를 고정시켰다. 그리고 배와 선착장 사이에 간이다리를 내렸다. 선원은 내리는 손님 하나하나에게 인사를 했다. 정다운 배웅이었다. 탈 때도 마찬가지였다. 한 사람 한 사람에게 눈을 맞추며 인사했다. 승객이 다 탄 후, 선원이 다시 끈을 풀면 선장은 천천히 배를 움직였다. 느리고 여유 있는 아날로그 방식이 강가의 낮은 집들과 보라색 자카랜다와 잘 어울렸다. 선원이 매번 건네는 미소와 인사는 낯선 브리즈번에 금방 정이 들게 했다. 모르는 사람에게서 그런 따뜻한 환대를 받아본 건 처음이다.

나는 친절한 사람을 좋아한다. 형민은 친절하지 않다. 대신 부드럽다. 부드러움은 불친절을 견디게 하는 마력을 지니고 있다. 올 봄 그와 심하게 다툰 후론 나는 잘 웃지 않았다. 재미있는 것도 없어졌다. 오감이 일시에 시무룩해진 것 같았다. 그런데 배를 타는 것이 재밌었다. 어떤 날은 선원의 미소가 생각나 일부러 배를 타러가기도 했다.

이틀에 한번은 휠체어를 타고 있는 남자를 보러갔지만, 가지 않은 하루가 길었다. 남자가 여자의 한결같은 모습을 견디고 있는 것이 나를 숨막히게 했다. 그래서 가지 않는 하루는 자카랜다 군락지로 유명한 공원에 갔다. 백여 그루가 만들어낸 보랏빛은 나를 비현실적인 공간 속으로 데려다놓은 것 같았다. 몽환적인 그늘에 앉아 있으면 형민에게 퍼부었던 말들이 조금은 부드러워져 되돌아왔다. 날카로웠던 지난 봄의 나 또한 둥글어지는 것 같았다. 그가 없는 곳에서도 먹고 자는 걸 보면 잘라내면 잘라낼 수 있을 것도 같았다.

100년이 다 돼간다는 보랏빛 그늘 아래 패브릭 매트를 깔고 누워 하늘을 올려다보았다. 송이송이 꽉 찬 꽃 때문에 파란 하늘이 보이지 않았다. 보랏빛 천국에 갇힌 것 같았다. 문득 조지스트리트에 있을 남자가 궁금했다. 그의 머리 위의 봄도 한창일 것 같았다.

형민은 나에게 수없이 전화를 했다. 나는 받지 않았다. 그러자, 문자를 보냈다. 잘 지내느냐고. 문자에조차 답을 하지 않았다. 내가 이러는 건 처음이다. 나는 불편한 관계를 못 견뎌 늘 먼저 그것들을 해결하려 들었다. 그것은 어느새 우리 사이에 오랜 루틴이 돼버렸고 그와의 관계를 오히려 망가뜨린 결과를 가져왔다. 그는 내가 이곳에 온 줄을 모른다. 나에게서 답장이 없자, 그는 내가 다닌 회사와 집에까지 가본 듯했다.

여자를 한 주 지켜보고 나서야 알았다. 여자가 워커를 신은 남자만 찍고 있다는 걸. 봄이라 워커를 신은 남자들은 더러 있었다. 주로 작업복을 입은 남자들이었다. 여자는 내가 도서관에 갈 때나 집으로 돌아올 때도 그 자리에 있었다. 한결같았다. 목적이 분명해서일 것이다. 여자의 눈동자에는 늘 생기가 돌았다. 지나가는 발들을 무심히 보다가도 워커가 지나가면 행동이 잼다. 그렇다고 그걸 제대로 찍었는지는 모르겠다.

남자의 머리 위 보랏빛도 점점 선명해졌다. 그러나 그의 표정은 이틀 전과 다르지 않았다. 봄은 그에게 아무런 힘도 발휘하지 못했다. 그는 무기력하면서도 조금은 긴장한 표정이었다. 그의 목적은 여자를 지키는 것이다. 그들은 서로 목표가 달랐다. 나와 형민의 목적은 같았다. 서로 사랑하는 것이다. 그러나 내가 원하는 깊이와 기대에 그는 번번이 미치지 못했다. 그래서 우리는 자주 삐거덕거렸다. 깊이가 채워지지 않는 그의 사랑에 나는 수없이 갈등했다.

팝콘처럼 터진 하얀 벚꽃을 볼 때면, 나는 경계가 없는 세상에 서 있는 듯했다. 하얀 색 너머에 있는 허공이 하얀 색보다 더 막막하게 느껴졌다. 형민에게 느끼는 감정이 그랬다. 나는 그에게 구체적인 경계를 원했다. 그러나 그 경계는 늘 내가 만들어놓은 허상에 불과했다. 그는 매번 그 높이에 이르지 못했다. 아니, 이르려고 애쓰지 않았다. 그럴 때마다 나는 무한의 허공, 어느 지점을 헤매고 있는 느낌이었다.

나는 보이지 않는 마음보다 형민의 행동을 원했다. 나를 만나러 온다든가, 먼저 전화를 한다든가, 집에까지 바래다준다든가, 결혼을 하자든가 아주 구체적인 행동을 바랐다. 그러나 그는 그런 행동을 좀처럼 하지 않았다. 그의 행동에 절망했다가도 특유의 부드러움에 다시 제자리로 돌아오곤 했다. 남자의 머리 위에 덩이덩이 핀 자카랜다 너머에 무한히 펼쳐져 있는, 파란 하늘에 내 눈길이 자꾸 가서 머물렀다.

하루를 쉬었다가 초콜릿 카페로 또 갔다. 남자를 정면에서 보고 싶었다. 형민이 좋아한 커피가 아닌 내가 좋아하는 걸로 주문했다. 나는 카푸치노를 좋아한다. 부드러운 우유 거품 때문이다. 그는 내가 카푸치노를 시킬 때마다 라떼를 먹으라고 했다. 나는 카푸치노에 처음부터 시럽을 넣어달라고 했다. 시럽을 젓느라 예쁜 거품을 망가뜨리기 싫었다. 오늘은 그와 상관없이 달콤해지고 싶었다. 우유 거품은 신선하고 부드러웠다. 마치 공기를 마시는 듯했다. 커피콩도 그날그날 볶아 고소했다. 달콤해진 몸으로 나는 인도 위에 있는 남자와 여자를 번갈아 바라보았다.

지나가는 어떤 사람도 여자 앞에 멈춰서지 않았다. 여자 혼자서만 진지할 뿐이었다. 휠체어를 탄 남자는 한번도 고개를 들어 머리 위의 꽃을 보지 않았다. 눈길은 언제나 여자 쪽을 향해 있었다. 가끔은 먼 곳을 초점 없이 보기도 했다. 나도 형민을 곁에 두고 저런 눈빛을 할 때가 있었다.

남자를 보러오지 않으면 궁금하고 보고 나면 답답해 쿠릴파 브릿지를 걸어 미술관으로 갔다. 다리를 건너자마자, 미술관 앞에는 유칼립투스가 살진 자작나무처럼 서 있다. 그 사이에는 야자수와 키 작은 꽃들과 바위가 있다. 공간이 조금만 있어도 잔디를 심어놓았고, 잔디는 잘 정돈돼 있다. 바위 위에는 종종 도마뱀이 앉아 있다. 도마뱀은 2미터가 넘는 것도 있다. 처음엔 무서웠다. 사람을 해치지 않는다는 말에 금세 안심했다. 꼼짝도 않고 눈알만 굴리는 모습이 귀엽기까지 했다.

미술관의 그림은 분기 별로 바뀐다고 했다. 내가 있을 동안에는 바뀌지 않는다고 해서 한꺼번에 다 보지 않았다. 갈 때마다 두세 작품만 집중해서 보았다. 다시 갈 핑계를 남겨놓기 위해서였다. 대신 미술관 쪽에선 관람객들에게 끊임없이 체험마당을 만들어주었다. 블록 쌓기나 셀프 페인팅, 종이접기, 노끈을 이용한 바구니 만들기, 나뭇가지나 천을 이용한 전위예술 흉내내기. 어떤 사람은 일주일 내내 블록을 쌓아 커다란 성을 만들었고, 어떤 사람은 자신의 키보다 큰 자유의 여신상을 만들기도 했다. 만들어놓은 건 아무도 부수지 않았다. 나는 그게 신기했다. 맨 아래나 중간에서 하나만 빼도 무너질 텐데.

체험활동에 참가하는 사람은 아이들보다 어른들이 많았다. 한국 어른들은 놀 줄 모르는데 이곳 어른들은 아이처럼 놀았다. 서른다섯인 나도 이곳에선 아이가 되었다. 얼굴에 페인팅도 하고, 손바닥에 물감을 묻혀 찍는 놀이도 하고, 나뭇가지와 굵은 색색의 실을 이용하여 전위예술가 흉내도 내보았다.

한 전시실에는 흙으로 만든 수백 마리의 말이 전시돼 있었다. 말의 모습과 표정이 모두 달랐다. 그 말들을 하나하나 보는 동안 형민에 대한 마음이 조금 풀어졌다. 그리고 조지스트리트에 있는 남자에 대한 답답한 마음도 조금 여유로워졌다. 이유는 잘 모르겠다. 말의 웃는 듯한 귀여운 표정 때문이었나.

나는 하나의 그림 앞에 오래 서 있었다. 벌써 몇 번째다. 하이힐을 신은 나신의 남자가 커다란 동물 곁에 서 있는 그림이다. 나신의 남자는 구리 빛의 몸체를 지니고 있었다. 몸집은 작고 왜소했지만, 까만 피부 때문인지 야무져보였다. 쪼그라지고 깡마른 몸의 굴곡과 깊은 주름의 이랑마다 남자의 지나온 삶이 엿보이는 듯했다. 정면을 응시하는 눈동자에는 불안과 공포가 가득했다. 웃지도 울지도 않는 묘한 표정의 얼굴이었다. 그 표정 너머에 있었을 남자의 시간이 궁금했다. 나는 액자에 얼비친 나와 남자를 번갈아보았다. 거기에 형민과 함께했던 나의 시간도 겹쳐보였다.

남자 곁에는 커다란 동물이 거꾸로 세워져 있었다. 머리와 꼬리는 없이 배만 갈라진 채로. 동물의 몸통은 남자의 키만큼 컸다. 갈라진 뱃속에는 내장들이 꽉 차 있었다. 소나 돼지 그도 아니면 사자, 아기 코끼리라도 될까. 꽤나 큰 몸집의 짐승이었다. 나는 동물의 내장을 한없이 들여다보다가 남자의 얼굴을 바라보다가를 반복했다. 구불구불 틀어진 내장은 이리저리 뒤엉켜 있었다. 어떤 부위는 터진 채, 어떤 부위는 온전한 채로였다. 너무나 적나라해 왈칵, 구역질이 났다. 내 안의 어떤 곳도 저렇게 터져 있을 것이다.

형민과 나는 5년 동안 같은 이유로 싸웠다. 올 봄 내 생일에는 다시는 안 볼 것처럼 싸웠다. 그땐 벚꽃이 한창인 4월 초였다. 나는 그가 내가 있는 서울로 올라올 줄 알았다. 그러나 그는 대전으로 내려오라고 했다. 그의 전화를 끊고 벚꽃이 하얗게 핀, 끝없이 이어진 길을 하염없이 바라보았다. 하얀 색이 몽롱하게 사물의 경계를 흩트렸다. 순간, 감각과 생각이 한꺼번에 뒤섞여 하나의 감정으로 불쑥 솟구쳐올랐다.

"오늘 내 생일이라고!"

"그니까 대전에서 파티하자."

"이번엔 네가 올라와야 하는 거 아냐?"

"아무나 움직이면 어때."

"그니까. 이 자식아! 이기적인 새끼."

나는 급기야 형민에게 헤어질 시간을 갖자고 했다. 당장 헤어지는 건 그때의 감정이 불안정하였기 때문에 위험했다. 그의 그런 행동이 반복될 때마다 게으름은 사랑이 아니라는 생각이 들었다. 시간이 흐를수록 확신에 가까워졌다. 사랑이 깊어질수록 상대에게 더 다가가고 싶은 게 본능인데. 그러함에도 그는 바뀌지 않았고, 나는 그런 그에게 끝없이 집착했다. 그날 그에게 불같이 화를 내는 내 모습에도 와락, 진저리가 났다. 전화를 끊고 바라본 벚꽃은 파란 하늘과 허공 사이에 미세한 경계를 지은 듯 보였다.

그날 나는 지루하고 나른한 봄을 깨뜨리고 싶었다. 그런데 형민이 그 다음 날, 나를 만나러 서울로 올라왔다. 그가 움직인 건 오랜만이었다.

지난 겨울에도 형민이 이런 말을 한 적이 있다.

"유진아, 좋아하는 걸 꼭 표현해야 돼?"

"네 마음은 잘 안 보여."

"우리가 몇 년짼데, 아직도 이런 걸로…."

"그니까. 망할!"

"서로 사랑하는 방법이 다른 것뿐이야."

"근데 왜 나는 번번이 까이는 기분이 들까?"

형민의 속은 잘 보이지 않아 답답했다. 그런데 나는 생일날 나의 내장을 다 보인 것 같아 자존심이 상했다. 나는 동물의 꼬이고 비틀어진 내장을 세세히 들여다봤다. 터진 부분엔 더욱 애정이 갔다. 그림만 아니었다면 어루만져주고 싶었다. 나의 내장은 어느 부위에 성이 나 있을까.

그림을 보는 내내 벌거벗은 남자 곁의 짐승은 무슨 의미로 그렸을까, 궁금했다. 며칠을 더 바라보다 생각을 정리했다. 동물의 내장은 남자의 마음이고, 남자가 전라의 몸으로 하이힐을 신은 건 그의 마지막 자존심일 거라고. 나의 자존심은 사랑하는 사람으로부터 충분히 사랑받고, 존중받고, 배려받는 것이었다. 연인 관계에선 당연한 바람이라고 생각했다.

엄마와 아버지는 하루가 멀다 하고 싸웠다. 싸움의 주된 이유는 단순했다. 아버지의 무뚝뚝하고 배려 없는 태도 때문이었다. 나 또한 아버지의 무심함이 몹시도 싫었다. 내가 누군가를 사랑하게 된다면 그 사람은 반드시 자상한 사람이었으면 했다. 아버지와 정반대 유형을 만나야 한다는 강박과 달리, 나는 아버지와 비슷한 형민을 만났다. 마치 무엇엔가 홀린 것처럼 그가 내 안으로 들어왔다. 그런 그에게 나는 엄마와 달리 이타적이었다. 그러면서 그에게 그만큼의 반대급부를 바라고 있었다.

동물의 머리와 꼬리는 그리지 않고 왜 몸통만 그렸을까. 이상했지만, 안심이 됐다. 뇌와 가슴이 연결돼 있지 않아 오히려 다행이었다. 복잡한 뇌의 명령에 일일이 가슴이 안 움직여도 되니까. 벌거벗은 남자를 보고 돌아서는데 불쑥 자카랜다 아래 휠체어에 앉아 있을 남자가 생각났다. 그 남자도 오래 앉아 있으면 저렇게 되려나. 다리가 없는 남자는 하이힐을 신을 수도 없는데.

6개월간 서로 시간을 갖자는 나의 제안을 형민은 마지못해 받아들였다. 오늘도 그는 전화를 했고, 문자를 보냈다. 나는 여전히 침묵했다.

브리즈번의 10월 봄은 짧았다. 한낮의 기온은 어느새 35도를 넘나들었다. 보랏빛이 진할수록 남자의 얼굴에 꽃그늘이 짙었다. 나는 오늘도 초콜릿 카페에서 카푸치노를 마시며 남자와 여자를 지켜보았다. 내가 이틀에 한번씩 들르자, 카페 주인이 말을 걸어왔다. 오늘은 윈드서핑 하기에 딱 좋은 날이라며 너스레를 떨었다. 남자는 덩치가 컸고, 머리카락은 빨갛게 물을 들여 묶었다. 나는 이때다 싶어 그에게 궁금한 걸 물었다.

"저기 두 사람, 저러고 있은 지 얼마나 됐나요?"

"7년 정도요."

"여자가 워커를 신은 남자에게 반응하던데."

"맞아요. 워커를 신은 남자와 어그 부츠를 신은 여자를 찍으려는 거예요."

"아! 어그 부츠요?"

"네."

"7년 동안 한번도 못 찍었나요?"

"그렇지는 않을 거예요."

날씨가 봄을 지나 여름으로 들어갈 때라 어그 부츠를 신은 여자들은 보이지 않았다. 그래서 나는 그걸 알아채지 못했다. 남자는 광산에서 폭파작업을 하다가 두 다리를 잃었다고 했다. 여자는 우울성 치매를 앓는다고 했다. 언젠가 남자가 카페 주인에게 그들 부부가 함께 찍은 사진을 보여준 적이 있다고 했다. 그 사진에 남자는 워커를, 여자는 어그 부추를 신고 있었고, 사진 속의 그들은 행복해보였다고 했다.

나는 커피를 마신 후, 신발가게로 갔다. 워커를 보기 위해서였다. 남자의 발이 없어 사이즈를 가늠할 수가 없었다. 그의 키로 봐서는 280㎝ 정도 될 것 같았다. 사진 속의 워커가 어떤 것인지 몰라 이것저것 만져보았다. 가게 주인에게 공사현장에서 신을 만한 걸 추천해달라고 했다. 그런데 신발을 누구에게 신겨 여자 앞에 서게 하느냐가 문제였다. 내가 신으면 여자가 원하는 그림이 안 나올 테고, 그렇다고 발이 없는 여자의 남편에게 신길 수도 없었다. 나는 워커를 사놓고 며칠을 생각에 잠겨 있었다.

빵을 싫어하는 내가 빵을 먹고 있었다. 형민은 빵과 햄버거, 파스타, 피자, 스테이크를 좋아했다. 우리는 음식점에서 무얼 먹을 때마다 서로 한번씩 양보를 해야 했다. 나는 브리즈번에 와서 간단하게 바게트 안에 양상추와 토마토와 치즈와 베이컨을 넣어 먹거나 식빵을 구워 잼 대신 딥을 발라 먹었다. 잼은 달아서 싫었다. 딥도 이것저것 먹어보았지만, 금세 싫증이 났다. 그 중에 올리브 딥이 가장 입에 맞았다. 올리브 딥도 먹기 싫어지면 거기에 할라피뇨나 매운 고추를 다져넣은 후에 발라 먹었다. 그러면 먹기가 수월했다. 바질 페스토도 며칠 먹고나면 물려 구운 마늘을 찧어넣은 후, 발라 먹었다. 형민이 그랬던 것처럼 치즈도 구워 먹어보았다. 구운 치즈가 질리면 그걸 매운 스리라차 소스에 찍어 먹었다. 그가 되어보고자 했지만, 나는 빵이나 치즈를 먹으려면 마늘과 할라피뇨와 스리라차 소스와 매운 고추를 첨가해서 먹어야 할 만큼 그와 달랐다. 애초에 누가 누군가의 욕구에 맞는 사람이 되는 건, 불가능한 일일지도 모른다는 생각이 들었다.

휠체어를 탄 남자가 궁금해 워커를 가지고 조지스트리트로 갔다. 남자는 여전히 거기에 있었다. 자카랜다 보라 그늘은 더욱 짙었고, 그가 앉은 바닥에도 꽃잎이 떨어져 있었다. 그가 앉아 있는 위아래가 온통 보랏빛이었다. 카페로 들어가 또 카푸치노를 주문했다. 카페 주인이 웃었다. 주인의 웃음이 싫지 않았다. 형민이 그토록 좋아한 초콜릿은 첫날 이후 먹지 않았다. 여자를 바라보았다. 여자의 표정은 여전했다. 그녀의 단순한 집념이 점점 무섭게 느껴졌다. 형민에 대한 나의 집착도 저랬을 것이다. 나는 다시 남자를 보았다. 진한 보랏빛 때문에 그의 얼굴이 더 어두워보였다. 그의 눈빛은 미술관에서 보았던 그림 속의 남자와 닮았다. 그에게 신발을 신기고 싶은 충동이 일었다.

나는 가져온 워커를 만지작거렸다. 아무리 생각해도 부탁할 사람은 카페 주인밖에 없었다. 오후 3시를 지나 카페는 한산했다. 점심을 먹고 커피를 마시러온 손님들이 모두 빠져나간 뒤였다. 시내 가게들이 대부분 5시에 문을 닫기 때문에 이 시간이면 마무리할 때였다.

나는 가게주인에게 워커를 내밀며 부탁했다. 그는 '노프라블럼!'을 거푸 외치며 흔쾌히 받아들였다. 그는 신고 있던 스니커즈를 벗고 워커로 바꿔 신었다. 그에겐 딱 맞았다. 그는 어깨를 살짝 들어올리며 다시 한번 와우!를 외쳤다. 그가 워커의 끈을 묶고 여자 앞에 섰다. 여자의 얼굴이 빛났다. 눈도 반짝였다. 여자는 엉덩이를 일으켜 무릎까지 꿇고 사진을 찍었다. 찰칵찰칵 수없이 셔터를 눌렀다. 여자의 입에서는 '원더풀, 판타스틱, 오우, 오 마이 갓!'의 감탄사가 연이어 터져나왔다.

나는 여자의 남편을 바라보았다. 그의 표정이 묘했다. 여자가 셔터를 누를 때마다 고개는 끄덕였지만, 표정은 일그러져 있었다. 자카랜다의 짙은 그늘 때문만은 아닌 것 같았다. 예상치 못한 반응이었다. 남자를 위해 한 행동이었는데, 남자 표정이 그럴 줄이야. 그때 스콜과 함께 한바탕 비바람이 몰아치면서 남자 머리 위로 보라색 꽃잎이 하르르 흩날렸다. 남자는 그걸 잡지 않았다. 남자가 손을 펴 그것들을 손 안 가득히 받기를 바랐지만, 남자의 눈은 온통 여자에게 가 있었다. 여자는 비를 아랑곳하지 않았다. 카페 주인도 마찬가지였다. 이곳의 비는 금세 그치기 때문인지 찍는 사람이나 모델이 되어준 사람이나, 한결같이 그대로였다.

그 순간, 나와 형민과의 수많은 장면이 떠올랐다. 우린 좋았던 날과 좋지 않았던 날이 비슷했다. 서로의 바람이 묵살된 날은 삐걱댔고, 그렇지 않은 날은 좋았다. 그것이 문제였다. 어느 쪽으로든 기울었으면, 우린 더 좋은 사이가 되었거나 아니면 진즉에 헤어졌을 것이다.

여자가 충분히 찍었다고 생각되었는지 카페 주인이 여자에게 미소를 보이며 물러났다. 여자는 뒤로 물러나는 남자를 따라 카페 안까지 들어와 셔터를 눌러댔다. 여자의 남편이 휠체어를 몰아 다급하게 카페로 뒤따라들어왔다. 여자의 남편이 한참이나 여자를 달래서 데리고 나갔다.

나는 형민의 계속 되는 연락에 아무런 대꾸도 하지 않았다.

어그 부츠를 사려던 걸 미뤘다. 여자가 워커를 신은 사진을 찍었을 때의 남자의 표정이 내내 걸려서다. 며칠간 미술관과 도서관에도 가지 않았다. 그들이 여전히 길에 나와 있을까봐 두려웠다. 반복의 고리는 누군가 끊어야 한다. 자신의 집착은 자신만이 끊을 수 있다. 그러나 여자의 집착은 여자 스스로는 끊을 수 없다.

예상대로 남자와 여자는 그곳에 있었다. 달라진 건 환상 같은 보라가 점점 사라져가고 있다는 것뿐이었다. 두 사람의 동작은 며칠 전의 것을 복사하여 붙여놓은 것 같았다. 나는 한참을 망설이다 남자에게 다가갔다.

"하이!"

"하이!"

"괜찮아요?"

"괜찮아요."

"여긴 언제까지 나올 건가요?"

"도로시가 멈출 때까지요."

"도로시는 찍고 싶은 사진을 못 찍었나요?"

"그건 중요하지 않아요."

나는 더 이상은 묻지 않았다. 사진을 찍는 것에 목숨을 건 듯 보였는데 그것이 의미가 없다니, 마음이 착잡했다. 날씨가 잔뜩 흐린 늦가을, 허공과 하늘이 한 가지 색처럼 느껴졌던, 그때의 기분 같았다. 남자의 시간 속에 흐르고 있을 또 다른 시간이 안타까웠다. 그것도 상대방이 전혀 모르는 무한의 시간이.

어그 부츠를 사는 게 의미가 없어졌지만, 사러 나섰다. 남자의 시간에 잠시 파란을 일으켜주고 싶었다. 그게 설령 그를 더 아프게 할지라도. 이곳은 겨울에도 한낮의 온도가 25도를 넘고, 가장 낮은 겨울밤도 영상 4도 아래로 내려가지 않는다. 그런데도 어그 부츠를 파는 가게가 많다. 낮의 온도는 어느새 38도까지 올라가 있었다.

여자는 어떤 종류의 것을 좋아할까. 발목이 긴 것과 짧은 것, 털이 밖으로 나온 것과 안에만 있는 것, 투박하게 생긴 것과 세련된 것, 카키색과 아이보리색과 주황색 중 어떤 것, 발바닥이 얕은 것과 두꺼운 것 중 무얼 신었을까. 나는 값을 떠나 여자의 취향이 궁금했다. 길바닥에 앉아 있는 여자는 늘 운동화를 신고 있었다. 끈이 없는 것과 발목이 낮은 것들로.

결국엔 내 취향대로 샀다. 여자는 주로 흰 운동화를 신고 있어서 아이보리색의 중간 높이의 것으로 샀다. 털은 안에만 있는 것으로 골랐다. 사이즈는 여자의 발에 맞춰 샀다. 신고 있는 운동화 크기로 봐서 250㎝ 정도는 돼보였다.

어그 부추를 바로 남자에게로 가져가지 않고 집으로 가져왔다. 나는 옷이나 신발을 사면 바로 입거나 신지 않는 버릇이 있다. 며칠, 심지어는 한 계절, 한 해를 넘긴 후에 입거나 신을 때도 있다. 형민은 그런 나를 이해할 수 없다고 했다. 눈에 익어 익숙해져야 내 것이 되었다. 내가 신을 것도 아닌데 나는 익숙해질 시간을 기다렸다.

어그 부츠를 남자에게 건넬 생각에 아침을 먹는 둥 마는 둥 했다. 어젯밤 잠도 설쳤다. 버스는 빨리 도착해서 최대한 시간을 늦추려 배를 탔다. 하늘이 파랗다. 파란 하늘 중간중간 뭉게구름이 떠 있다. 지구가 둥글다는 걸 이곳에 와서야 느꼈다. 집들이 낮고 땅은 넓어 하늘이 동그랗게 내려와 도시를 감쌌다.

평온한 풍경이다. 밖에서 보는 것과 멀리서 보는 것들은 죄다 평화롭고 예쁘다. 형민도 나의 연인이 아니었다면, 한없이 이쁘고 부드러운 사람이다. 그것에 끌려 5년을 보냈다. 그러나 가까이 다가가면 둥근 하늘도 그렇게 보이지 않는 것처럼, 그에겐 특유의 이기심이 있었다. 그것은 적당한 거리에선 결코 보이지 않는다.

배를 타고 가는 내내 강변은 자카랜다 길이었다. 우리나라의 벚꽃길 같았다. 자카랜다는 절정을 지나 지고 있었다. 나무보다 땅이 더 보랏빛이었다. 강가 바로 옆에 있는 나무는 강물마저 보랏빛으로 물들였다. 이곳의 모든 것들이 판타지 같았다. 어쩌면 꿈속에서 내가 움직이고 있는 건지도 몰랐다. 꿈을 깨는 순간 모든 것이 날아가버리고 말.

사람들은 배 위에서 곧 지게 될 꽃을 향해 너도 나도 카메라를 들이

댔다. 그리고 자카랜다 꽃나무가 많은 선착장에서 우르르 내렸다. 나도 그들을 따라 해밀턴 역에 내렸다. 15분 후에 오는 배를 다시 타면 된다. 보랏빛 길을 걷고 싶었다. 산책로도 길 양쪽에 심어놓은 자카랜다 때문에 보라색 길이었다. 땅도 하늘도 보라였다. 그 속을 사람들이 걷고 있었다. 나도 모르게 몽롱해졌다. 그것들을 카메라에 담았다. 나도 보랏빛 세계로 들어가고 싶었지만, 누군가에게 찍어달라고 부탁하는 게 성가셨다. 형민과 함께였다면 누군가에게 찍어달라고 했을 것이다. 둘이서 하던 걸 어느새 아무것도 하고 있지 않았다.

다시 오는 배를 타고 부부가 있을 조지스트리트로 갔다. 남자가 보이지 않았다. 여자는 여전히 카메라를 들고 길거리에 앉아 있었다. 대신 남자가 있던 자리에 여자를 닮은, 할머니가 서 있었다. 할머니도 남자처럼 여자를 지켜보고 있었다. 할머니의 눈빛은 한낮의 온도 때문인지 남자보다 더 무기력해보였다.

다급하게 카페로 들어가 주인에게 물었다.

"왜 남자가 안 보여요?"

"마이클이 아파요."

그는 미간을 살짝 찡그리며 말했다.

"어디가요?"

"환상통 때문에 병원에 입원했어요."

"7년이나 됐는데도 환상통을 앓나요?"

"평생 가지 않을까요?"

기다리고 기다렸던 내 생일에 형민과 무섭게 싸웠던 것처럼, 나는 맥이 빠졌다. 에스프레소로 주문했다. 에스프레소는 아포가토를 먹을 때 말고는 좀처럼 먹지 않는다. 한 입에 털어넣고 놀란 마음을 추스르고 싶었다. 카페 주인에게 어그 부츠를 건넸다. 내가 한국으로 돌아간 후, 아무 때나 남자에게 전해주라고 했다. 그가 나에게 부추를 신고 여자 앞에 서보라고 했지만, 사양했다. 여자가 워커 사진을 찍었을 때 난감해하던 남자 표정이 떠올라서였다. 그때 갑자기 밖이 소란했다. 여자가 워커를 신은 남자를 따라가며 사진을 찍고 있었다. 워커를 신은 남자가 여자에게 거칠게 달려들었다. 그럼에도 여자의 행동은 멈춰지지 않았다. 나무 아래에 있던 할머니가 달려왔다. 할머니의 얼굴이 여자의 남편처럼 일그러져 있었다. 입에서도 낭패의 감탄사가 연이어 터져나왔다. 할머니마저 나무 아래에서 나오자 조금 남은 보랏빛 세상은 텅 비었다. 여자의 감탄사는 한 옥타브 더 올라갔다.

형민은 내가 어디에 있는지만 알려달라고 했다. 그는 변하려고 노력하고 있다고 했다. 나는 그 말을 그다지 신뢰하지 않는다.

일주일 간 조지스트리트에 가지 않았다. 배를 타고 미술관에만 갔다. 나신의 남자를 한번 더 보고 싶었다. 그런데 그간 보지 못했던 것이 보였다. 남자의 손가락이었다. 남자의 왼손 약지에 사파이어 반지가 끼어 있었다. 하이힐에 묻혀 보지 못했던 액세서리다. 반지도 하이힐처럼 화려했다. 휴, 안도감이 들었다. 휠체어를 탄 남자의 환상통처럼 남자의 푸른 반지가 반가웠다. 그것들이 그들의 무거운 세계를 잠시나마 깨뜨려줄 것 같아서.

두 달의 휴가 중 삼 일이 남았다. 이틀 후면 한국으로 돌아가야 한다. 나는 그 부부를 한번 더 보러갈까 아니면 그냥 돌아갈까를 두고 고민했다.

그런데 갑자기 와이너리에 가보고 싶었다. 이곳에 와서 커피만큼 많이 마신 것이 와인이었다. 많은 종류의 와인을 마셔보았지만, 내가 한국에서 먹었던 맛은 찾지 못했다. 그걸 찾고 싶었다. 와이너리에선 수십 가지 종류의 와인을 맛볼 수 있으니, 내가 좋아하는 맛을 찾을 수 있을 것 같았다. 그러나 두 군데나 가보았지만, 찾지 못했다. 와인의 종류가 그렇게 많은데도 없었다. 그 맛을 다시 느끼려면 한국에서나 가능할 것 같았다.

하루가 남았다. 짐을 싸놓고 결국엔 배를 탔다. 한 정거장 한 정거장이 정다웠다. 시내까지는 여섯 정거장이었다. 보랏빛은 나무에서 사라졌다. 어디에도 없었다. 바닥에 있던 것조차 흙빛이 됐다. 그간 내가 보았던 한 세계가 신기루 같았다. 보랏빛이 사라진 회색 도시가 낯설게 느껴졌다.

생각에 잠겨 있다보니 어느새 조지스트리트에 이르렀다. 남자가 와 있었다. 그의 머리 위에도 보랏빛은 사라지고 없었다. 그는 많이 야위었고, 수염도 덥수룩했다. 여자의 손에는 여전히 카메라가 들려 있었다.

나는 멀찍이 서서 두 사람을 번갈아 바라보았다. 남자의 끝없이 이어질 시간을 생각하니 현기증이 났다. 카페로 들어가 컬러 초콜릿을 한 박스 샀다. 남자에게 주고 싶었다. 카페 주인에게 지난 번에 부탁한 어그 부츠와 함께 선물로 전해달라고 했다.

마지막으로 형민이 가장 극찬했던 에스메랄다 게이샤 커피를 시켰다. 이번만큼은 그를 깊이 생각하며 마시고 싶었다. 그는 정품이면 재스민 향이 난다고 했다. 마시기 전에 향을 맡아봤다. 꽃 향이 나는 것 같았지만, 그게 재스민 향인지는 모르겠다.

그때 형민에게서 또 전화가 왔다.

"여보세요…."

플라밍고 인형

플라밍고 인형

"오늘 같은 날도 가?"

"어머니가 다쳤다잖아."

형제들은 무슨 일만 생기면 인섭에게 연락부터 했다. 인섭은 지영에게 미안한 표정을 지으며 윗옷도 제대로 걸치지 못한 채 신발을 신고 있었다. 오늘은 일요일이고 지영의 마흔 번째 생일이다. 그가 단걸음에 가버릴 줄은 몰랐다. 이번 생일만큼은 함께 보낼 줄 알았다. 은유는 거실에서 만화영화를 보고 있었다. 은유가 웃을 때마다 은유가 안고 있는 플라밍고 인형도 따라 웃었다.

지영은 거울 앞에 섰다. 3주 만이다. 유방절제 수술 후, 가장 두려웠던 것이 거울 앞에 서는 거였다. 살이 빠진 모습이 낯설다. 눈이 퀭하다. 얼굴에는 한 점의 생기도 없다. 눈을 감고 겉옷을 벗었다. 검은 눈동자와 흰자가 겹쳐 하나가 될 때까지 눌러 감았다. 우물이 보이고 엄마의 뒷모습이 나타난다. 엄마가 우물을 들여다보고 있다.

지영은 숨을 크게 몰아쉰 뒤 브래지어 끈에 손을 댔다. 끈을 푸는 손이 떨렸다. 엄마가 두레박으로 물을 길어올린다. 브래지어 끈을 풀었다. 엄마가 물동이를 이고 걸어간다. 눈을 감은 채 벗은 브래지어를 끌어안았다. 엄마 걸음이 휘청한다. 지영은 욕실 바닥에 주저앉았다. 시멘트 바닥이 차가워 정신이 번쩍 들었다. 순간, 엄마 모습이 사라진다.

아무리 눈을 감고 앉아 있어도 지나간 것들을 되돌릴 수 없다는 생각에 자리에서 일어났다. 눈을 떴다. 목 아래로 시선이 내려가지 않도록 고개를 꼿꼿이 세웠다. 동공이 팽창될 대로 된 눈동자를 들여다보았다. 지나간 시간이 응축된, 해쓱한 눈동자가 거울 속에서 긴장하고 있었다.

지영은 얼굴에서 눈길을 내리지 못한 채 한없이 서 있었다. 엄마가 두레박을 난간에 올린 채 하염없이 서 있었던 것처럼. 샤워를 하기 전에 전신을 스캔하던 습관을 의지적으로 멈췄다. 엄마가 물동이를 이기 전에 크게 숨을 몰아쉬었던 것처럼, 심호흡을 한 후에 서서히 눈길을 목 아래로 내렸다.

오른쪽에 볼록한 가슴이 어색하게 매달려 있다. 하얀 살덩이는 냉동실에 얼려놓은 노계 같다. 젖꼭지는 코뿔소 뿔처럼 거무스레하다. 온전한 것이 더욱 온전해보이지 않는다. 절제수술과 방사선치료로 지친 몸뚱어리 어디에도 탄력이라곤 없다. 비장을 타고 올라온, 샛노란 웃음을 피식 뱉어 유리벽으로 밀어보냈다. 웃음은 수은을 통과하지 못하고 되돌아왔다.

초점을 왼쪽 가슴으로 옮겼다. 어느새 금단의 영역이 돼버린 곳이다. 오른쪽 가슴을 보고 있는 동안에도 이미 프레임 안으로 들어와 있었다. 평평하다. 꿰맨 자국만 없다면 처음부터 평평했을 것 같다. 손으로 빈 무덤을 만져보았다. 나무가 자란 적이 없었던 황무지 같다. 지영을 무의식 세계로 데려간 뒤 처참하게 벌목해버렸다. 뿌리조차 남기지 않아 다시는 자랄 수 없다.

퇴원은 했지만, 몸을 씻을 수 없었다. 시도 때도 없이 올라오는, 물컹한 감정들과 싸우느라 왼쪽 가슴을 볼 자신이 없었다. 오늘 인섭이 튀어나가듯 시어머니에게 가지 않았다면, 며칠 더 누워 있었을 것이다. 누워 있은 3주간 은유를 위해 무엇을 할 수 있을까를 생각했다. 엄마는 어린 지영에게 아무것도 해주지 않았다. 지영은 은유를 위해 무언가를 하고 싶었다. 그건 일어서는 거였고, 자신과 정면으로 마주하는 거였다.

그리고 왼쪽 가슴으로부터 위로받는 것이었다. 수술 후, 살이 아물어가면서 더욱 그래야 한다고 생각했다. 가장 아픈 것들이 하는 위로가 가장 힘이 될 수 있기에. 지영은 힘들 때마다 엄마가 우물을 길어서 이고 가는 장면을 떠올렸다. 그것을 오랫동안 의식儀式처럼 되뇌었다. 엄마의 물동이는 언제나 흔들렸다. 그 장면은 지영에게 가장 좋은 위로였고, 때로는 깨뜨려버리고 싶은 순간이기도 했다.

상처가 제대로 아물지 않아 꿰맨 자리가 울퉁불퉁하다. 어린 시절, 한여름의 세찬 소나기는 순식간에 집 앞길에 물웅덩이를 여럿 만들었다. 푹 파인 웅덩이를 보노라면 불안했다. 처음에는 불안의 근원이 어디에서 오는지 몰랐다. 몇 번 큰비를 겪고 나서야 알게 되었다. 아버지였다. 아버지가 한바탕 집안을 뒤집어놓고 며칠씩 사라졌을 때마다 바라보았던, 웅덩이가 공포를 낳았던 것이다.

그러나 소나기가 몇 차례 더 퍼붓고나면 웅덩이는 감쪽같이 사라졌다. 거센 물줄기가 길을 휩쓸어가면서 다시 평지로 만들어놓았기 때문이다. 새로 만들어진 평지는 불안한 마음을 사라지게 했다. 그때처럼 지영은 오른쪽 가슴이 안고 있는 불안을 평평한 왼쪽 가슴으로부터 위로받고 싶었다.

인섭이 시어머니에게 가 있기로 한 날은 화요일이다. 일주일에 하루씩 가기로 형제들과 당번을 정했지만, 약속이 지켜진 적은 별로 없다. 형과 누나들은 자신의 당번에 갈 수 없는 상황이 생기면 인섭에게 일방적으로 통보했다. 그는 매번 거절하지 못했고 심지어 사흘을 자고 올 때도 있었다. 이번 주에도 화요일에 가서 목요일에 왔다. 그리고 사흘 만인 오늘, 다시 그는 시어머니에게로 갔다.

인섭은 결혼한 지 다섯 달이 채 되기도 전에 시어머니에게 가기 시작했다. 시어머니에 대한 연민이 생기기 전이라, 지영은 매주 하루를 내어주는 것이 힘들었다. 그 시간이 매번 도둑맞는 것 같았다. 그때 지영은 첫 아기를 임신한 상태였고, 태아가 태반을 깔고 자리를 잡는 바람에 하혈을 하고 있었다. 거기다가 직장을 다니고 있어서 그의 도움이 절실했다. 덩그러니 홀로 밤을 맞는 날엔 잠을 설쳤다. 처음부터 혼자인 것과 둘이여야 하는데 혼자인 건 달랐다. 인섭의 형제는 여덟이다. 그 중 한 명은 지방에 산다는 이유로 빠지고 수도권에 사는 칠남매가 하루씩 돌아가며 시어머니 당번을 섰다.

시어머니는 요양원을 싫어했다. 시아버지의 요양원 생활을 몇 년 겪은 후로는 요양원에 대한 이야기만 나와도 경기를 일으켰다. 시아버지의 병문안을 갈 때마다 그의 팔다리는 침대에 묶여 있었고, 몸에는 멍 자국도 있었다고 했다. 몸도 눈에 띄게 야위어 갔고, 결국 시아버지는 죽어서야 그곳에서 벗어날 수 있었다.

시어머니는 자신에게 치매나 몸을 쓸 수 없는 상황이 오더라도 요양원에는 보내지 말라며 수시로 자식들에게 다짐을 받아냈다. 그런 그녀가 치매 진단을 받았다. 그것도 상당히 진행된 상태였다. 그녀의 친정어머니는 치매를 몹시 앓다가 죽었다. 그래서 치매에 대한 트라우마는 그녀를 삼키고도 남았다. 그녀는 공포에 사로잡혀 잠을 자지 못했고, 음식도 먹지 못했다. 무엇보다도 혼자 있는 시간을 못 견뎌했다. 아이가 돼버린 그녀는 매일 자식들을 불러들였다. 자식들은 당번 날이면 그녀에게로 가 같이 저녁을 먹고, 달래고, 재웠다.

시어머니 생일이나 어버이날이면 온가족이 모여 밥을 먹었다. 지영은 그때마다 생떼를 쓰는 시어머니 모습에 번번이 체했다. 그 모습은 아버지를 끝끝내 찾아다니던 엄마의 오기처럼 보였고, 그런 엄마에게 행패를 부리던 광기어린 아버지 모습 같기도 했다. 일 년에 대여섯 번 있는 공식적인 모임이 지영은 점점 싫어졌다. 거기엔 인섭에 대한 서운한 마음이 많은 자리를 차지하고 있었다. 그가 집을 비우는 횟수가 잦을수록 시어머니에 대한 반감이 커갔다.

지영은 임신한 지 6개월쯤 되었을 때, 임신중독으로 인한 경련과 어지럼증으로 퇴근길에 쓰러졌다. 여전히 태반을 깔고 있는 아기 때문에 그때까지 하혈을 하고 있었다. 체중도 20kg이나 불었다. 아기와 지영 모두 위험했지만, 휴직할 수 없는 상황이라 하루하루 살얼음판을 걷듯 지내왔다. 그 무렵, 인섭은 당신이 치매를 앓는다는 걸 받아들이지 못하는 시어머니를 달래러 더 자주 갔다.

지영이 누군가 불러준 앰뷸런스에 실려 응급실로 가고 있을 때, 인섭은 시어머니에게로 가고 있었다. 그의 퇴근을 기다리다 지친 시어머니가 그의 마중을 나갔다 길을 잃어버렸기 때문이다. 그와 형제들이 시어머니를 찾아 집으로 가는 시간에 아기는 집을 떠났다.

병원으로 달려온 인섭은 지영의 빈 배를 보고 고개를 숙였다. 지영은 그의 행동에 아무런 반응도 하지 않았다. 그에게 조금의 눈물 값도 쳐주고 싶지 않았기 때문이다.

"미안해!"

"…."

"당신도 알잖아. 어머니가 요즘 나를 아버지로 착각해 나만 찾는다는 걸."

"그래서?"

"내가 더 잘할게."

"그 말이 얼마나 잔인한 말인지 모르지? 아버지도 엄마한테 늘 그랬어. 다음엔 안 그러겠다고. 다음은 없는 시간일 수도 있는데."

아기가 사라진 지영은 아버지가 죽고 난 후의 엄마 모습과 같았다. 소중한 무언가를 놓쳐버린 뒤의 허허함이 그녀를 온통 사로잡았다. 다시는 되돌릴 수 없는 시간이어서 더욱 아팠다. 엄마는 아슬아슬한 시간이 사라졌는데도 여전히 위험했다. 아기를 잃은 지영도 마찬가지였다. 인섭은 여전히 시어머니를 재우러 갔다. 형과 누나들은 공부와 직장 때문에 일찌감치 독립했고, 막내이자 늦둥이인 그는 시어머니와 가장 오랜 시간을 보냈다. 그리고 시어머니는 시아버지의 긴 병치레와 여읜 고통도 곁에 있던 그와 함께했다. 그래서 그에게 유난히 집착했다. 그가 결혼이 늦은 이유도 거기에 있었다. 그런 그녀를 그는 야멸치게 떼어내지 못했고, 형과 누나들은 그런 그를 최대한 이용했다.

홀몸이 된 지영은 병원에서 돌아오자마자, 아기 물건과 함께 커플 머그잔 중 인섭의 컵을 버렸다. 그 컵은 대학 친구인 영선이 결혼 선물로 만들어준 것이다. 그의 컵에는 해바라기 그림이 그려져 있고, 지영의 컵에는 보라색 수국이 그려져 있다. 그는 커피를 마실 때마다 그 컵을 사용했다.

지영은 어렸을 때, 밤이 되면 며칠씩 사라지는 아버지 때문에 힘들어하는 엄마를 보며 자랐다. 그때마다 엄마는 어린 지영을 데리고 캄캄한 시골길을 더듬더듬 이 동네 저 동네로 아버지를 찾으러 다녔다. 엄마의 눈동자에는 불안이 가득했다. 밤새 엄마의 치맛자락을 붙잡고 아버지를 찾으러 다녔지만, 찾지 못하고 돌아온 날이 많았다. 빈손으로 돌아온 새벽길은 자꾸만 허방을 딛는, 엄마의 발걸음 때문에 불안했다. 그러나 그건 아버지를 찾았을 때의 고통에 비하면 아무것도 아니었다. 이 집 저 집을 뒤지다가 아버지와 맞닥뜨리게 된 날은, 지영과 엄마는 괴물이 되어버린 아버지와 한바탕 전쟁을 치러야 했다.

아버지는 엄마가 자신을 찾아다니는 걸 용납하지 않았다. 그것을 가장의 권위를 실추시키는 짓이라 여겼기 때문이다. 그 화는 매번 엄마에 대한 매질과 폭언으로 이어졌다. 퍽퍽, 매질 소리와 엄마의 울부짖는 소리는 그대로 지영의 몸속으로 들어갔다. 엄마는 그때마다 우물을 들여다보았다. 깊이를 모르는 시커먼 우물을. 두레박을 내리지도 올리지도 않은 채 서 있었다. 제 정신으로 돌아온 아버지는 다시는 그러지 않겠다고 엄마에게 맹세했다. 그때마다 나는 아버지를 내 안에서 조금씩 도려냈다. 그리고 엄마의 머리에 뿔을 만들어놓았다. 그 뿔이 날마다 조금씩 자라기를 바랐다.

지영은 혹이 사라진 빈 무덤을 검지 끝으로 눌러보았다. 뭉친 자리를 걷어낸 곳엔 바늘 자국만 선명하게 남아 있다. 울퉁불퉁하던 마음은 시간이 흐르면서 절망으로 바뀌었고, 절망은 반복되면서 체념으로 바뀌었다. 체념은 가라앉아 멍울을 만들었다.

인섭과 시어머니에 대한 감정이 요동칠 때마다 가슴은 땡땡하게 뭉치며 성이 났다. 감정이라는 건 대부분 경계를 왔다갔다 하는 마음이었다. 미세한 걸음걸이에도, 팔을 들어올릴 때도, 엎드릴 때도, 빨리 걸을 때와 뛸 때도 가슴이 아팠다. 성한 곳 하나 없는 가슴은 작은 돌멩이들이 자글자글 모여 있는 돌밭 같았다.

인섭은 며칠 전부터 지영에게 갖고 싶은 게 있으면 생일선물로 사주겠다고 했다. 지영은 '당신'이라고 분명하게 말했다. 그런 말까지 들은 그가 시어머니가 다쳤다고 하자, 반사적으로 몸을 움직였다. 어머니라는 단어가 입력되는 순간, 그의 몸에서 다른 기능은 모두 작동이 멈추는 것 같았다.

오늘 큰시누이가 사정이 생겼다며 도우미를 보낸 게 화근이었다. 시어머니의 공격성은 낯선 사람일수록 심했다. 시어머니가 현관문을 열고 나가려는 걸 도우미가 말렸다. 화가 난 시어머니는 베란다로 나가려 했고, 그걸 막자 손으로 유리창을 깼다. 손등에 유리 파편이 여럿 박혀 시술을 해야 했다. 무엇보다도 흥분한 그녀를 진정시키기 위해선 인섭이 필요했다.

인섭이 황급히 집을 나갈 때 은유는 거실에서 만화영화를 보며 깔깔, 웃고 있었다. 웃음은 기침이나 재채기 같은 것이다. 그게 안 되는 사람은 병이 들었거나 고장이 난 것이다. 은유는 아빠가 바람처럼 사라졌는데도 자꾸 웃었다. 은유가 깔깔대고 웃을 때마다 플라밍고 인형도 깔깔대며 웃었다. 인형이 웃으면 은유는 인형을 흉내내느라 또 웃었다. 지영은 그 웃음소리에 한참 귀를 기울였다.

지영은 어렸을 때 한번도 깔깔대며 웃은 적이 없다. 웃는 법을 배우지 못했다. 아버지의 노름과 역마살과 엄마의 아버지에 대한 집착 때문에. 지영은 은유의 웃음을 지켜주고 싶었다. 그래서 인섭이 나가고 난 뒤 샤워를 하기로 마음먹었다. 엄마는 지영이 웃지 않은 아이가 되어가는 줄도 몰랐다.

엄마는 치매를 앓으면서 지영의 이름을 자꾸 은유라고 불렀다. 증상이 심해지면서 지영을 자신의 어머니로 착각했다. 외할머니 이름은 은희였다. 은희가 발음이 안 되는지 지영을 자꾸 은유라고 불렀다. 그리고 지영에게 집착했다. 아버지에게 집착하던 모습을 그대로 지영에게로 옮겨왔다. 그리고 끝내 자신이 누군지도 모른 채 은유가 뱃속에 있을 때 죽었다.

네 살인 은유는 어린 지영과 달랐다. 은유에겐 특유의 유쾌함이 있다. 재밌는 것엔 거침없이 웃었고, 그것에 대해 지영에게 수다스럽게 말했다. 지영은 은유의 그런 발랄함이 좋았고, 고마웠다.

4년 전, 지영은 가슴이 아파 병원에 갔다. 의사는 지영에게 의심스러운 혹이 있으니, 6개월마다 정기검진을 받으라고 했다. 그때 은유를 임신한 상태였고, 무엇보다도 시어머니와 인섭과 지영의 상황이 조금도 달라지지 않았기에 병원에 가지 않았다. 인섭은 그런 지영을 걱정했지만, 자신의 상황은 조금도 개선시키지 않았다.

지영은 은유를 낳자마자 유방 초음파를 봤다. 계속되는 통증을 더 이상은 견딜 수 없어서였다. 그때도 의사는 왼쪽 가슴에 위험한 혹이 있으니, 조직검사를 받아야 한다고 했다. 그러나 지영은 인섭에게 시위하듯 일 년을 또 그냥 흘려보냈다.

돌이 지난 은유가 아장아장 걷고 '엄마'라는 말을 하는 순간, 지영은 덜컥, 겁이 났다. 아이가 까르르, 웃을 때마다 자신의 상황과 마음 상태가 무서웠다. 아이가 성인이 될 때까지는 자신이 살아야 한다는 의무감이 전광석화처럼 스쳐지나갔다. 서둘러 검사 예약을 하고 조직검사를 했다. 혹은 암이 되어 있었다. 차곡차곡 은결든 결과물이었다. 의사에게서 암이라는 진단을 듣는 순간, 잠시 희열이 느껴졌다. 그건 불안을 넘어선 감정이었다.

신기하게도 지영이 그토록 아파했던 곳에 문제가 있었던 게 아니라 엉뚱한 곳에 문제가 생겨 있었다. 아프다며 아우성을 쳤던 곳은 멀쩡했고, 아무렇지도 않은 곳이 병들어 있었다. 지영은 살아오면서 아파도 아프다고 말한 것보다 말하지 않은 적이 더 많았다.

암 진단을 받던 날도 지영은 병원에 혼자 갔다. 인섭의 표정을 보고 싶지 않았다. 결과는 이미 예상을 한 터였기에 확인하러가는 것뿐이었다. 의사를 만나고 나오니 그가 진료실 앞에서 기다리고 있었다. 지영이 아무 말도 않자, 그는 의사를 만나러 들어갔다. 그를 기다리지 않고 집으로 와버렸다.

"여보, 나도 내가 어떻게 해야 할지 모르겠어. 미치겠어!"

"미쳐. 우린 둘 중 하나가 미쳐야 끝나."

"그렇다고 어머니를 모른 척할 순 없잖아."

"당신 당번 날만 가란 말이야. 언제까지 우릴 기다리게 할 건데?"

"당신도 장모님 편찮으실 때 달려갔잖아. 당신은 되고 나는 안 돼?"

"엄마한테는 나밖에 없었잖아. 그래도 나는 밤에는 늘 집으로 돌아왔어. 제발! 약속한 날만 가란 말이야. 그날은 기다리지 않아."

지영은 그날, 안방에 있던 인섭의 화장품을 작은 방으로 옮겼다. 그는 지영이 암 수술을 받고 네 번의 방사선치료를 하는 동안 시어머니에게 가지 않았다. 대신 시어머니의 뇌는 빠른 속도로 쪼그라들었다. 누구도 제어할 수 없는 상황에 이르렀다. 지영이 다섯 번째 방사선치료를 받던 날, 그는 또 시어머니에게로 갔다. 시어머니가 요양보호사를 도둑으로 몰아 얼굴을 할퀴었기 때문이다. 그날도 넷째 형은 그를 불러들여 시어머니를 진정시켰다.

지영은 그날도 병원에서 돌아와 인섭의 옷들을 작은 방으로 옮겨 놓았다.

"이젠 옷까지…."

"당신이 그대로니까."

"그래도 그렇지."

"나도 살아야 하니까."

방사선 치료 후, 가장 고통스러웠던 건 구내염이었다. 방사선을 쬔 입 안과 목구멍은 화상을 입어 온통 헐었다. 가글을 미친 듯이 해야 했다. 침과 음식을 삼킬 때마다 무언가 목구멍에 걸린 것처럼 아팠다. 살기 위해서는 먹어야 했지만, 식욕이 없었다. 거기다가 구역질까지 나 아무것도 먹을 수가 없었다. 은유는 어느새 엄마, 아빠라는 단어를 넘어 물, 코끼리, 바나나를 말하기 시작했다. 사물을 분별하고 있었다. 지영의 마음이 초조해졌다.

그 후로도 인섭은 균형을 맞추려 안간힘을 쓰며 양쪽을 오갔다. 그건 어디까지나 본인이 생각하는 균형일 뿐이었다. 어린 지영은 엄마와 아버지 사이에서 아무것도 하지 못했다. 엄마가 당하는 걸 일방적으로 지켜보기만 했다. 그것은 죄책감이라는 이름으로 남았다. 그러는 동안 지영은 아버지를 더 많이 도려냈다. 아버지는 점점 작아졌다. 아버지를 도려낸 만큼 지영의 몸속에는 구멍이 생겼다. 엄마의 뿔이 전혀 자라지 않아서 지영은 자신의 뿔을 만들었다. 은유 또한 지영처럼 커다란 구멍을 가지게 될까봐 겁이 났다. 다섯 살이 넘어가면 어린 날의 것들이 대부분 기억이라는 창고에 저장된다는데.

작년 어버이날도 시어머니는 갈비양념을 온 얼굴에 묻히며 손으로 마구 고기를 집어먹었다. 지영은 안 그래도 없던 식욕이 더 떨어졌다. 두어 점 삼킨 고기마저 얹혔다. 속이 매스꺼웠다. 화장실로 달려가 먹은 것을 모두 토했다. 독한 멀미 같았다.

지영은 왼쪽 겨드랑이를 들어보았다. 피부가 땅기면서 저릿저릿한 통증이 밀려왔다. 암 덩어리를 떼어내고 유방 하나를 도려내도 여전히 아프다. 아픈 부위를 도려내면 통점이 사라질 줄 알았다. 겨드랑 림프절을 함께 절제하면서 또 다른 아픔이 덤으로 따라왔다.

상실은 어떤 모양이든 매번 지영의 삶을 흔들어놓았다. 남편을 잃는 것은 아기를 잃은 것과 아버지를 잃은, 소나기 오던 날의 풍경과는 또 다른 모습일 것이다. 그래서 자꾸 유예했다. 유예란 결국엔 파국을 전제하는 것이다. 소나기가 험악하게 퍼붓던 여름 밤, 아버지는 서른일곱에 엄마 곁을 떠났다. 소나기가 아버지를 삼켰다. 엄마는 그날도 두레박으로 물을 길었다. 지영은 까마득한 우물이 엄마를 삼킬까봐 무서웠다.

엄마에게 조금의 평안이 찾아왔을 때에서야 지영은 아버지의 빈자리를 느낄 수 있었다. 그 자리는 그다지 아프지 않았다. 아버지가 매우 작아져 있었기 때문이다. 그러나 엄마는 달랐다. 그간의 아버지로 인한 불안은 그의 죽음 이후 엄마에게 슬픔으로 자리잡았다. 슬픔은 시간이 흐르면서 여러 얼굴로 분화됐다. 그것들은 여름 날 독버섯처럼, 예상치 못한 시간과 장소에서 불쑥불쑥 치고 올라왔다. 엄마의 몸에는 새로운 통증들이 생겨났다.

지영도 마찬가지였다. 엄마와 둘이 사는 동안에는 몸이 그다지 무겁지 않았다. 자신의 몸에 무감했다. 오랫동안 비슷한 감각으로 지내다보니 특별히 문제가 있어 보이지 않았다. 감각이 둔해진 몸은 감정까지 사장시킨 상태였다. 그런데 남편이라는 의지처가 생기자, 예상치 못한 것들이 수면 위로 올라오기 시작했다. 어쩔 수 없이 홀로 서야 했던 어린 지영이 인섭을 통해 퇴행하려 들었다. 오래된 구멍도 그를 통해 메우려 했고. 그 욕망은 생각보다 컸다.

그러나 그건 지영의 소망일 뿐이었다. 아무것도 채워지지 않은 어린 지영은 인섭에 대한 집착으로 형질변경을 했다. 그의 부재가 잦을수록 구멍은 커져갔고, 모양도 울퉁불퉁해졌다. 그럴 때마다 엄마의 뒤란이 자꾸만 소환돼왔다. 아버지가 떠난 뒤 더 허방지방해하던 엄마 모습은 지영에게 운신의 폭을 좁게 만들었다. 엄마에게 아버지는 불안한 신앙이었고, 불편한 우상이었다는 걸 지영은 나중에야 알았다. 아버지라는 존재 자체가 엄마를 버티게 하는 힘이었다. 그게 무서웠다. 자신도 그럴까봐. 그리고 한번도 채워진 적이 없는 욕망을 내려놓는 것도 쉬운 일이 아니었다.

또한 가정을 만든 이상, 엄마처럼 경계를 넘나드는 마음쯤은 견뎌야 한다고 생각했다. 엄마와 아버지는 자신들 사이에 지영이 있다는 걸 늘 잊었다. 지영은 은유가 사용하는 단어가 하루가 다르게 많아지고, 웃음소리가 커갈수록 자신의 경계가 더욱 선명하게 느껴져, 두려웠다.

석 달 전, 지영은 새로운 증상 때문에 병원을 찾았다. 머릿속이 지우개로 지워진 것처럼 말갰다.

"최근에 크게 충격받은 일 있었나요?"

"아뇨. 특별한 일은 없었어요."

"그럼 일시적일 수도 있으니, 너무 걱정마시고 제가 지금 말하는 사물들을 기억하셨다가 이따 물어보면 말해주세요."

의사는 소나무, 연필, 거울, 책상 네 개의 단어를 말해놓고 다른 것들을 물어보았다. 4 곱하기 3은, 7 곱하기 8은, 978에서 20을 빼면, 36에서 9를 나누면 얼마가 되는지 물었다. 지영은 더듬더듬 계산해 대답했다. 그러고 나자, 그는 몇 분 전에 말해주었던 사물 네 가지를 말해보라고 했다. 지영은 한참을 되짚은 후 대답했다.

"지금 가장 힘든 게 뭐예요?"

"머릿속이 하얘요. 방금 전에 만난 사람 이름도 생각나지 않고, 사물 이름도 곧바로 떠오르지 않아요. 그리고 과거 일은 생생한데 오히려 최근 일이 거의 기억나지 않아요."

"이제 마흔이니 갱년기 건망증이 올 시기는 아닌 것 같은데, 뇌 검사와 유전자 검사를 해봐야 정확하게 알 수 있을 것 같아요."

"치매일 수도 있나요?"

"너무 걱정마세요. 우선은 마음을 편하게 가지세요. 극심한 스트레스 때문일 수도 있으니까요."

지영은 최근 것을 기억하지 못했다. 시간의 흐름을 감지하지 못해 어제 일인지 그제 일인지를 분별하지 못했고, 그날이 며칠인지도 입력돼 있지 않았다. 공간지각능력 또한 현저하게 떨어져 계단을 헛디뎌 발목을 삐기도 했다. 버스를 타러가서도 정거장을 지나쳐 걷기가 일쑤였고, 내릴 곳에 내리지 않을 때도 많았다. 물건을 사고 돈을 주었는지, 주지 않았는지조차도 기억하지 못했다.

아버지가 죽자, 엄마는 더 이상 우물을 찾지 않았다. 두레박을 내리는 법도 잊어버렸다. 우물곁에 서 있지도 않았다.

지영은 아직은 젊은 자신의 몸을 들여다보았다. 거울 속 여자는 나무인형 같다. 살아 있는 감정이 아무것도 없다. 오른손으로 왼쪽 가슴을 덮어본다. 작은 살덩이 한 점으로 인해 균형이 무너졌다. 엄마도 우물을 들여다보며 자신의 적나라한 모습을 수없이 보았을 것이다. 사는 건 균형을 지키는 거라는 걸, 엄마를 보며 알았다. 하지만 그것을 의식할수록 삶은 어긋났다.

절제수술은 가슴 하나만 떼어내는 게 아니었다. 여자로서, 아내로서, 한 인간으로서의 정체성마저 흔들어놓았다. 붕대를 풀고 팔꿈치가 빈 가슴을 스칠 때마다 느껴지는 공허함은 생각보다 컸다. 소나기가 내리던 날의 물웅덩이처럼 불편했다. 방사선치료를 받은 후, 머리카락이 뭉텅뭉텅 빠졌을 때와는 사뭇 달랐다. 상실과 불균형이 주는 허전함은 지영을 끝없이 침잠케 하면서도 또 다른 생각을 품게 했다. 아버지를 완전히 도려내었던 날 가졌던 마음처럼. 그건 은유 때문이었다. 다르다는 건 새로워야 하고, 새로운 건 좋은 것이어야 한다. 그런데 아버지를 도려낸 자리에 좀처럼 새로운 것들이 들어오지 않았던 것처럼, 앞으로 전혀 나아가지지가 않았다.

인섭이 허둥지둥 집을 나서는 걸 본 순간, 지영은 자신이 현재 처한 상황을 분명하게 인식하였다. 최근 그와 은유는 지영의 의식 밖에 있었다. 그들을 받아들일 공간이 사라진 건 암이 재발했다는 말을 들었을 때부터였다. 같은 공간에 있어도 그들이 멀게 느껴졌다. 지영의 고통과는 별개의 나라에 사는 사람들 같았다. 처음 암 진단을 받았을 때와는 많이 달랐다. 그때는 어린 은유와 인섭이 걱정되었다. 그러나 재발했을 때는 아버지가 노름판에서 돈을 몽땅 잃고 눈이 벌겋게 뒤집어진 채로 집에 돌아왔을 때처럼, 그들이 타인 같았다. 아무것도 모르는 은유도 모든 것을 다 알고 있음에도 여전히 달라지지 않는 인섭도, 지영과는 무관한 사람처럼 느껴졌다.

인섭도 지영만큼이나 말수가 줄었다. 미안해하는 표정조차 지영이 못 견뎌한다는 걸 알기에, 그가 할 수 있는 몸짓은 없었다. 의사가 왼쪽 가슴 절제수술을 해야 한다고 했을 때도 그는 지영의 곁에 오지 못했다. 불도 켜지 않은 채 작은 방에 혼자 있었다. 은유만 들락날락했다. 그도 뒤란에 숨었던 어린 지영이 돼가고 있었다.

지영은 인섭이 내뱉는 '어머니'라는 단어에 함묵했다. 어머니가 아프다, 어머니가 길을 잃었다, 어머니가 식사를 못한다, 어머니가 잠을 못 잔다고 하면 지영은 몸부터 경직됐다. 지영이 엄마에게 수없이 달려갔던 마음처럼 이해할 수는 있었지만, 허용은 되지 않았다. 허용은 그 안에 깊은 이해를 품고 있어야만 가능하다. 지영은 그를 이성적으로 이해하는 정도에 불과했다.

평범한 날들이 깨지고 없었다. 지영의 생일과 결혼기념일과 은유의 생일이 일상에서 사라진 지 오래였다. 지영이 맞추고자 했던 균형의 최종 목표는 평범한 일상이었다. 가족의 부재로 인한 흉터는 더 이상 만들고 싶지 않았다.

은유의 웃는 모습을 계속 보려면 말라버린 몸에 새순을 돋게 해야 한다. 그런데 지영은 무엇부터 해야 할지 갈피가 잡히지 않았다. 어느 부분에서 파란 싹이 날 수 있을지 머리부터 발끝까지 찬찬히 들여다보았다. 어떤 부분이 좀 더 부드럽고 말랑할지를. 언젠가 만들어 놓았던 뿔은 그대로였다. 엄마의 것처럼 하나도 자라지 못했다.

암이 재발했다는 말을 들은 후론 지영은 흐릿한 정신으로 하루하루를 살았다. 의식이 또렷하면 현실이 무거웠고, 의식을 완전히 놓아버리면 은유에게 상처를 줄까봐 겁이 났다. 그렇게 혼돈의 시간을 보냈다. 그러던 중 아주 사소한 일로 오랜 갈등의 종지부를 찍었다. 정말 느닷없었다. 7년을 망설였던 마음이 엉뚱한 지점에서 닫혔다.

한 달 전이었다. 시어머니의 여든일곱 번째 생일을 축하하기 위해 대가족이 갈빗집에 모였다. 시어머니는 여전히 소화를 시키지 못하는 고기만 먹었다. 이를 지켜보던 둘째시누이가 다른 반찬과 자리를 바꿔놓았다. 시어머니는 불같이 화를 내며 소리를 질렀다. 급기야 그녀는 맞은편의 지영의 음식까지 가져가 허겁지겁 입에 쑤셔넣었다. 초점 없는 눈빛이었지만, 지영을 보는 눈엔 분노가 가득했다. 터질 듯한 입초리는 험악하게 일그러졌고, 자신의 음식을 지영이 훔쳐

갔다며 욕까지 했다. 그 목소리는 식당을 쩌렁하게 울렸다. 다른 테이블에서 식사하던 손님들도 놀라 쳐다보았다. 그 모습에 지영은 은유의 웃음소리를 들을 때처럼, 정신이 번쩍 들었다.

지영의 마음이 순식간에 싸늘해졌다. 30명이 넘는 대가족의 얼굴 하나하나를 훑어보았다. 7년이 지났지만, 인섭에 대한 태도가 달라진 사람은 없었다. 지영의 고통에 마음을 쓰는 사람도 없었다. 인섭도 형과 누나들과 웃으며 음식을 먹고 있었다. 돼지갈비를 뜯고 있는 그가 가엾다는 생각이 문득, 들었다. 그에게도 튼튼한 뿔을 만들어주고 싶었다.

원망스러웠던 사람들을 하나씩 놓아버렸다. 모르는 사람들처럼 밖으로 꺼내놓았다. 그들이 더 이상 불편하지 않았다. 엄마 몰래 아버지를 도려냈듯, 지영도 그들 몰래 그들을 도려냈다. 갈빗집이었지만, 지영은 스테이크를 먹듯 갈비를 잘라 먹었다.

번번이 지영의 식욕을 떨어뜨리고 체하게 했던 시어머니도 3인칭으로 바라보니, 괜찮았다. 환자이니까 그럴 수 있겠다 싶었다. 지영은 그녀가 환자임에도 인섭에 대한 서운함 때문에 한번도 치매를 앓는 사람으로 대하지 않았다. 그제야 지영은 자신이 마치 모르는 사람들 틈에 끼어 있는 것 같았다. 웅성거리는 소리도 백색소음처럼 들렸다. 어린 시절, 대가족이라 시끌벅적했던 친구네 집에서 주말 드라마를 보고 있는 것 같았다. 그간 복잡했던 마음이 차가워지며 단숨에 정리가 됐다. 그토록 안간힘을 쓰며 붙잡고 있던 경계가 어이없이 흐무러졌다. 지영은 고기를 큼지막하게 썰어 한 점 더 먹었다.

집에 돌아와 결혼사진이 들어 있는 거실 벽의 커다란 액자를 치워 버렸다. 집안에서 가장 큰 벽 하나가 비워졌다. 아버지를 가장 크게 도려낸 날처럼, 마음이 시원했다.

지영은 수돗물을 틀었다. 손등으로 물의 온도를 미세하게 맞췄다. 알맞은 물을 먼저 등에 뿌렸다. 모처럼 기분이 좋았다. 오른쪽 가슴에 샤워기를 대었다. 따뜻한 물에 살갗이 열렸다. 가슴 위 곡선을 따라 물방울이 부드럽게 흘러내렸다. 왼쪽 가슴으로 갔다. 물은 처음부터 수직으로 떨어졌다. 작은 모서리조차 없었다. 오른쪽과는 달리 물의 침입에 화들짝 놀라 덜 아문 상처가 수축됐다. 어떤 곳은 아렸고, 어떤 곳은 콕콕 쑤셨고, 또 어떤 곳은 따끔거렸다. 물이 닿기 전에는 막연하던 통증이 확연하게 다른 감각으로 다가왔다. 겨드랑이와 가슴과 왼쪽 팔과 어깨의 통증이 무거운 4중주의 합주곡처럼 각각 다르면서 또 하나의 하모니를 만들어냈다.

엄마는 아버지가 죽자, 우물물을 길러가지 않았다. 지영이 조금씩 길어온 물로 최소한의 것만 하고 살았다. 지영은 거울에 비친 몸을 보며 우물에 가지 않았던 엄마의 마음을 엿보았다. 우물에 가지 않은 날부터 엄마는 안으로만 움츠려들었다. 그건 단단하던 중심축이 녹아내린 후, 무른 사람이 되어가는 과정이었다. 그리고 균형 맞추기를 완전히 놓아버린 것이었다.

지영은 똑같은 물이 다른 모양과 다른 시간으로 흘러내리는 걸 보며 물의 종착지를 생각했다. 물은 모두 아래로 흘러내려 바닥으로 떨어졌다. 오로지 아래로 흘러야 한다는 목적 하나에만 충실했다.

어제 인섭은 지영에게 유방 재건수술 이야기를 꺼냈다.

"글쎄?"

"무슨 말이야? 당연히 해야지. 당신 아직 젊은데."

지영은 엄마가 우물물을 길어오다가 항아리를 놓쳐서 깨뜨렸을 때처럼 여유로워졌다. 엄마는 늘 물을 가득 이고 조심조심 발을 옮기며 균형을 잡으려 애썼다. 그렇게 지내오던 어느 날, 물항아리를 놓쳤다. 그날이 아버지가 죽은 날이다. 마침내 높고 가는 외줄에서 내려온 것이다. 지영에게 가슴 하나가 사라진 건, 엄마에게서 항아리가 깨진 것과 같다.

"재건수술을 안 하겠다는 거네."

"재건수술이라는 것도 결국엔 균형 맞추기잖아."

오른쪽과 미세한 차이를 위해 애쓰며 긴장하고 싶지 않았다. 엄마가 아버지를 생각하며 항아리를 이고 균형을 맞추려했던 것과 지영이 인섭과 시어머니를 생각하며 균형을 맞추려했던 것이, 과연 옳았을까. 때로는 손을 놓치는 게 더 좋을 수도 있겠다는 생각이 들었다.

"그래도 이대로 살기엔 흉하잖아. 당신 샤워할 때나 옷 갈아입을 때마다 상처받을 거 아냐."

"그건 내가 감당해야 할 몫이야."

인섭은 지영의 말에 더 이상 말을 잇지 못했다.

절제수술을 받기 전 날, 지영은 자신의 옷과 책과 소지품을 정리했다. 다시는 집으로 돌아오지 못할 사람처럼 차근차근. 사진과 일기장은 따로 상자에 담았다. 상자 위에 영선의 이름을 써놓았다. 멀쩡한 인섭의 밥그릇과 국그릇도 쓰레기봉투에 담아서 버렸다. 저녁밥상에 그의 그릇이 보이지 않자, 그가 자신의 그릇을 찾았다.

"버렸어."

"왜?"

"깨뜨렸어."

"멀쩡한 걸 일부러?"

"당신이 안 깨지니까."

인섭의 눈썹이 실뱀처럼 꿈틀거렸다. 처음 보는 표정이었다. 눈매도 사납게 일그러졌다. 그건 엄마가 노름판에서 아버지를 찾았을 때, 아버지가 엄마를 노려보던 모습과 흡사했다. 지영은 더 사나운 눈빛으로 그를 쏘아보았다. 그가 큰 한숨과 함께 눈을 내리감았다.

절제수술을 받은 날, 지영은 영선을 불렀다. 다른 손길은 모조리 뿌리쳤다. 복잡한 감정을 아무하고도 나누고 싶지 않았다. 인섭이 멀찌감치 서서 수술실로 실려가는 지영을 따라왔지만, 지영은 외면했다. 오로지 영선의 손만 잡았다. 그는 지영의 눈빛을 피해 가까이 다가왔다가 멀어졌다가를 했다. 지영과 어쩌다 마주칠 때면 지영은 노골적으로 그에게 적개심을 드러냈다.

수술실에 들어서는 순간, 밖과 다른 차가운 온도 때문에 바깥에서 가졌던 수많은 생각과 감정이 한순간에 사라졌다. 엄마의 우물이 쨍그랑, 깨진 날처럼 형체가 없어졌다. 오싹한 냉기와 복잡한 수술실

내부, 지나치게 환한 불빛, 완전무장한 의사와 간호사들, 약품 냄새, 온갖 수술도구 그리고 팽팽한 기운들이 수술실 밖의 풍경을 깡그리 잊게 했다. 차가운 방 한가운데에 무방비 상태로 놓인 지영은 아무것도 할 수 없었고, 목숨마저 내맡긴 상태였다. 그 상황은 지영 자신을 객관적 대상으로 만들어놓았다. 모든 수술 준비가 끝나고 마취를 기다리는 동안 은유 생각만 났다. 다른 건 아무것도 수술실로 들어오지 못했다. 마취주사가 들어가자 하나둘 온 세상이 사라졌다.

수술이 끝나고 마취에서 깨어났을 때, 인섭이 곁에 있었다. 지영이 한기에 바들바들 떨자 담요를 더 가져왔고, 입고 있던 재킷까지 벗어 덮어주었다. 바싹 타 있는 입술도 물수건으로 축여주었다. 지영은 잠자코 받아들였다. 마취에서 깨자마자, 그가 어린 지영으로 소환돼 있었기 때문이다. 마취 탓이었다. 약기운에 지영은 다시 깊은 잠에 빠졌다.

다시 깨어났을 때도 인섭은 곁에 있었다. 그러나 지영은 잠 속에서 어린 지영을 말끔히 지운 채였다.

"여보, 이제 어머니한테 편히 가."

"아냐, 당신 수술 받는 동안 형제들과 요양원에 모시기로 결정했어."

"그럴 필요 없어."

"나한테 어머니보다 당신하고 은유가 우선순위였어야 했는데…."

"나도 잘 모르겠어. 가족 사이에 우선순위가 존재하는지. 당신도 어쩔 수 없다는 거 알아."

인섭은 긍정도 부정도 하지 않았다.

"난 이제 은유만 생각할 거야."

"무슨 뜻이야?"

"어린 지영은 아무것도 할 수 없었지만, 어른인 당신은 무엇이든 생각하고, 선택하고, 행동할 수 있어. 나도 마찬가지고. 무엇보다 난 이제 평온해지고 싶어."

엄마는 6·25 때 눈앞에서 부모를 잃었다. 일곱 살에. 인민군은 외할머니와 외할아버지의 시신을 집 앞, 깊은 우물에 던져버렸다. 물기 많은 나무토막을 던지듯. 지영은 엄마가 그토록 찾던 외할머니 이름으로 은유의 이름을 지었다. 은희가 아닌 은유로. 이제 와 그것이 후회가 됐다. 엄마가 죽고 아기가 태어나면서 지영도 우물이 필요했다. 인섭이 지영의 우물이 될 수 없다는 걸 알았다. 그래서 아이를 우물로 만들고 싶었다.

샤워 타월에 비누거품을 내서 몸을 닦았다. 매끄러운 감촉이 좋았다. 거품을 품은 물이 볼록한 가슴을 매끈하게 타고 내릴 때는 뭉클했다. 왼쪽 가슴의 상처에도 조심스럽게 거품을 칠했다. 평평하다. 아름답지 않다. 미안하고 안쓰럽다. 그리고 새롭고 설렌다. 엄마가 정신줄을 놓고 지영이 길어온 물에 손장난을 쳤을 때처럼.

비누거품을 씻어내고 수건으로 꼭꼭 눌러 물기를 닦았다. 그간 한 번도 정성을 들이지 않았던 몸뚱어리다. 의례적으로만 씻김을 받았다. 샤워를 하기 전에는 화장지를 뭉쳐 왼쪽 브래지어에 넣고 입어볼까도 생각했지만, 그냥 입었다. 왼쪽 브래지어 모양이 일그러졌다. 푹 꺼진 왼쪽을 바라보며 웃음을 지었다. 거울 속의 여자도 웃었다. 이번엔 하얀 이를 드러내며 웃었다. 거울 속 여자의 입초리도 올라갔다. 브래지어 위에 셔츠를 덧입었다. 그때 거울 뒤쪽에서부터 희미한 그림자가 서서히 나타났다. 엄마였다. 엄마의 머리에는 자라지 못한 뿔이 있었다. 거울에 물을 흩뿌렸다. 엄마 모습을 지웠다. 거울이 말개졌다. 다시 시어머니와 인섭이 나타났다. 거울 저편으로 밀어보내도 되돌아왔다. 물을 계속 흩뿌렸다. 마침내 수은은 그들을 삼켰다. 다시 지영의 모습이 보였다. 작은 뿔이 있던 자리가 간질거렸다. 그 뒤로 은유가 나타났다. 온몸에 파란 싹이 돋아나 있었다.

오후 5시쯤, 인섭이 케이크를 사오겠다며 전화를 했다. 지영은 그를 기다리지 않고 은유와 함께 생일파티를 했다. 은유는 아까부터 초코케이크가 먹고 싶어 냉장고를 열었다닫았다 했다. 촛불을 켜고, 고깔모자를 쓰고 둘이서 깔깔, 웃었다. 플라밍고 인형은 은유가 웃을 때마다 따라 웃었다. 지영이 웃을 때도 따라 웃었다. 지영과 은유는 그것이 재밌어 자꾸만 소리내 웃었다. 지영은 참으로 오랜만에 웃었다. 은유는 노래를 부를 때도 웃었고, 촛불을 끌 때도 웃었다. 폭죽을 터뜨릴 땐, 더 크게 웃었다.

은유의 이름에 더 이상 다른 옷을 덧입히고 싶지 않다. 은유만큼은 깊은 우물 속에 있는, 길고 긴 메시지를 몰랐으면 좋겠다. 지영이 케이크를 잘랐다. 입안으로 달콤함이 환하게 퍼졌다. 은유의 말간 웃음도 함께 퍼졌다. 복숭아맛 샴페인이 향긋하게 목을 타고 넘어갔다. 거실 한 쪽에는 지영이 싸놓은 인섭의 가방이 우두커니 놓여 있다.

경이엄마

경이엄마가 죽었다. 우리에겐 느닷없는 소식이었다. 어머니에겐 더욱 그렇다. 어머니는 그의 부고를 받고 어득하니, 어쩔 줄 몰라 했다. 그의 얼굴이 잘 기억나지 않는 나도 마음이 덜컥, 했다. 그는 잊은 듯 잊지 못한 사람이다. 첫사랑처럼 불쑥 떠오르곤 한다. 점심을 먹던 숟가락을 내려놓았다. 일이 손에 잡히지 않았다. 전화기 너머로 들리던 어머니의 한숨소리도 마음에 걸렸다. 마치 그와 한동네에 살았던 시간이 죽은 것 같았다. 결국에는 어머니의 염려대로 되고 말았다.

마음이 어수선하여 회사에 반차를 냈다. 무엇보다 낙담한 어머니를 안심시켜야 했다. 어머니 건강이 좋지 않아 상심이 크면 위험하다. 어머니의 뇌는 시한폭탄 같아 언제 터질지 모른다. 그리고 경이엄마에 대한 우리의 장차 행동도 생각해봐야 했다.

이 상황에 나는, 뜬금없이 경이엄마가 보고 싶었다. 어린 시절 그렇게 보려 해도 볼 수 없었던, 그의 얼굴이 보고 싶었다. 어떻게 나이를 먹었을지 궁금했다. 영정 사진으로라도 그의 얼굴을 오래도록 보고 싶었다.

"정란아, 이를 어쩌면 좋으니? 이렇게 보내서는 안 되는 사람인데…."

"그러게요. 이렇게 돌아가실 줄은 몰랐어요."

"그렇게 신경을 쓰라고 했건만…."

"나도 할 만큼은 했어요."

"그럼 뭐해? 결국 이렇게 되고 말았는데."

그렇긴 하다. 그러나 나로서도 어쩔 수 없었다. 경이엄마를 만날 길이 없었다. 어머니는 매년 아버지 제삿날이면 우리 삼남매에게 경이엄마를 찾아보라고 성화를 부렸다. 어머니의 다급함과는 달리, 매해 시간이 흐르면 사는 것에 치어 그를 점점 희미하게 생각하였다.

어머니는 어떤 이의 부고를 받든 늘 같은 반응을 보인다. 상주가 장례를 치를 형편이 되는지를 걱정했고, 그 다음엔 자연스레 아버지 장례를 떠올렸다. 그러면 경이엄마가 저절로 소환돼왔다. 세월이 그렇게 흘렀는데도 어머니는 한결같았다.

20년 전에 경이엄마를 찾으려 시도했었다. 그러나 끝내 만나지 못했다. 어떻게든 그때 찾았어야 했다. 다시 기회가 있을 줄 알았다. 내 쪽에서 더 끈질기게 추적했어야 했다. 그가 이렇게 빨리 죽을 줄은 몰랐다. 아니, 죽을 거라는 생각을 해본 적이 없다. 오랜 세월 우리 가족의 삶에 배경처럼 있었기에 영원히 그렇게 존재할 거라 생각했다.

어린 시절, 내가 살았던 동네의 가구 수는 20여 호도 채 안 됐다. 그런데도 경이엄마의 얼굴은 딱 한번 봤다. 그 후론 뒷모습조차 제대로 본 적이 없다. 그는 키가 아주 컸다. 우리 동네 여자들 중에 제일 컸다. 헤어스타일도 다른 여자들과 달리 커트 머리였다. 까만 구두에 하얀 정장을 하고 아이보리색 가죽 가방을 들고 있었다. 그게 처음이자 마지막으로 본 그의 모습이다. 그 모습은 경이엄마라는 이름과 함께 오래된 흑백사진처럼 남아 있다.

경이엄마를 본 날은 해가 어둑할 무렵이었다. 아랫마을에 사는 현미네 집에 다녀오던 길이었다. 검은 승용차 한 대가 경이네 집 앞에 멈췄고, 여자가 내렸다. 여자를 따라 키가 작은 할멈도 내렸다. 나는 그가 말로만 듣던 경이엄마라는 걸 알았다. 집으로 오던 길을 멈추고 나는 그를 뚫어지게 바라보았다. 그도 나를 보았다. 그것도 한참이나. 그는 나에게 미소를 지었다. 할멈도 경이엄마처럼 웃어주었다. 경이엄마를 처음 본 것만으로도 놀랄 일인데, 나한테 웃어주기까지 했다.

그는 커다란 대문으로 들어서려다 말고 돌아서서 다시 한번 더 나를 바라보았다. 말로만 듣던 경이엄마를 일곱 살이 되어서야 처음 본 것이다. 그의 하얀 피부와 옷과 가방과 신발과 헤어스타일은 여느 시골여자들과 달랐다. 웃는 모습조차 달라보였다. 우리 동네에 그런 사람이 살고 있다는 게 자랑스러웠다. 그리고 깊은 산골에 승용차가 들어온 것도 놀라운 일이었다. 나는 그날 밤 잠을 설쳤다. 내가 맞닥뜨렸던 장면을 생각하고 또 했다. 그리고 경이엄마 얼굴을 잊지 않으려 자꾸 되새겼다.

동네 아이들은 경이엄마 얼굴을 보려고 그 집 마당에 돌을 던지기까지 했다. 여기저기 던지다보면 항아리가 깨질 테고, 그러면 화가 난 경이엄마가 몽둥이를 들고 대문을 박차고 나올 거라 생각했다. 그러나 그건 아이들의 착각이었다. 그는 한번도 대문을 박차고 나온 적이 없다. 가끔 할멈이 빗자루를 들고 나와 아이들을 혼냈을 뿐이다. 아이들은 아무도 할멈을 무서워하지 않았다. 할멈은 말을 하지 못했다. 우우우, 한바탕 소리를 지르고는 이내 집으로 들어가버렸다. 아이들은 그 장난도 시들해져 어느 순간부터 하지 않았다. 경이엄마를 본 적이 없는 사람들은 그가 문둥병에 걸렸다는 둥, 폐결핵에 걸렸다는 둥 갖은 말들을 지어냈다. 그러나 그는 아주 예뻤다. 멋있었다. 나도 그런 사람이 되고 싶었다.

어머니는 결혼하여 살림을 났을 때, 경이엄마의 얼굴을 한번 본 적이 있다고 했다. '서울 사람이라 우리네와는 다르더라. 평생 험한 일이라곤 안 해본 양반집 자손이라 피부도 백옥 같고, 옷도 하야니 정갈하게 입었고, 머리도 신식으로 했더라.' 내가 본 그의 모습과 같았다.

동네 여자들은 모일 때마다 경이엄마 이야기를 빼놓지 않았다. 그가 동네사람 누구와도 어울리지 않았는데도 경이가 어쩌고, 경이아버지가 어쩌고 하며 입방아를 찧었다. 나는 경이와 경이아버지도 본 적이 없다. 경이와 경이아버지는 우리 동네에 살지 않았고, 한번도 온 적이 없다. 경이아버지가 서울에서 사업을 한다는 소문은 있었다. 그가 새 가정을 꾸렸다는 소문도 있었다. 소문은 자주 몸을 바꾸었기에 그리 믿을 만한 게 못되었다. 동네 사람들 중 누구도 그 집안 사정을 세세히 아는 사람이 없어 소문은 확인되지 않은 채 늘 퍼지고 커져갔다.

언젠가부터 일 년에 서너 번 까만 승용차가 그 집에 왔다가 갔다.

나는 한번밖에 본 적이 없지만, 어른들의 이야기를 모아보면 그랬다. 그날은 경이나 경이아버지가 왔을 거라며 동네 사람들은 신경을 곤두세웠다. 경이엄마의 친정 쪽에서 보낸 차일 거라는 말도 나돌았다. 그 또한 확실치가 않았다. 경이엄마는 서울 사람이고, 결혼을 하자마자 우리 동네로 왔다. 동네 사람들 중 누구도 그 차에 대해 증명해줄 사람이 없었다.

경이엄마의 집은 동네에서 가장 큰 기와집이었다. 네 채의 집이 마당을 둘러싸고 있어 바깥에서는 마당이 잘 보이지 않았다. 담이 유달리 높았다. 시멘트 담을 다른 집보다 한층 더 높이 올렸고, 대문도 시골에서는 보기 드문 고급 철제로 했다. 그 집은 마치 성 같았다. 나와 아이들은 그 집 앞을 지나칠 때마다 대문 틈 사이로 집안을 들여다보았지만, 아무것도 보지 못했다. 어른들은 그 집이 부자라 담이 높고 대문이 튼튼하다고들 했지만, 아이들의 생각은 달랐다. 심지어 어떤 아이는 경이엄마가 마녀일지도 모른다며 무서워하기까지 했다.

동네 대부분의 집들은 달랑 본채 한 채에다 헛간이나 마구간이 딸린 정도였다. 대문이나 담장이 없는 집이 태반이었다. 새마을운동이 한창인 때라 초가지붕에서 슬레이트로 바꿔 인 집이 간혹 있었다. 그것도 다른 동네에 비해 늦었다. 경이네는 기와집을 고수했다. 무엇보다도 그 집은 동네 끝자락에 있었다. 그가 외출을 할 때는 밤에 차가 와서 태우고 갔다가 며칠 후, 다시 밤에 데려다주곤 했다. 그래서 동네 사람들이 그를 보기가 더 어려웠다. 내가 본 것도 그 중 하나였다.

동네 사람들 대부분이 경이네 땅을 빌려 농사를 지었다. 가을걷이가 끝나면 일정 금액을 소작료로 주었다. 동네 사람들 중 자신의 땅을 갖고 있는 이가 많지 않았고, 갖고 있더라도 우리처럼 다락논이나 화전을 일군 땅뙈기가 고작이었다.

경이엄마라고 불렸지만 경이를 본 적이 없다. 그래서 그 아이가 실제로 존재할까. 동화 속의 아이는 아닐까. 그런 생각까지 해본 적이 있다. 경이는 어머니가 결혼할 무렵인 1월에 태어났고, 나는 그해 12월에 태어났다. 그 아이는 태어난 지 한 달도 안 돼 그의 아버지가 서울로 데려갔다고 했다. 내가 아주 어렸을 땐, 그 아이가 궁금하지 않았다. 그러나 열 살쯤 되었을 때, 어머니는 나와 경이의 나이가 같다고 했다. 그때부터 경이는 나에게 조금은 구체적으로 존재하는 아이가 되었다.

조퇴는 했지만, 무얼 어찌해야 할지 몰라 회사 근처 공원을 돌았다. 전화기는 꺼놓았다. 어머니가 수없이 전화해 나를 닦달할 게 뻔하기 때문이다. 어머니는 경이엄마 일로 가끔 나를 질리게 한다. 아버지 기일이 지나고 좀 잠잠해지다가도 고향에서 부고라도 날아오면 그 병이 다시 도진다. 그런데 오늘은 고향 사람도 아니고 당사자가 죽었으니, 어머니는 안달복달 야단이 났을 것이다.

은행 문을 닫기 전에 돈을 찾아둬야겠다는 생각이 들었다. 얼마를 찾아야 빚을 다 갚을 수 있을지 감이 잡히지 않았다. 우리는 아무도 경이엄마에게 갚아야 할 빚이 얼마인지 모른다. 물가와 이자를 감안해 천만 원을 찾았다. 그 이상이면 나중에 더 갚을 생각이었다. 발인이 모레니 내일 오후까지는 생각할 시간이 더 있었다.

20년 전, 아버지 제삿날이었다. 제사가 끝나고 음복을 할 때 어김없이 어머니는 경이엄마 이야기를 꺼냈다.

"어떻게든 경이엄마를 찾아서 돈을 갚아야 돼. 그래야 네 아버지도 저세상에서 다리 뻗고 있지. 사람이 힘들었을 때 신세진 건 잊어버리면 안 된다. 우리도 밥술은 먹고 사니 신경들 좀 써. 경이엄마 죽고 나면 다 소용없다."

음복을 하던 우리 삼남매는 일제히 서로의 얼굴을 쳐다보았다. 또 시작이다 싶어서. 어머니만큼은 아니지만, 나에게도 체증처럼 남아 있는 일이기도 했다. 옹이처럼 박혀 있었지만, 함부로 꺼내고 싶지 않은 이야기였다. 경이엄마의 이야기가 나올 때마다 그 뒤에 으레 따라오는 동네 사람들에 대한 감정이 불편했기 때문이다. 나의 그런 마음을 어머니나 동생들은 잘 모른다. 그러는 한편, 마냥 그렇게 지내는 게 개운치 않기도 했다. 경이엄마는 나와 우리 가족에겐 고마운 사람이라서. 그러나 나는 그때의 기억을 통째로 삭제해버리고 싶었기에 어머니와는 다른 감정을 지니고 있었다. 어머니 말에 동의는 했지만, 경이엄마를 찾고 싶지 않은 마음도 있었다.

우리나 그나 서울로 올라온 지 오래 됐고, 고향에도 아는 사람이 몇 남지 않았다. 고향 사람들 중 경이엄마의 연락처를 알 만한 사람도 없었다. 중학교 동창들을 통해 수소문해보았지만, 별 소득이 없었다. 같은 마을에 살았던 경이엄마의 친척도 죽고 없었다. 고향에서도 사람들과 섞이지 않은 그가 서울에 살고 있은들 누구에게 자신의 거처를 알렸겠는가. 경이엄마가 서울로 올라온 것도 할멈이 죽어서였다고 들었다. 의지할 사람도 바깥과 소통할 사람도 없었으니, 그곳을 떠나왔을 것이다.

경이아버지를 찾는 게 빨랐다. 최소한 그는 아내의 거처를 알고 있을 테니까. 믿을 구석이라고는 작은 외삼촌밖에 없었다. 외삼촌은 고향과 가까운 도시에 살고 있었다. 외삼촌은 사업차 서울에 가끔 올라왔다. 그때마다 고향 사람들을 만나 밥을 먹고 내려갔다. 결국 고향과 서울을 오가는 외삼촌을 통해 경이아버지 소식을 알아냈다.

"우이동에 살고 있대. 그리고 소문대로 의류사업을 하고 있었고."

"아, 그래요! 이렇게 가까운 곳에 살고 있을 줄이야."

"향우회 다녀온 후배 놈한테 들었다."

그해 우리 고장에는 서원을 대대적으로 손보는 행사가 있었다. 경이아버지는 그 일에 쓰라며 큰돈을 내놓았다고 했다. 그가 어렸을 때 그 서원에서 몇 년간 공부를 한 적이 있었다고 했다. 그의 사업장을 찾아가면 경이나 경이엄마가 사는 곳을 알아낼 수 있을 것 같았다.

경이아버지를 만났다. 그때 내 나이는 서른다섯, 어머니는 예순이었다. 경이엄마도 어머니 나이와 비슷했으니 예순쯤 되었을 터였다. 내 예상대로 경이아버지는 전형적인 도시 사업가 모습이었다. 세련된 신사였다. 훤칠한 키에 덩치도 좋았다. 그는 고급 원단으로 지은 모직 양복을 입고 있었고, 명품 시계를 차고 있었다. 예순이 넘었을 텐데도 나이든 티가 나지 않았다. 헤어스타일을 젊은 사람들처럼 해서 그런지 나이에 비해 젊게 느껴졌다. 경이엄마와 함께 서면 부부로 잘 어울릴 것 같았다. 경이아버지와 눈이 마주칠 때마다 그런 생각이 불쑥불쑥 들었다.

그의 거절에도 불구하고 기어이 찾아간 나에게 그는 대놓고 싫은 내색은 하지 않았다. 나는 그간의 사정을 말하며 경이엄마를 만나고 싶다고 했다. 그는 단번에 손사래를 쳤다. 그의 목소리는 단호하다 못해 서늘했다.

"나를 한번이라도 본 적 있어요?"

"아뇨."

"그럼, 끝난 이야기요."

"죄송합니다만, 경이어머니가 어디에 사는지만 알려주십시오."

"모르오."

"그럼, 경이 연락처라도…."

"그 아인 지 남편 따라 외국에 갔소."

경이아버지 뜻은 완고했다. 차 한 잔을 다 마시도록 그는 더 이상의 정보를 주지 않았다. 나도 어렵게 찾은 끈이라 놓치고 싶지 않아 그의 입이 더 열리기를 기다리며 앉아 있었다.

"나는 그 사람과 인연이 끝난 지 오래요."

"경이는 어머니와 연락하고 지내지 않을까요?"

"그 아인 지 엄마 얼굴도 모르오."

나의 계속되는 질문에 그의 목소리가 매서워졌다. 더 이상은 그에게 무얼 얻어낼 수 없을 것 같아 그 길로 경이엄마를 찾는 걸 포기했다. 그 후, 경이아버지를 다시 찾아가볼까, 몇 번 더 고민을 해보았다. 그러나 그가 거짓말을 할 것 같지는 않았다. 그의 강한 말투와 깊은 눈빛에서 그런 확신이 들었다. 어머니는 조금만 더 애써보라며 나를 종용했지만, 나는 그 즈음에서 그만뒀다. 그 후, 나는 경이엄마를 때로는 선명하게, 때로는 희미하게 그러안은 채 살아왔다.

외삼촌에게 장례식장 위치를 알아봐달라고 했다. 외삼촌은 뜻밖의 소식을 전해주었다. 고인의 유언에 따라 장례를 치르지 않기로 했다는 것이다. 바로 화장해서 뿌린다고 했다. 돈을 가지고 카페에서 기다리던 나는 망연자실했다. 장례식장에 무슨 얼굴로 갈까보다 더 암담한 소식이었다. 어머니는 부의금으로라도 그 돈이 전달되기를 바랐다. 어머니는 우리 삼남매를 키우기 벅찼을 때도 통장 하나를 따로 만들어 경이엄마에게 갚을 돈을 조금씩 모았다. 우리 삼남매도 직장에 다니면서 어머니에게 힘을 보탰다. 경이엄마에게 줄 돈은 진즉에 만들어놓았다. 비록 빚이 얼마인지는 모르지만, 우리는 그 빚을 갚기 위해 오랜 시간 애를 써왔다.

방법은 다시 경이아버지를 찾아가는 길밖에 없었다. 나는 돈봉투를 들고 20여 년 만에 다시 그의 사무실로 갔다. 세월이 많이 흘렀는데도 그에게는 노인 특유의 모습이 보이지 않았다. 오히려 중후한 멋이 더 깊었다. 눈빛도 그때처럼, 상대의 의중을 뚫고도 남을 만큼 강했다. 아내가 죽은 남편의 모습이 아니었다. 평온해보이는 모습에 나도 모르게 서운한 생각이 들었다. 그간 경이엄마를 찾지 않은 것도 저런 평온함을 넘은 냉정함에서 나온 게 아닐까 싶었다. 그는 다시 찾아온 나에게 더 이상 할 이야기가 없다며 자신의 일을 했다. 나는 그가 나를 봐줄 때까지 기다릴 참이었다. 여기서 더 이상 진전시키지 못하면 정말 방법과 기회가 없었다. 나는 이제 어머니를 설득할 방법이 없다. 이번에도 매듭을 짓지 못하면 어머니는 생병을 앓을 것이다.

두어 시간 앉아 있자, 그가 하던 일을 멈췄다.

"왜 또 왔소? 그 정도면 알아들었을 텐데."

"경이어머니가 돌아가셨다는 소식을 듣고 왔습니다. 조문을 하고 싶은데 장례를 하지 않는다고 해서요."

"그래서?"

"저도 제 입장이 있어서요."

"그럴 테지. 그런데 그건 나와는 상관없는 일이오."

"그럼, 경이 연락처라도 알려주세요. 아직도 외국에 있나요?"

"그 아이가 원치 않을 거요."

더 이상 경이아버지 마음을 열 방법이 없어, 나는 돈봉투를 테이블 위에 올려놓았다. 그는 벼락같이 화를 내었다. 결국엔 그 돈을 도로 가지고 왔다. 어머니는 그 소식을 듣고 낙담했다. 어머니의 뇌는 10여 년 전부터 말썽을 부렸다. 꽈리가 생겨 두 번이나 뇌수술을 받았다. 그런데 또 작은 꽈리가 생겼다. 어머니의 나이 때문에 더 이상은 수술을 할 수가 없다. 약물치료를 하고는 있지만, 그건 큰 의미가 없다. 어머니는 죽을 날을 받아놓은 사람처럼 하루하루를 산다. 그래서인지 경이엄마의 일에 유난히 조바심을 내었다. 어머니의 가장 큰 소망은 경이엄마의 빚을 갚은 것이었다.

나는 고등학교에 진학하면서 서울로 올라왔다. 내가 서울로 올라온 후, 아버지는 자식들의 공부와 집안을 일으키기 위해 새로운 일을 시작했다. 당신이 배우지 못한 한을 자식들을 통해 풀고 싶어했고, 지난한 가난에서도 벗어나고 싶어했다. 아버지는 우리 동네에서 10여 리 떨어진 마을에 있는 큰 과수원을 3년간 임대했다. 우리 땅은 묵혀두고 과수원 일에만 매달렸다. 과수원에는 커다란 사과나무가 천 그루가 넘었다. 많은 농장 일을 해내기 위해 동네 아저씨와 아주머니 여남은 명을 일꾼으로 썼다. 아버지는 그들에게 매달 월급을 주었고, 과수원에서 나오는 푸성귀와 과일도 넉넉하게 챙겨주었다. 우리 가족에게는 땅에 떨어지거나 조금 썩은 과실을 먹게 했지만, 같이 일을 하는 사람들에겐 좋은 것만 주었다. 흠이 있는 걸 남에게 주는 건 주지 않음만 못하다며 늘 좋은 걸로 주었다. 첫해 농사는 잘 되었다. 이른 봄부터 가을까지 전지를 하고, 거름을 주고, 적과를 하고, 사과에 봉투를 씌우고, 약을 치고, 풀을 뽑아주었다. 사과는 내 두 주먹을 모아쥔 것보다 알이 컸다. 두어 달 후, 수확만 하면 될 참이었다.

그런데 갑자기 9월 초 때늦은 장마가 왔다. 우리 과수원은 댐 하류에 있었다. 시에서 댐 수문을 연다는 뉴스를 듣고 놀란 어머니가 나에게 전화를 했다. 나는 토요일 낮 기차로 시골로 내려갔다. 댐의 물을 방류하여 과수원은 물에 잠겨 있었다. 윗동네 개와 돼지가 떠내려왔고, 장독과 장롱도 누런 황톳물에 떠내려왔다. 우리 가족은 높은 언덕에 올라가 누런 바다로 변한 과수원을 내려다보았다. 그곳에 과수원이 있었는지조차도 모를 만큼 감쪽같이 잠겼다. 우리의 모든 것들이 수장되고 말았다. 봄이 여름이 가을이. 물은 무섭게 흘러갔다. 끝없이 흘러가는 물을 보면 볼수록 마치 꿈을 꾸고 있는 것 같았다. 그리고 남의 일처럼 아득하게 느껴졌다.

지대가 낮은 곳에 있는 집들과 논밭도 모두 물에 잠겼다. 비가 그치고 과수원의 물이 빠지자 잘 영글던 사과엔 흠집이 생겨 있었고, 며칠 뒤 썩기 시작했다. 상품가치가 있는 것들이 별로 없었다. 한해 농사를 망쳤다. 사과를 팔아 일 년치 소작료를 주고 다음해 인건비를 마련해야 하는데 건질 만한 게 없었다.

그 다음 해도 9월 중순, 농사를 다 지어놓은 상태에서 또 장마가 졌다. 어른들은 가을장마가 드문데 연거푸 홍수가 진 건 하늘이 노한 거라며 걱정을 했다. 그러느라 아버지는 많은 빚을 졌다. 임대기간이 3년이니 일 년밖에 남지 않았다. 마지막 이른 봄, 아버지는 어느 때보다 사과나무 전지에 신경을 썼다. 사과 꽃눈 하나라도 더 살리려고 애를 썼다. 거름도 넉넉히 주었다. 봄방학 때라 나는 전지한 나뭇가지를 모아 나르는 일을 도왔다. 우리 가족은 최상품 사과를 만들기 위해 모든 에너지를 거기에 쏟았다.

3학년에 올라간 지 한 달쯤 된 4월 초, 아버지가 응급실에 실려갔다는 전화가 왔다. 급히 시골로 내려갔지만, 아버지는 일주일을 넘기지 못하고 죽었다. 경황이 없어 아버지 빈소를 제대로 차릴 수 없었다. 마땅한 사진 한 장이 없어 주민등록증 사진을 확대해 영정 사진으로 썼다. 앉은뱅이책상에 아버지 영정 사진을 올려놓고 간신히 촛불만 켜 놓았다.

아버지 죽음에 황망해할 겨를도 없이 우리는 험악한 얼굴로 들이닥친 빚쟁이들과 맞닥뜨려야 했다. 부고를 들은 빚쟁이들이 득달같이 달려왔다. 그 사람들 대부분이 우리 과수원에서 일한 동네 사람들이었다. 그들은 아버지에게 조문은커녕 빈소를 때려부수고, 아버지 영정 사진도 마당에 내던졌다. 집을 뒤져 돈이 될 만한 것들은 모조리 가져갔다. 손님을 대접해야 하는데 숟가락 하나 남겨놓지 않았다. 당장에 저녁을 지을 쌀조차 없었다.

정이 많은 아버지는 평소 동네일에 발 벗고 나섰다. 음식 솜씨가 좋아 동네잔치나 상을 당하면 과방을 도맡아봤다. 그래서 아버지 장례를 치르지 못하거나 빈소에 밥 한 그릇조차 올리지 못할 상황에 처할 거라고는 상상도 하지 못했다. 어머니는 충격으로 몸져누웠다. 열아홉인 나도 눈앞이 캄캄하긴 마찬가지였다.

재 너머에 사는 큰외삼촌이 쌀을 가져왔다. 간신히 기운을 차린 어머니는 개 두 마리를 팔자고 했다. 한 마리는 진돗개였다. 진돗개는 과수원을 지키는 파수꾼이었다. 몸집이 우람하고 잘 생겼다. 짖는 목청도 쩌렁해 혼자서도 과수원을 너끈히 지켰다. 개장수에게 넘기고 고기 네댓 근과 막걸리 두 말을 받아왔다.

또 한 마리는 아주 조그마한 개였다. 이름은 복실이였다. 그 개는 우리 집 마당에서 키웠다. 어머니는 다 자란 복실이를 볼 때마다 혀를 끗끗, 찼다. 다 커도 새끼 때보다 몸집이 불어나지 않았기 때문이다. 우리 남매는 그런 복실이를 유난히 예뻐했다. 품에 안고 다니기에 좋아 너도나도 차지하려 다퉜다. 동생들은 그 개만은 안 된다며 울먹였지만, 어머니는 상여를 맬 상여꾼들을 잘 대접하려면 한 푼이라도 돈을 더 만들어야 한다고 했다. 어머니는 복실이를 보자기에 싸서 읍내 보신탕집에 주고 소주를 사왔다.

아버지가 죽은 다음 날 오후에, 우리 과수원에서 일한 사람들 중 여자들만 찾아왔다. 과수원의 험한 일은 남자들이 했지만, 잔손이 가는 일은 주로 여자들이 했다. 그들은 그 전날 전투적으로 쓸어갔던 그릇이며, 이불이며, 옷가지들을 도로 가져왔다. 또 다른 손에는 각자 먹거리를 만들어왔다. 나물과 전과 김치와 떡이었다. 그들은 가마솥에 육개장도 한 솥 끓여주었고, 밥도 한 솥 해주었다. 조문객들에게 그나마 상다운 상을 차려낼 수 있었다. 그 전날 가장 사납게 굴었던 숙희엄마가 한 풀 꺾인 목소리로 말했다.

"정란엄마, 어제는 미안했어요. 우리도 목구멍이 포도청이다보니 눈이 확 뒤집어져서…."

"아녜요. 입장 바꿔 생각하면 그럴 수도 있죠."

"정란네가 일부러 그런 게 아니라는 걸 알면서도…."

"미안해요. 어떻게든 갚을게요."

"그래서 말인데요. 오늘 온 우리 다섯 집 거 먼저 해줘요. 땅이랑 집 팔아서요."

"숙희엄마, 해도 해도 너무하네요. 한동네 살고 한 솥밥 먹은 정이 얼만데 상이라도 치르거든 조르세요. 세상인심이 어쩜 이렇게 사나워요."

어머니의 말에 화가 난 여자들은 밤에 남편들과 다시 찾아오겠다며 집으로 돌아갔다. 조문객들이 하나둘 찾아왔다. 큰외삼촌과 외숙모와 외사촌 오빠가 일손을 거들어주었다. 문제는 장례식 당일 대접할 음식이 턱없이 부족하다는 거였다. 밤이 깊어 조문객들도 모두 돌아갔다. 외삼촌네 식구들을 배웅하고 골목으로 들어서려는데 숙희엄마가 나를 불렀다. 할 이야기가 있으니 자기 집으로 가자고 했다. 그곳엔 우리 과수원에서 일한 사람들이 모두 모여 있었다. 방안에는 술상이 차려져 있었고, 남자들은 대부분 거나하게 취해 있었다. 숙희아버지 얼굴이 가장 붉었고, 말끝도 흐려 있었다.

술에 취한 숙희아버지가 다짜고짜 나에게 앞장을 서라고 했다.

"너희 과수원에 가자. 네가 거기 가서 우리가 일한 걸 똑똑히 봐야 하루라도 빨리 돈을 갚지."

속이 깊고 무던하기로 소문난 진복아버지가 숙희아버지를 말렸지만, 숙희아버지의 뜻은 확고했다. 숙희아버지가 앞장서자 너도나도 눈치보더니 하나둘 따라나섰다. 밤 12시가 넘은 시각이었다.

그날 밤 온 세상이 환했다. 그렇게 환한 보름달은 처음이었다. 과수원으로 가는 길은 더욱 더 밝았다. 하얀 시골길에 열이 넘는 그림자가 뒤섞였다. 나는 그림자만 보았다. 그것만으로도 누가 더 화가 났고 술에 취했는지 알 수 있었다. 그들이 장차 나에게 어떤 행동을 할지 예측이 되지 않았지만, 환한 달빛만큼은 무척이나 신비로웠다. 과수원에 가까워질수록 술에 취한 숙희아버지 입이 거칠어졌다. 그러자 또 다른 사람들도 하나둘 아버지를 원망하기 시작했다. 그 소리는 그림자와 함께 어지럽게 뒤섞였다.

과수원에 도착했다. 천 그루가 하얗게 꽃을 피워낸 사과밭도 환했다. 햇빛이 주는 환함과는 달랐다. 달빛이 주는 환함과도 달랐다. 꽃만으로도 큰 밭이 환했다. 과수원은 마치 무음처리가 된, 한 톤 낮은 낮 같았다. 나는 자꾸만 사과꽃에 눈길이 갔다. 아버지가 그토록 바랐던 꽃이었다. 그리고 간절히 기다린 봄이었다. 천 그루가 뿜어내는 향기도 나를 울컥하게 했다. 동네 사람들은 나에게 자신들이 일해 꽃 피운 나무들을 보라며 협박했다. 화사한 꽃 아래서 바라본, 성난 그들의 얼굴이 무서웠다. 나를 앞장세워 커다란 과수원을 한 바퀴 돌던 그들은, 나를 다시 동네 어귀로 데리고 갔다. 그들을 따라 걷을 때 달도 같이 따라왔다. 그들 입에서 쏟아져나온 온갖 욕과 원망을 달도 나처럼 조용히 삼켰다.

동구 밖 한적한 모퉁이, 경이네 집 근처에서 그들이 멈췄다. 각자 주머니에서 종이를 꺼냈다. 아버지로부터 받지 못한 품삯이 적힌 것들이었다. 그리고 희수아버지는 우리 아버지가 자신에게 돈을 빌려갔다며 차용증까지 보여주었다. 그들은 나에게 일일이 언제 갚을 건지 날짜를 적고 손도장을 찍으라고 했다. 고등학생인 내가 당장에 할 수 있는 건 없었다. 고등학교를 졸업하고 벌어서 갚겠다는 말 외에는 달리 할 대답이 없었다.

숙희아버지가 부들부들 떨며 내 머리채를 잡아채더니 나를 흙바닥에 패대기쳤다. 숙희는 나의 가장 친한 친구다. 나머지 사람들도 너도나도 달려들어 나를 짓밟았다. 밟히면서 땅바닥을 보았다. 그들의 입에서 나오는 험악한 말들과 함께 그림자가 더욱 어지럽게 교차

했다. 입술이 찢어지고 코피가 터졌다. 극에 달하던 그들의 몸짓이 나에게서 원하는 대답을 듣고서야 멈췄다. 차가운 달빛은 절정에 이르렀다. 그림자들이 조용해졌다. 숙희아버지가 흙바닥에 널브러져 있는 나에게 한마디 쏘아붙였다.

"네 아버지, 경이엄마한테도 돈 빌렸다. 그것도 잊지 말고 갚아."

아버지가 언제, 어떻게 경이엄마한테 돈을 빌렸다는 건가. 나는 그들에게 짓밟힌 것보다 그게 더 충격이었다. 빚의 액수보다 그게 더 궁금했다. 무어라 설명할 수 없는 야릇한 감정이 온몸을 휘감았다.

그들이 떠나고 한없이 누워 있었다. 하얀 밤은 조용했다. 세상에 달과 나뿐인 것 같았다. 그렇게 밝고 조용한 밤은 처음이었다. 나는 휘영청 떠 있는 달을 올려다보았다. 달 속에 있는 게 계수나무가 맞을까. 토끼가 정말 방아를 찧고 있는 걸까. 그때 저 멀리서 그림자 하나가 서서히 다가왔다. 몸을 바짝 웅크렸다.

그런데 그림자에게선 안정감이 느껴졌다. 그림자만 보고도 주인의 마음을 알 수 있었다. 경이엄마네 할멈이었다. 경이엄마와 달리 할멈은 몇 번을 보았다. 심지어 할멈은 내 머리를 두 번이나 쓰다듬어준 적이 있다. 동네 아이들 중 왜 내 머리만 쓰다듬어주었는지는 알 수가 없다. 할멈은 말을 하지 못할 뿐만 아니라, 경이엄마처럼 좀처럼 밖에 나오지 않았다. 동네 큰일에 부조를 할 일이 있거나 볼일이 있을 때만 대문이 높은 집에서 나왔다. 가끔 돌팔매를 한 아이들을 야단치러 나올 때도 나는 도망가지 않고 그 자리에 서 있었다. 그러면 할멈이 다가와 웃어주었다. 말은 하지 않았지만, 내가 돌을 던지지 않았다는 걸 믿는 눈치였다. 그는 경이엄마가 결혼할 때 친정에서 함께 온 사람이라고 했다. 그렇다보니 그도 동네 사람들과는 친밀하지 못했다. 그런데도 한 동리 사람으로서의 도리는 꼬박 챙겼다.

짧은 그림자가 가까이 다가오자, 참았던 눈물이 쏟아졌다. 할멈은 자신의 저고리 앞섶으로 코피를 닦고 터진 입술도 지그시 누르며 닦아주었다. 터진 울음은 좀처럼 멈춰지지 않았다. 그는 나를 일으켜 세운 뒤 안아주었다. 그는 연신 우우우, 하며 내 손을 잡아주었고 등도 쓸어주었다. 그와 나란히 걸어오는데 길바닥에 드리운 두 그림자가 따뜻하게 느껴졌다. 그가 말은 하지 못했지만, 다양한 톤의 우우우, 만으로도 위로가 됐다. 그는 나를 우리 집까지 바래다주었다.

집에 오니 어머니가 없었다. 나를 찾아나선 것 같았다. 그런데 부엌문 앞에 쌀과 고기와 술과 하얀 면장갑이 든 보따리가 있었다. 직감적으로 할멈이 갖다놓았다는 걸 알았다. 나는 돌아서서 그를 불렀다. 그는 어느새 저만치 가고 있었다. 내가 부르는 소리에도 철제대문 안으로 들어가버렸다.

우리는 경이네 집에서 보내온 것으로 장례식 마지막 날을 치렀다. 그날 손님이 가장 많았다. 전날 밤에 한바탕 달빛놀이를 한 사람들은 아무도 오지 않았다. 아버지의 상여를 맨 사람들은 대부분 윗마을과 아랫마을 사람들이었다. 아버지를 먼 친척의 산에 묻었다. 장례 절차를 모두 끝내고 아버지가 없는 집으로 돌아왔다. 그제야 나는 아버지 죽음에 눈물 한 방울도 흘리지 않았다는 걸 알았다.

삼우제가 끝나자마자, 논밭과 집을 헐값에 팔았다. 팔았다기보다 우리에게 받을 돈이 있는 사람들이 골고루 나눠가졌다는 게 맞다. 그때 빚쟁이들은 모두 왔지만, 할멈은 오지 않았다. 빚잔치를 하기 전날, 나는 편지를 써서 그 집 마당에 던져놓았다. 할멈이 보고 오기를 바랐다. 가장 먼저 경이엄마의 빚을 갚고 싶었다. 그러나 할멈은 끝내 오지 않았다. 동네 사람들은 한 푼이라도 더 가져가기 위해 할멈이 오지 않은 걸 내심 반겼다. 우리는 한순간에 아버지와 집과 땅과 이웃을 잃어버렸다. 아버지 장례를 치른 지 일주일 만에 우리 넷은 내가 자취하는, 서울의 두 평짜리 단칸방으로 올라왔다.

그 후, 몇 년간은 아버지 산소에만 다녀왔다. 경이엄마나 할멈이 생각나면 그 집 앞에까지만 갔다가 왔다. 우리가 고향을 떠나오고 4년 뒤, 할멈이 병으로 죽고 경이엄마도 서울로 올라와 그 집은 비어 있었다. 빈집의 대문은 녹이 슨 채 닫혀 있었지만, 집의 위용은 예나 그때나 한결같았다.

달빛이 환하던 그날 밤, 그들과의 한바탕 달빛놀이는 동네 사람들에 대한 나의 부채감을 상쇄시켜주었다. 그러나 마음 깊은 곳에선 그들의 욕설과 난무하던 발짓이, 여전히 검은 무늬로 잠겨 있다. 그것들은 경이엄마가 소환돼 올 때마다 따라왔다. 그 달밤의 사건은 치욕스러움으로 하여금 미안함을 이기게 해줬다.

부의금으로도 전하지 못하게 되자, 어머니 채근은 나날이 심해졌다. 나에게 답답한 나머지 어머니는 여태 당신 혼자 품고 있던 이야기를 꺼냈다.

"너는 기억에 없겠지만, 네가 예닐곱 살 때 경이네 할멈이 네 옷을 한 벌 갖다준 적이 있어."

"내 옷을요?"

"나도 여태 그 이유를 모르겠다. 허고 많은 동네 애들 다 두고 왜 하필이면 너한테."

어머니는 경이의 옷을 사려다 한 벌 더 샀던가, 아니면 경이에게 전해주지 못해 나에게 준 게 아닐까 짐작했다. 그것 때문일까. 어머니는 삼남매 중 유독 나에게 경이엄마의 빚 갚는 일을 재촉했다.

그리고 어머니는 이야기 하나를 더 꺼냈다. 어머니는 고향을 떠나온 후, 고향 사람들과는 일체 연락을 끊었다. 외삼촌이 고향 근처에 살고 있었지만, 우리에게 동네사람들의 소식은 전하지 않았다. 아주 가끔 윗마을과 아랫마을 사람들의 부고만 전해주었다. 그런데 5년 전에 숙희엄마가 느닷없이 어머니에게 전화를 했다고 했다. 그때 숙희엄마는 죽음을 앞두고 있었다고 했다. 그는 '정란네가 고향을 뜬 지 얼마 안 돼 경이엄마가 동네사람들에게 진 정란네 빚을 모두 갚아줬어요. 여태 말하지 못한 건 경이엄마 쪽의 부탁 때문이었어요'라고 말했다고 했다. 어머니는 그 사실이 너무 무거워 우리에게, 특히 나에게 말하지 못했다고 했다. 어머니는 달밤에 나에게 있었던 일을 정확히는 모르지만, 짐작은 하고 있었다.

"그 얘길 왜 이제야 해요?"

"네가 힘들어 할까봐."

"그래도 그렇죠. 알 건 알아야죠."

할멈이 빚잔치를 하던 날, 오지 않은 건 일부러 그랬던 거였다.

경이를 본격적으로 찾기 위해 외삼촌 인맥을 동원하고 나도 발품을 팔았다. 그가 한국에만 있다면 어떻게든 찾을 수는 있을 것 같았다. 외삼촌은 서울에 사는 고향 사람들을, 나는 경이아버지 회사 주변을 공략했다. 매주 한두 번은 경이아버지의 회사 1층에 있는 카페로 갔다. 그가 만나는 사람들 중에 혹 경이가 있을까 하고. 점심시간에 무작정 가서 한 시간을 앉아 있었다. 돈봉투를 들고 경이아버지 사무실에서 쫓겨나다시피 한 날, 나는 그의 비서에게 도움을 청했다. 그의 비서는 경이아버지가 점심식사 후, 가끔 1층 카페에서 손님을 맞는다는 귀띔을 해주었다. 카페에서 맞는 손님은 가족이나 친구들이라고 했다. 그리고 무엇보다도 그는 그 카페의 커피를 좋아해 자주 들른다고 했다.

몇 번의 허탕을 치던 중, 경이아버지가 카페에 나타났다. 내가 먼저 그를 보았다. 나는 재빨리 등을 돌리고 앉았다. 다행히 그는 나와 등을 지고 앉았다. 나는 다시 몸을 돌려 앉았다. 그때 중년 남자가 들어와 경이아버지에게 정중히 인사를 했다. 30여 분간 이야기를 나누던 그들은 자리에서 일어났다. 그 후에도 두 사람이 만나는 걸 두 번 더 보았다. 그리고 그는 동년배로 보이는 할아버지 서넛을 만나기도 했다. 잘 웃지 않던 그가 그땐 너털웃음을 웃었다.

그가 만나는 사람 중 세 번이나 겹친 사람은 중년 남자, 한 사람뿐이었다. 나는 조금도 경이아버지 주변으로 나아가지 못한 채 시간만 보내고 있었다. 중년 여자라면 몰라도 그가 만나는 사람이 남자들인

건 경이를 찾는 데 별 도움이 되지 못했다.

두어 달이 그렇게 흘러갈 즈음, 외삼촌에게서 전화가 왔다. 경이 남편이 어디서 무얼 하는지 알아냈다며. 그 남편 연락처를 알았으니, 경이 거처를 알아내는 건 시간문제였다. 외삼촌이 지인의 지인을 통해 얻은 사진을 보내왔다. 내가 카페에서 세 번이나 본 중년 남자, 바로 그 사람이었다. 그는 국제변호사고 경이아버지 회사의 일도 봐준다고 했다. 외삼촌이 알려준 회사를 검색해서 그를 만날 수 있는지를 문의했다. 약속을 잡고 와야 한다고 했다. 약속은 두 주 후에나 잡혔다.

경이의 남편 사무실로 찾아갔다. 약속을 하고 갔지만, 그는 30분이나 늦게 내가 기다리는 휴게실로 왔다. 미팅이 길어졌다며 미안해했다. 나는 그렇게라도 그를 만날 수 있어 다행이었다. 경이아버지에게 이야기한 것처럼 그에게도 그를 만나러 온 이유를 설명했다. 설명은 그때보다 길어졌다. 경이엄마가 죽었다는 사실이 보태어졌기 때문이다. 그는 50대 중반쯤 되어보였다. 그도 경이아버지처럼 흐트러짐이 없었다. 단정하고 깔끔했다. 살갗이 파랗게 보일 정도로 면도를 했고, 머리도 갓 이발한 듯했다. 옅은 네이비 수트를 입은 몸은 군살하나 없었다. 진회색 바탕에 붉은 물방울무늬의 넥타이도 양복과 잘 어울렸다. 그것으로도 그의 성격이 읽혔다. 경이아버지의 목소리와 눈빛에서 그가 읽혔듯 단정한 차림새에서 그의 성격이 읽혔다.

그는 나의 이야기를 듣고 아내에게 말해보겠다고 했다. 경이 연락처를 알려달라는 나의 부탁은 예상대로 거절했다.

"아내에게 낳아주신 어머니 이야기를 하는 건 쉽지 않은 일이에요.

우리 집안 누구도 입 밖에 꺼내지 않는 이야기거든요."

"그러시군요. 저로서는 경이 씨를 만나는 것 말고는 방법이 없어서요. 제 입장을 잘 말씀드려주셨으면 고맙겠습니다."

우리는 서로 명함을 주고받았지만, 그쪽으로부턴 아무런 연락이 없었다. 웬만하면 기다려보려 했지만, 두 주가 지나도록 소식이 없었다. 더는 기다릴 수 없어 나는 경이 남편에게 전화를 했다. 그는 아내에게 내 뜻은 전했지만, 그로부터 아무런 대답을 듣지 못했다고 했다. 나는 그에게 다시 한번만 더 이야기해달라고 간곡하게 부탁했다.

경이가 먼저 연락을 해왔다. 이름으로만 존재하던 사람의 목소리를 들으니, 비로소 실체가 느껴졌다. 처음 듣는 목소리가 중년 여성의 것이어서 다소 놀랐다. 그 정도 나이라는 걸 알고 있었음에도 적잖이 당황스러웠다.

백화점 커피숍에서 만나기로 했다. 나는 약속장소로 일찍 나갔다. 그가 어머니를 닮아 키가 크고 깨끗한 이미지를 지녔을지, 아니면 아버지를 닮아 눈빛이 깊을지 궁금했다. 나는 마치 딴 세상에서 오는 사람이라도 맞이하는 양 설렜다. 그러면서도 경이엄마를 만나러온 것 같은 묘한 기분도 겹쳐들었다. 나와 우리 가족에게 둘은 늘 한 사람 같기도 둘 같기도 했다. 나는 일부러 카페 입구가 보이는 중간쯤에 앉아 있었다.

오후 3시, 정확한 시간에 내 나이 또래 여자가 들어왔다. 단번에 그라는 걸 알았다. 하얀 피부와 단정한 분위기가 그의 엄마를 닮았다.

키도 컸다. 나는 마치 경이엄마라도 만난 듯 그를 찬찬히 보았다. 그리고 생각 하나가 스쳐지나갔다. 경이가 우리 동네에서 살았다면 친구가 되었을 텐데, 하고.

내가 먼저 아는 체를 했다. 서로 이름을 확인하고 자리에 앉았다. 그는 나의 존재를 알 턱이 없을 것이다. 나에 대해선 자신의 남편한테 들은 게 전부일 테고, 오늘 처음 보는 사람일 뿐일 것이다. 경이 눈빛이 깊었다. 그는 부모의 좋은 유전자만 물려받은 것 같았다.

"김연준입니다. 남편한테 저를 만나고 싶어한다는 얘길 들었습니다."

"네. 꼭 만나고 싶었습니다. 경이 씨한테 전할 게 있어서요."

나도 모르게 몸에 배어 있던 경이라는 이름이 튀어나왔다. 몇 마디 대화에서도 그는 내가 자랄 때 동네나 학교에서 볼 수 있었던 경이가 아니었다. 음절마다 또박또박한 말투와 절제된 행동이 성격에서 나온 것인지 환경에서 비롯된 것인지는 모르지만, 분명 내 친구들인 명이, 정이, 진이, 숙이, 옥이와는 달랐다. 경이라는 이름은 그와 어울리지 않았다. 그가 입고 나온 베이지색 블라우스와 하얀 재킷의 조화처럼 연준이라는 이름이 그의 몸에 딱 맞았다.

"들으신 대로 저희 집이 연준 씨 어머니에게 크게 은혜를 입었어요."

"그건 저와는 상관없습니다. 어머니 일입니다."

"그래도 따님인데요."

"저는 어머니 얼굴도 모릅니다."

"어머니도 연준 씨 얼굴을 모르시나요?"

"그건 아닌 걸로 압니다. 제가 중고등학교에 다닐 때까지는 일 년에 서너 번 하교하는 제 모습을 보고갔다고 들었습니다."

"그러셨군요."

가끔 경이엄마를 태우러온 승용차는 경이 외갓집의 것이 아니었나 보았다. 그때마다 경이엄마는 경이를 보러 서울에 다녀왔던 모양이다. 나는 이미 나선 마음이라 그에게 또 다른 어머니가 존재하는지를 물었다.

"네. 키워주신 어머니가 계셔요."

"어머니 보고 싶지 않았어요?"

나의 질문에 연준 씨의 검은 눈동자가 흔들렸다. 그는 눈을 깊게 감았다가 떴다. 아차, 싶었다. 경이엄마에 대한 안타까운 마음에 나도 모르게 선을 넘고 말았다. 그에게 무례했다는 생각이 들었다. 잠시 침묵하던 그는 커피를 한 모금 삼키고 뜻밖의 말을 했다.

"저, 정란 씨 알고 있었어요. 얼굴은 모르지만, 이름은 오래 전부터."

"네! 저를요?"

"할멈이 죽기 전에 제게 편지를 보냈어요. 어머니 몰래요. 어머니가 정란 씨를 본 후로 저를 더욱 그리워했다고 하더라고요. 제가 보고 싶을수록 바깥출입을 삼갔다고."

"아! 저도 딱 한번 뵈었어요."

경이엄마가 나를 오래도록 바라보고 웃었던 건 경이가 생각나서였다. 옷도 그랬을 수 있다.

"잘은 모르지만 정란 씨가 동네에서 자라는 것만으로도 어머니에겐 큰 위로가 됐을 거예요."

"그러셨다면 다행이에요."

나는 경이가 내 존재를 알고 있었다는 게 놀라웠다. 그도 나도 서로 이름으로 그 존재를 알고 있었다.

나는 그러함에도 가지고 온 돈을 전해주고 싶었다. 천만 원을 수표로 바꿔왔다. 그게 전해주는 이나 받는 이나 간편할 것 같아서였다. 조심스럽게 돈을 꺼냈다.

"그 돈은 저와 무관합니다. 저는 어머니 삶과 어떤 연관도 없습니다. 봄 한번 같이 보낸 적 없습니다. 어머니가 빌려줄 만해서 빌려주었을 겁니다."

경이의 뜻은 그의 아버지처럼 단호했다. 그리고 그는 내가 예상치 못한 말을 했다.

"그런 삶을 사신 건 어머니의 선택이었어요. 저를 평생 직접 보지 않겠다는 것도 어머니의 뜻이었고요."

동네 사람들은 경이아버지가 경이엄마를 버리고 젖먹이 경이까지 빼어간 줄 알고 있다. 나는 더는 물어보지 않았다. 그건 경이엄마에 대한 예의라고 생각했다. 경이는 끝내 돈을 받지 않았다. 내가 오래도록 궁금했던, 아버지가 어떤 경로로 돈을 빌렸고 그 액수는 얼마인지도 묻지 않았다. 처음 보는 경이가 갑자기 오래 알아온 사람처럼 느껴졌다.

경이는 내게 목례를 하고 갔다. 나는 그의 엄마를 보듯 뒷모습을 오래도록 바라보았다. 작은 씨앗처럼 내 안에 웅크리고 있던 아이가 밖으로 나와 움직이는 것 같았다. 어머니와 내가 알고 있는 것보다 그들은 우리의 삶에 더욱 깊숙이 들어와 있었다. 돈을 갚는 건 의미가 없었다.

경이를 만나러간 걸 아는 어머니는 경이를 만나는 동안에도 몇 번이나 전화를 했다. 나는 곧바로 어머니에게 전화를 하지 않았다. 더 복잡해진 감정을 정리할 시간이 필요했다. 달빛이 하얬던, 사과꽃이 환했던, 오래 전 그날 밤처럼 생각이 많아졌다. 그땐 우리 가족의 앞날과 느닷없이 틀어져버린 나의 운명에 대한 막막함이 컸다면, 오늘은 경이와 그의 어머니에 대한 여운으로 가슴이 먹먹했다. 경이를 가까이서 본 것만큼 경이엄마에 대한 그리움이 커져갔다. 그리고 경이도 목소리로 들었을 때보다 모습을 보고 나니 내 안에 더 많은 파란이 일었다.

나는 어머니에게 빚을 깨끗이 청산했다고 했다. 어머니는 이젠 언제 죽어도 여한이 없다며 숨을 길게 내쉬었다. 그건 오랜 체기가 내려가는 소리였고, 안도의 한숨이었다. 어머니의 한 톤 누그러진 목소리와 달리, 나는 여러 생각과 얼굴과 장면이 겹쳐 마음이 복잡했다.

행복은 혼자서 만들어지는 게 아니다

소나기가 그친 한낮에 쌍무지개를 본 적이 있다. 무지개는 크고 선명했다. 온 도시를 두르고도 남았다. 나는 그때 간절한 소원 하나를 빌었다. 행복하고 싶다는. 그 무렵, 나는 어떤 일로 행복하지 않은 상태였다.

행복은 무슨 색일까. 어떤 순간일까. 어떤 상태에 이른 걸 말할까. 살아오면서 몇 번이나 느꼈을까. 이런 것들이 가끔 궁금해질 때가 있다. 그리고 순간순간 느꼈던 감정이 내가 꿈꾸었던 행복이 맞는지도 궁금하다. 지금도 내 삶의 궁극적인 목표는 행복해지는 것이다. 행복하지만, 계속 행복하게 살고 싶은 것이다. 매순간을 이기고, 노력하고, 애쓰는 것도 행복한 마음을 느끼고, 누리고, 바라서다.

오래 전, 내가 살던 아파트에 유기견 한 마리가 보였다. 같은 아파트에 살던 주민이 이사를 가면서 버리고 간 개였다. 개는 아파트 마당에서 일 년 동안 주인을 기다렸다. 바짝 마른 채 여기저기 쓰레기를 뒤지며 간신히 목숨을 이어갔다. 하얗던 털은 금세 까매지고 헝클어졌다. 눈빛은 경계하듯 불안하고 긴장돼 있었다. 주로 주차된 자동차 밑에 숨어 지냈다. 살이 빠지기 전에는 몸집이 컸다. 개장수는 그 개를 팔려고, 보신탕집 주인은 보신탕을 끓이려고, 경비아저씨는 친구들과 개소주를 내리려고, 아파트 주민은 더러운 개 때문에 집값이 떨어진다며, 너도나도 자신의 욕심을 앞세워 개를 잡느라 아파트 마당은 조용할 날이 없었다.

그러나 사람들의 욕심과 달리 그 개의 바람은 오로지 주인을 다시 만나는 거였을 것이다. 맛있는 것을 먹는 것도 좋은 집에 사는 것도 아니었을 것이다. 나에겐 지금, 그 개처럼 절실한 게 무엇일까. 그 개가 다시 주인을 만난다면 그때 느낄, 그만큼의 기쁨은 무엇일까. 아쉽게도 지금은 없다. 그 깊이만큼 바라는 게 없다.

스무 살 때, 아버지 한 사람이 죽었는데 나머지 가족들은 순식간에 불행의 나락으로 떨어졌다. 그때 나는 아파트 마당의 개처럼, 어쩌면 그보다 더 간절하게 무언가를 소망했다. 그것은 지독한 가난에서 벗어나고, 내 꿈을 지켜내는 것이었다. 지금은 그때처럼 가난하지도 않고, 그때 바라던 꿈도 이뤘다.

이번 소설에서 나는 가족의 군상을 다뤘다. 가족의 구성원 하나하나가 서로에게 어떤 상처를 주고, 위로를 받으며 살아가는지를 그리고 싶었다. 엄마가 여기에 있어 따뜻하고 엄마가 여기에 없어 아픈, 아버지가 다정하여 행복하고 부재함으로써 불행한, 그런 것들을 다루고 싶었다. 자식들 또한 마찬가지다. 자식이라는 존재 자체가 부모의 행불행의 최소분자이면서 최대분자이기 때문이다.

무수한 나는 무수한 부모를 만들고 또 무수한 나는 무수한 자식을 만든다. 무수한 사람들은 순간순간 또는 오래 기쁘기도, 슬프기도, 아프기도, 그립기도 한 삶을 산다.

여덟 편의 작품 중, 나는 다섯 살의 명희에게 가장 마음이 쓰인다. 명희가 선명한 사진처럼 품고 있을 안방의 무거운 기억을, 따스해지도록 어루만져주고 싶다. 내가 다섯 살 때, 아버지는 뒤늦게 군 입대를 하느라 우리 곁을 3년이나 떠나 있었다. 나의 첫 상실의 아픔이었다.

그리고 태선을 생각하면 마음이 먹먹하다. 내가 일곱 살 때, 아버지는 집에서 키우던 개를 뒤란 참나무에 거꾸로 매달아놓은 채 동네 아저씨들과 두들겨 패서 잡은 적이 있다. 복달임을 한다며. 개는 죽어가면서 단말마의 비명을 질렀다. 나는 볏짚가리 뒤에 숨어 그 소리를 고스란히 몸에 담았다. 마지막 숨이 잦아질 때까지 숨죽이며 들었다. 그 소리는 내 몸에 옹이졌다. 그리고 세상의 모든 개들에게 원죄의식을 갖게 했다. 그래서인지 태선을 떠올릴 때마다 마음이 아프다. 그때 우리 집 개는 나에겐 짐승이 아니었다. 마당에서 같이 뛰어놀고, 고구마도 나눠먹은 친구고 동생이었다.

내 안에는 매순간 무수한 내가 움직이고 있다. 그것들이 나의 평안을 좌우한다. 그것들을 잘 어루만져야 나는 행복할 수 있고, 더불어 나와 함께 하는 가족과 이웃도 행복할 수 있다. 행복은 혼자서 만들어지는 게 아니다. 특히 가족은 필수불가결한 존재다. 훌륭한 사람 백 명이 곁에 있는 것보다 엄마 한 명이 더 크다. 가족만이 줄 수 있는 안정감은 세상 어디에서도 찾을 수 없다.

아파트 마당에 있던 개는 우리 집에 와서 16년을 살았다. 나는 오지 않는 주인 대신 새 주인이 되어주었다. 더 이상 사랑할 수 없을 만큼 사랑해주었다. 참나무에 거꾸로 매달려 죽어간 개를 생각하며, 사랑하고 또 사랑했다. 그 개가 올 3월 무지개다리를 건넜다. 나는 아직 하루에도 몇 번씩 마음이 울렁울렁하지만, 그 아이가 행복했을 거라는 것엔 의심의 여지가 없다. 세상 사람들이 믿을지 모르겠지만, 그 개보다 그 개로 인해 내가 더 행복했다.

그리고 다섯 살의 만자, 그 아이의 행복도 빌고 싶다. 한때 수많았던 만자들. 그들 또한 어디서든 행복했으면 좋겠다. 은유처럼 깔깔, 웃으며 살고 있길 바란다.

오늘은 내가 좋아하는 사람들과 예쁜 북카페에서 게이샤 커피를 마시고 싶다. 한번 마시면 결코 잊을 수 없는 맛이라니, 그걸 느껴보고 싶다. 정말 재스민 향이 날까. 그리고 미처 건너지 못한 방이 있으면 건너보는 것도 좋겠다.

2021년 가을

임이송

임이송 소설집
개의 시간

지은이_ 임이송
펴낸이_ 조현석
펴낸곳_ 북인
디자인_ 푸른영토

1판 1쇄_ 2021년 11월 26일
출판등록번호_ 313 - 2004 - 000111
주소_ 121 - 842 서울 마포구 서교동 467 - 4, 301호
전화_ 02 - 323 - 7767
팩스_ 02 - 323 - 7845

ISBN 979 - 11 - 6512 - 038 - 2 03810
© 임이송, 2021

이 책의 글과 그림에 관한 저작권은 저자와 출판사에 있습니다.
저자 허락과 출판사 동의 없이 내용의 일부를 인용, 발췌를 금합니다.

이 책은 2021년 강원도, 강원문화재단 후원으로 발간되었습니다.

강원도 GANGWON PROVINCE 강원문화재단 Gangwon Art & Culture Foundation